文創風 091

肥妃不好惹

下

棠茉兒 著

目錄

第二十一章

御花園裡，處處鳥語花香，百花競放。

一名綠衣的宮裝少女倚坐在樹蔭下的鞦韆上，精緻的小臉有著完美的弧度和輪廓，杏眼靈動，柳眉秀氣，櫻唇嬌豔，活脫脫是一大美人兒。

而此刻，原本靈動的美眸卻是黯淡異常，正悶悶不樂地倚坐著，眼神靜靜地凝視著遠方，透露出一抹憂傷和寂寞，還有掩飾不住的思念。

腦海裡，不由自主地浮現出一抹高大英挺的身影。他白衣飄飄，俊挺絕倫，如謫仙一樣，在她平靜的心湖掀起波波漣漪。純澈而輕柔的聲音、溫煦迷人的笑容，還有那彷彿聚集滿天星光的深邃瞳眸，好像會把人的魂魄吸走一樣，讓人迷失其中，無法自拔。

唉，少女嘆了一口氣，輕撫著手中的繡包。裡面裝有玉蘭花，也是他最愛的花……

若靈萱四處閒逛，無意中來到了御花園，一眼便看見前方鞦韆上的美麗少女，不禁訝然。咦？這不是上次在皇帝壽宴中，跟俠王在一起的那個女孩嗎？

……她好像也是穿越過來的耶……

眼一亮，沒想到能再次他鄉遇故知，若靈萱頓時覺得像見到了親人般欣喜不已。

快步走了過去，喊道：「夏姑娘！」

夏芸惜怔了一下，恍然回神，轉過頭，見到出現在眼前的女子，不禁脫口而出。「妳是……睿王妃？」

「咱們又見面了！」若靈萱笑盈盈地看著她。

「哇，妳果然是變漂亮了！」夏芸惜睜大美眸，跳下鞦韆，新奇地圍住她左瞧右看，嘖嘖出聲。「怪不得奕楓哥哥說妳脫胎換骨，真是一點都不誇張呢！」

若靈萱笑得愉快。「謝謝！」

「怎麼妳今天也進宮了？」驚訝過後，夏芸惜也十分欣喜，臉上綻放出如花笑顏。自從上次遇到若靈萱後，自己就一直想和她聊聊，只是沒機會罷了。

「皇太妃邀請，所以我就來嘍！」若靈萱聳聳肩，走到石凳上坐下。

「喔！」夏芸惜點頭，然後很自然地坐到她身邊，又問：「對了，妳是怎麼掉到這裡來的？」對於這個，她很好奇。

「不就是一個香蕉皮引發的倒楣穿越嘍！」若靈萱單手撐著腦袋，興味索然地嘆氣道。穿越到一個又肥又醜的失寵王妃身上，沒人比她更倒楣。

幸虧現在容貌恢復了，要不然，她真要撞牆算了。

夏芸惜呵呵一笑，明白她指的是啥。「那妳現在總算守得雲開啦！」

「算是吧。」若靈萱撇撇唇，要是君昊煬大發慈悲地給她一張休書，就真的是守得雲開了。「那妳呢？又是怎麼穿過來的？也是魂穿嗎？」

「我呀……」夏芸惜笑了笑，揚起自己的左手，一只紫色手鐲便呈現在若靈萱眼前。「大概是因為它吧。」

「它？」若靈萱不由得湊上前去看。

「這本是我夏家祖先留傳下來的，記得我第一次見到它的時候，就喜歡上了。可是家人都不讓我碰，說什麼歷史悠久，積聚了不少邪氣。」夏芸惜淡淡地說道，回想起現代的一切，真好像昨天才發生的一樣。

「但是妳實在是太喜歡了，所以就趁家人不注意時戴上了它，結果就穿越了？」若靈萱一下子便猜到了起因。

夏芸惜睨了她一眼，微嘆了口氣，朱唇微啟。「沒錯，誰讓我一眼就喜歡上它了呢！」要是她肯聽家人的話，不碰這個手鐲，那麼就不會來到這個地方，而且也不會認識君奕楓，現在就不會這麼煩惱了。

「妳怎麼了？」若靈萱嗅出不對勁，不由得歪頭看她。怎麼好端端的傷感起來了？

「沒……沒事。」夏芸惜搖搖頭，習慣性地絞著裙襬，眼底的憂鬱卻不自覺地流洩出來。

「還說沒事？妳的臉上分明就寫著『我有心事』。告訴我啦，或許我可以幫妳想想辦法呢！」若靈萱一臉關懷地看向她。

雖然才第二次見面，但心中莫名地就對她產生了好感，這可能就是所謂的一見如故吧！

夏芸惜沒有說話，只是失神地盯著遠方，好久，才輕輕出聲。「靈萱，如果妳愛上了一個人，會怎麼做？」她很自然親切地喚她的名字，像是兩人已經認識了好久。

「當然是勇敢地追求嘍！」若靈萱毫不猶豫地道。當然，前提是她得先拿到休書！

「追求？」夏芸惜一怔，傻傻地問：「怎麼追？」

「不就是……」突然住了口，三八地瞅了瞅她，奸笑幾聲，道：「嘻嘻，芸惜，難道妳……愛上某人了？」

越看越像呢，她這個樣子，簡直就是戀愛中那些不知所措的小女子。

果然，夏芸惜聽她這麼一說，俏臉頓時紅通通的，可愛極了。

「喲，我還猜對了！快說說看，哪家公子這麼有福氣，讓我們的侯府千金、夏二姑娘給看上了？」若靈萱笑咪咪地揶揄著。

夏芸惜的臉更紅了，嗔瞪了她一眼，可隨即，又落寞地垂下了腦袋。

「唉呀，妳當我是朋友的話就快說。」若靈萱有些心急地推推她。

「說了又能怎麼樣？我跟他是不可能的，永遠也不可能。」一切只是她癡心妄想。

「為什麼？」

夏芸惜站起身，神情更為黯淡，再次嘆了口氣，幽幽地道：「因為……他快要成為我的姊夫了。」

「啊——」聽到她這麼說，若靈萱還真是呆住了，她萬萬沒想到夏芸惜喜歡的人，竟是

君奕楓。

曾聽昊宇說過，君奕楓是有婚約在身的，出生的時候，就與夏侯爺家訂了親，待夏大小姐十八歲，就將迎娶對方為王妃。算一算，還差兩年。

難怪芸惜會說不可能了，的確是不可能。

「這……那個，妳怎麼會喜歡上他的？」說完後，若靈萱覺得自己問了一句廢話，因為……

「我想，沒有女人會不喜歡他吧？」夏芸惜淡淡一笑，清澈的水眸，盈滿戀慕和崇拜。

若靈萱深表贊同地點頭，畢竟自己就是其中之一。第一眼見到君奕楓就喜歡上了，到後來得知他有未婚妻才斷了想法，趁一切尚未太深時。

「芸惜！」

倏然，一道磁性溫潤的聲嗓自前方響起。

夏芸惜欣悅地抬頭，看到前方那抹爾雅如仙的身影，立刻奔跑上前，喊道：「奕楓哥哥！」

君奕楓微笑迎來，卻在看到她略顯蒼白的面容後，笑容一斂，眉蹙得緊緊的。「怎麼了妳？臉色這麼難看，是身體不舒服嗎？」輕扶住她的肩膀，關切地問道。

「沒有，我很好。」夏芸惜搖搖頭笑道。

「真的沒事？如果有什麼不舒服的，一定要告訴奕楓哥哥。」君奕楓寵溺地撫摸著她的

秀髮，模樣極為疼愛。

若靈萱站在遠遠的地方看著，不知怎的，她老是覺得兩人親暱的樣子，真的很像一對戀人……不，應該說是，君奕楓對待芸惜的態度，就好像芸惜是他所愛的人一樣……

搔搔頭，該不會是自己多心了吧？

這時，前方響起了一個嬌柔的聲音——

「君昊宇，你不要躲我了好不好？這麼多天了你累不累呀？我都累了。」

昊宇？若靈萱一怔，忙轉過頭，就看到不遠處的亭閣裡，一抹高大的炙紅身影正在奔跑著，後面則跟著身穿異國服裝的……天域三公主？

黛眉一蹙，這是怎麼回事？

「拓拔瑩，我也拜託妳不要再追我了好不好？」君昊宇健步如飛，絲毫不放鬆。該死的，天域國幹麼要讓女人學武功？而且還不弱！

「當然不好！這輩子我是追定你了，有本事你就躲吧，看誰能堅持到最後！」三公主拓拔瑩毫不氣餒，這男人她是要定了！

「那妳就試試看！」君昊宇說完話，腳步一點，躍出了亭閣，跟著就看到了前方的娉婷倩影，微怔了下，隨即綻開一抹笑，施展輕功飛奔至她跟前。

「靈萱！妳怎麼會進宮的？」語氣帶著難以掩飾的興奮，他真的很想念她。

「皇太妃邀請我，所以我就來了。」若靈萱淡淡帶過，隨後看了一眼正奔跑而來的女

子，撇了撇唇。「怎麼你又叫她纏上了？」

「別提了，總之我就是倒楣！」君昊宇手一甩，十分無奈。不過他還是很慶幸，這女人沒有讓父皇下聖旨，逼自己娶她，只是追著他四處跑，但這也夠煩人的了。偏偏她是鄰國公主，他不能趕，只能躲。

「君昊宇，看你還往哪裡逃！」很快地，拓拔瑩就出現在兩人眼前。

君昊宇懶得理會她，當她不存在。轉首看向若靈萱，邪魅的雙眸裡皆是柔光。「靈萱，妳要出宮了嗎？不如一起吧？」難得見面，他還想跟她多相處一會兒。

「好啊。」若靈萱微笑地點頭，有個伴當然好。

「慢著，不准走！」拓拔瑩這時才發現還有個女人在場，又發現兩人正要相偕離開，急忙喝了一聲，直指若靈萱，酸味十足地問：「妳是誰啊？跟昊宇是什麼關係？」

若靈萱轉眸，掃了她一眼。「三公主不認得我了？看來我那兩箭，嚇得三公主不輕呀，連人都認不清了。」

聽著這含譏帶諷的話，拓拔瑩怔了一下，下意識地打量了她一番，霎時瞪大了眼睛。

「是妳！」

這個在睿王府裡拿箭射她的那個膽大包天的下人，怎麼會出現在這裡？而且……看了看若靈萱的打扮，一身藍紗宮裝，眉目透著隱隱的威儀，散發著與生俱來的高貴氣質，與上次在睿王府見到的裝扮簡直天差地別，教她不禁愣了下。

「妳到底是誰？」這樣的裝扮，不會是奴婢。

「妳不需要知道。」若靈萱雙手抱胸，就是不爽告訴她。

「大膽！妳敢這樣對本公主說話？」聽到如此挑釁的話，拓拔瑩顧不得形象，頓時暴跳如雷，大步上前指著若靈萱。

豈料她這個舉動，讓君昊宇誤以為她要傷害靈萱，忙斥喝一聲。「妳幹什麼？」大手同時一推。

拓拔瑩沒防備，腳步踉蹌了幾下，站立不穩地摔倒在地上。

她眉一皺，忍住膝蓋的痛，站起身怨懟地怒視他。「君昊宇！你居然為了她這樣對我？」

「三公主，請妳自重。若是再敢傷害我的朋友，別怪我不客氣！」君昊宇冷冷地道，他真是忍她忍得夠久了。

「她是誰？你為什麼這麼護著她？」拓拔瑩激動地衝著他大吼，不喜歡她看上眼的男人維護起別的女人。

「與公主無關！」君昊宇懶得再理會她，轉眸對旁邊的女子道：「靈萱，我們走吧！」

若靈萱點點頭，她也不想再待在這裡。

剛剛轉身沒多久，他就感覺到身後有一股帶著十成功力的掌風向他們襲來，君昊宇本能地轉身，雙手擊掌迎了上去，雖然他只用了五成的功力，並不想傷害她，但卻語帶怒氣地

道：「公主，妳別太過分了！」

感覺到他並未用上全力，拓拔瑩旋即收住手，瞪著他道：「君昊宇，這次我就放過你，但是我不會放棄的。我拓拔瑩看上的人就一定會追到底，我一定會讓你娶我的！」

「癡心妄想。」君昊宇一臉不屑。

「那你等著瞧好了。」拓拔瑩很有信心，她可是越挫越勇的。

君昊宇沒再理會她，也不想跟她多說廢話，拉著若靈萱大步離開了御花園。

一直在另一邊看著、聽著的君奕楓，不禁莞爾一笑。「看來七弟這次是遇到對手了。」

看那公主的樣子，似乎是不達目的不甘休呢！

夏芸惜卻是皺了皺眉，怎麼她覺得七殿下對靈萱，好像很不一般呢……

馬車上，若靈萱想到了剛才拓拔瑩的話，不禁揶揄道：「你豔福不淺嘛，堂堂公主為了你，不顧公主之尊地追著你跑，可見用情深著呢！」

君昊宇看了看她，眼中帶著一絲戲謔，不禁打趣道：「怎麼，萱萱吃醋了？」

「你回去躺床吧！」若靈萱橫了他一眼，輕啐道。這兩個字永遠都不會跟她沾上邊的。

「妳這樣說，好讓我失望喔！」他湊近她，語氣十分的魅惑。

耳邊突然一陣熱氣襲來，讓她不由得打了個顫，沒好氣地道：「你給我正經點。」每次他靠這麼近，她都覺得好不自然。

看著她嫣紅的俏臉，君昊宇微勾唇角，牽起一絲笑意，視線一直停留在她身上。

「話說回來，那個三公主長得還挺美的，似乎娶了她也很不錯呢！是不是，靈萱？」他故意看向她。

「你愛娶誰就娶誰，跟我說幹什麼？」若靈萱翻了個白眼，口氣很衝。

「真的？那我明天就向父皇請求了。」

「隨便。」她冷冷地拋出一句。

他不禁揚唇輕笑，心情愉悅了起來。

「你笑什麼？」若靈萱不由得怒瞪他，覺得他的笑很礙眼，好像自己的心事都被他看穿了似的，很不爽。

「沒什麼。」君昊宇聳聳肩，笑意不減。

若靈萱有些氣惱，更覺得憋悶，乾脆撇過頭去，不理會他，也不再說話了。

君昊宇仍是看著她，突然覺得她生氣的樣子很可愛，眼神越發柔和起來。「靈萱，我不會娶公主的。」突然，他冒出了一句話，語氣十分認真。

「呃？」若靈萱微怔，不禁回過頭，卻撞進他深邃的幽眸裡。

君昊宇目不轉睛地看著她，眼底泛起盈盈溫柔，似乎包含著某些不知名的情愫……若靈萱不由得輕垂眼簾，藉以掩飾自己突如其來的慌亂。這樣的君昊宇讓她感到很不自在，心跳莫名加快，本能的想要逃離。

一股淡淡的曖昧氣息瀰漫在靜謐的車廂裡，他低下頭，唇緩緩落下……

「王爺，睿王府到了！」馬伕驀地在外面喊道。

若靈萱這才突然驚醒似的，忙推開君昊宇，臉色一片緋紅，不知所措。「我……我回去了！」說完，飛快地跳下車，直奔王府。

君昊宇沒有阻攔，只是靜靜地凝望她漸漸消失的背影，薄唇微勾，揚起淺淺的弧度，眸底也帶著一絲柔和。

若靈萱一鼓作氣地衝回清漪苑，想起剛才的一幕，臉上的紅雲依然沒有消退，心中也怦怦地跳個不停。

「咦？小姐，妳的臉怎麼這麼紅啊？」正在修剪盆栽的多多，奇怪地覷了主子一眼。

「沒有啦，只是剛才跑著回來，有點熱吧。」若靈萱摸了摸發燙的小臉，不太自然地道。

「喔。」多多不疑有他，跟著，想起了小姐進宮的事，忙問：「小姐，事情怎麼樣？皇太妃有沒有為難妳？林側妃沒有升為平妻吧？」

若靈萱搖搖頭，深吸口氣讓自己紛亂的心冷靜下來，唇角微掀起一抹笑。「放心，以後都不會有人再提平妻的事了。」

她知道，只要君昊煬一開了口，就算是皇太妃也不會多加插手了。而且這回，恐怕鄖國公的心也不在這兒，他該想著的，是要怎麼保住自己，不被君昊煬查到。

示。

「那就好，多多就放心了。」多多立刻眉開眼笑。

「小姐，午膳準備好了，妳要用了嗎？」這時草草聽聞主子回來了，趕緊來到小廳請示。

「好，端進來吧。」

「是！」

不久，美味佳餚一一擺上桌，這時，殷素蓮也來了。

「姊姊，我聽說妳被皇太妃召見，怎麼樣？沒事吧？」她極為關心地問道。

「沒事，都過去了。」若靈萱揮手笑笑，隨後親切地招呼她。「坐吧，既然來了，就在這裡陪我用膳好了。」

「好呀！」殷素蓮淺淺一笑，走到餐桌前落坐。

這時，多多又端來一盤清蒸魚，這是若靈萱特別吩咐的。吃了這麼一陣子的肉，現在想吃清淡一些，免得貪吃過度，讓自己好不容易瘦下來的身體再長胖。

「來，素蓮，這魚是我用秘方蒸的，很好吃喔，妳嚐嚐看。」若靈萱舉起筷子，挾了一片魚送到她的碗中。

「謝謝姊姊。」殷素蓮笑著，將魚片放進口中，一股淡淡的魚腥味蔓延開來。頓時，胃一陣不舒服，想要嘔吐。「嘔……」

若靈萱見狀一驚，急忙扶住她，擔心地問：「怎麼了？哪裡不舒服？」

一旁的多多立刻遞過乾淨的手絹，讓殷素蓮擦擦唇角。

殷素蓮搖搖頭道：「不知為什麼，最近老是頭昏、想吐、身子無力。」

話落，再次乾嘔起來。

「多多，快請大夫。」若靈萱立刻吩咐。

「是！」多多急急而去。

若靈萱趕緊攙扶著殷素蓮起身，走到軟榻坐下。

另一邊——

君昊煬剛回到錦翊樓，就看到林詩詩等在書房，欲語還休地看著他，似乎有很多話要說的樣子。

君昊煬面無表情地踏步而進，走到案桌前坐下，好半晌都沒有出聲。

正當林詩詩想要開口的時候，他卻突然淡淡地說道：「本王不想落人口實，王府的正妃只會有一個，妳告訴鄖國公，讓他莫要再往此事上多作糾纏。」

林詩詩臉色微白，緊咬著下唇。

他這是在警告她和爹爹，不要再找若靈萱的麻煩嗎？但他可知道，她想要的，只是能與若靈萱同等的地位，最起碼不是個高級的妾啊！她以為，以他對自己的寵愛和信任，一定會給自己這個名分的，所以她才會任由父親在幕後安排一切。可萬萬想不到，他居然會當眾拒

絕，甚至現在還來警告她！

心一酸，眨了眨泛紅的眼睛，親自上前斟了一杯茶，柔聲細氣地道：「臣妾知道，是臣妾逾越了，日後絕不會再提此事，讓王爺為難。」

縱使心有不甘，臉上也沒有表現出來，因為她不想讓他認為，她是個有野心的女人。

君昊煬臉色稍霽，微頷首，接過她手中的茶啜了一口。「本王等一下還有公務要處理，午膳就送到這裡來吧。」

「是。」林詩詩應聲，然後小心翼翼地問：「王爺晚上來不來惜梅苑，陪臣妾一起用膳呢？」臉上滿是期盼的神情。

「屆時再定吧！」君昊煬沒有看她，沈聲回道。

「……好。」林詩詩微僵地點著頭，然後朝他福了福身。「王爺，那臣妾先告退了。」

轉身步出書房時，她再也忍不住，眼淚奪眶而出……

這時，大夫來到了清漪苑，仔細地替殷素蓮診視半晌，隨即面露微笑。

若靈萱在一旁問道：「大夫，她怎麼了？」

大夫輕輕笑了笑，站起身道：「王妃不用擔心，殷小妃不是病，而是有喜了。」

「什麼？」若靈萱一怔，不可置信地瞪大水眸，神情有些誇張。「你是說……她懷孕了？是真的嗎？」

大夫點點頭。「是的，殷小妃的喜脈已經很明顯了。」

若靈萱不禁驚詫地看向殷素蓮，好半晌才笑道：「妹妹，真是恭喜妳了。」君昊煬有這麼多女人，卻都沒有子嗣，現在居然一下子就讓素蓮懷上了！

殷素蓮聽後，更是喜上眉梢，神情激動不已，她——終於是懷上孩子了！

很快地，殷素蓮懷孕的事，整個王府都知道了，有人歡喜有人愁。

林詩詩雖嫉妒，但仍在聽到消息後，立即派人送了補品過去。北院的兩位夫人心中也不是滋味，嫉妒又羨慕，卻也只能讓人送補品過去。

然而，君昊煬得知了這件事後，卻沒有什麼太大的反應，只是沈著一張臉，走進了浮月居。

一聽王爺來了，殷素蓮便神色緊張又期待地望著門外，小手不由得摸摸自己還算平坦的小腹，向著走進門的君昊煬行禮道：「王爺萬福！」

君昊煬面無表情，銳利的眸光從她的臉上掃過，直射到她的小腹上，聲音淡漠地道：「大夫有沒有說，孩子幾個月了？」

「回王爺，兩個多月。」殷素蓮見他仍是冷漠，不禁黯下臉，輕聲回道。為什麼？她都有孩子了，卻還得不到他的關愛嗎？

君昊煬微瞇著俊眸，眉心緊蹙著。對於這方面，他一向是很小心的，因為不想這麼快就

有小孩，可為什麼，如今卻出現這種意外？

「王爺？」殷素蓮小心翼翼地看向他。「你……不高興嗎？」

「沒有。妳好好養身子吧，本王會從宮裡調幾個老嬤嬤來照看妳。」君昊煬的語氣不冷也不熱。既然她有了孩子，那他就要好好地盡責任。

「是，謝王爺。」殷素蓮笑開了臉。雖然只是小小的關懷，但她也心滿意足了。

夜，月光躲在了嵐雲背後，小心翼翼地散發著微弱的光芒。

某處密不透風的室內，只有一盞油燈忽明忽暗的亮著，在這片死氣沈沈的黑暗中猶如鬼火一般，陰森可怖。

室內中央有一座石製高臺，呈六角形，臺上擺著一個銅盤，周邊刻著許許多多詭異的花紋。

此時，高臺旁邊站著一名黑衣術者，割破食指滴血入銅盤，然後抽出一張符紙，燃於水中，兩指閉攏直立，口中唸唸有詞。

沒多久，兩側的魂幡無風自起，瘋狂而詭異地擺動著，布面映出三個鮮紅的血字：若靈萱。

這時，密室大門打開，一個黑衣人走了進來，臉上黑布蒙面，還戴著風帽，看不出是男

是女。

「大師，怎樣了？」聲音也是刻意壓低。

「今晚便是時候。」術者淡淡地道，依然閉著眼睛。

黑衣人一喜，風帽下的眼睛閃過一抹得意的笑。「好，那一切就拜託大師了。」

惜梅苑裡。

林詩詩剛剛躺下沒多久，就聽到房門咿呀一聲打開，跟著一個人影閃了進來。

「誰？」她疑惑地喊道。

「林詩詩，今天就是妳的死期了！」人影快速靠近，很快便衝到她面前，手中拿著一把匕首，在黑夜中閃閃發亮。

林詩詩驚懼極了，下意識地大叫。「救命啊——來人啊——」

「誰都救不了妳，受死吧！」黑衣人目光一冷，揚起手中的尖刀就往她的胸口刺了過去。

「保護側妃！」一群聞訊而來的侍衛匆匆而進。

林詩詩精神大振，連忙閃身避開，卻還是被黑衣人刺中了肩膀處，痛得慘叫一聲。

侍衛瞬間上前，開始圍攻黑衣人。

黑衣人立刻揮動短刀，與侍衛對打起來。他的武功似乎不弱，十多名侍衛，竟都傷不了

他半分。

這時，君昊煬聞訊而來，後面跟著張沖，見此情景不禁大吃一驚。君昊煬立刻飛身而起，一掌拍出，凌厲的掌風使黑衣人一下子摔倒在地，臉上的蒙面布也掉了開來，露出一張絕麗無比的臉龐。

「王妃，是妳?!」張沖吃驚地脫口而出。

君昊煬見了，更是震驚至極，俊眸緊緊地盯著眼前一身黑衣的女子，幾乎不敢相信自己看到的。

若靈萱的目光有一瞬間的恍惚，但耳邊響起的某個聲音，又使她神色一變。

「詩詩！」君昊煬眼見林詩詩躺在血泊中，顧不得多問，就急急走到她身邊，出指如風，迅速點了她身上的要穴止血。隨後，凌厲的眼神直掃向若靈萱，黑眸酷寒無比，不難看出裡面深藏的盛怒。

抱起林詩詩，他冷聲喝道：「來人，快傳御醫！」

王府頓時一片大亂。

錦翊樓裡，御醫與丫鬟來回忙碌著，把脈的把脈、上藥的上藥、包紮的包紮……忙得不可開交。

許久後，御醫才站起身，顧不得擦拭頭上的汗水，趕忙地回稟道：「王爺，沒事了！林側妃沒事了，幸而沒有傷到要害，待微臣開藥給她服下，明早就會醒過來的。」

「好，帶御醫下去領賞。」君昊煬稍稍放心。

「謝王爺，微臣告退。」

看著臉色蒼白的林詩詩，君昊煬心中一陣疼惜，隨後想到這件事的始作俑者，俊臉頓時變得陰沈，黑眸再度燃起怒火。

「若靈萱，妳最好給本王一個解釋！」

惜梅苑裡，張沖仍與若靈萱交手著。

君昊煬來到後，倏然飛身躍進戰圈，與張沖聯攻。

很快地，若靈萱便呈現敗象，而且頭越來越暈，身體裡似乎有什麼東西正在流失，清亮的泉眸也變得渙散，完全沒有了先前的狠色。一個不留神，她背後中了君昊煬一掌，整個人摔飛出去！

看到她狼狽倒地時，君昊煬的心不由得一抽，下意識想上前看她受傷沒有，但憶起詩詩，怒意又重回心中，硬生生煞住了腳步。

殷素蓮這時也聞訊趕來了，見此情況，急忙上前扶起她。「姊姊！姊姊，妳怎麼樣？沒事吧？」

「……素蓮？」好半晌，若靈萱才自疼痛中回過神，盯了她一會兒，才疑惑地開口。

「我怎麼會在這裡？」

「妳……」殷素蓮微愣，不太確定地看著她。「妳不知道自己做過什麼嗎？」

「我做什麼了？」若靈萱搖搖頭，一臉茫然。她剛剛不是在看書嗎？怎麼突然就走到這裡來？發生什麼事了？

目光巡視四周，看見君昊煬也在場，黑眸閃著怒火，正冷冷地看著她。

「若靈萱，妳為什麼要持刀行凶?!」他倏地暴喝一聲，眼神陰鷙無比，眸底隱隱透著痛心和失望。

「你說什麼？我不明白。」若靈萱皺著眉，不明所以。

不對勁！現在的一切都令她覺得怪異，一股不好的感覺湧上心頭，令她莫名的不安起來。

該死的女人，居然還在佯裝無辜，而且還面無愧色！

「若靈萱！妳敢持刀企圖殺害詩詩，還不敢承認嗎？」君昊煬忿怒地斥道。

「什麼？」殺害詩詩？若靈萱倒抽一口氣，完全傻住了。她直愣愣地轉眸，求助似地看向殷素蓮，似乎想要得到她的否認。

殷素蓮神色複雜，盯著她半晌後，沈重地道：「姊姊，王爺和大家都親眼看見了妳……用刀重傷林側妃。」

這句話恍若平空響起一道焦雷，震得她目瞪口呆。緩緩地，視線從殷素蓮的臉上移到了地面，這才駭然地發現，她的腳旁正躺著一把染血的匕首，而這把匕首，正是她自己的！

若靈萱臉色大變地倒退幾步，要不是殷素蓮緊扶著她，恐怕她已嚇得跌倒在地。

「為什麼……我沒有呀……這究竟是怎麼一回事？」她驚慌失措，頭腦一片混亂。

「姊姊……」殷素蓮有點擔憂地看著她。

「君昊煬，我沒有要殺林詩詩，我也不知道這是怎麼回事，你相信我，我真的不知道。」若靈萱看向君昊煬，雖然解釋不清，但她還是試圖解釋。

她記得自己剛剛正在看書，卻突然聽到了一些奇怪的聲音，似乎有人在她耳邊輕吟，如空山雀鳴，十分悅耳，極為好聽，令她有絲絲迷醉的感覺，接下來的事她就沒印象了……直到現在。

「本王和大家親眼所見，難道還有假？妳還在狡賴什麼！」說到最後，他怒咆出聲。就算他很想相信她，可是他該怎麼相信她？

詩詩受傷是事實，她持刀行凶是事實，這麼多人看到更是事實！可她，居然還在狡辯！

若靈萱怔住，找不出話來反駁，因為她根本不知道是怎麼回事？

「來人，把王妃給我押進地牢！」君昊煬對著侍衛喝道。

昏暗濕冷的地牢，四季冰冷如寒冬，鐵柵銅欄，亂草鋪地。

若靈萱神色淡然地坐在一角，時而低頭，時而皺眉，似乎在思索什麼，可真是想破了頭也想不明白，自己怎麼會拿匕首殺害林詩詩？

天色濛濛地露出一絲光亮，君昊煬臉色陰沈地來到地牢裡。

聽到腳步聲，若靈萱抬起頭，坦然地直視著他，眸中無一絲怯意存在，靜靜地與他對峙著。

看著她眼裡的清澈和無懼，君昊煬只覺得胸口怒意翻騰，冷厲的聲音中夾雜著複雜的情緒。

「若靈萱，到了現在妳還表現出無辜的樣子，是不是不打算說實話？」

若靈萱微嘆口氣，索性閉上眼睛。現在她說什麼都是多餘的，都是狡辯之詞，乾脆什麼都不說了吧。

她這無聲的抗議，徹底激怒了他，隨手就拿起牆上的長鞭。

「若靈萱，妳讓本王太失望了！」伴隨著一聲怒斥，手中長鞭猛地朝空中劃了個半圓，發出一道讓人心悸的尖嘯聲。

曾經以為，她是與其他女人不同的，可結果……

「我沒有要殺林詩詩。」若靈萱倏地睜開眼睛，雖然解釋無益，但為了不讓自己受皮肉之苦，她還是開了口。

她知道，入了地牢就得受刑，她可不想白白受罪。

「妳沒有？那詩詩身上的傷是憑空出現的嗎？」君昊煬咬著牙。為什麼她的心腸這般歹毒？「本王勸妳最好從實招來，否則，妳就去刑部大牢吧！」

若靈萱咬著唇。就知道他不會相信！怎麼辦？這次她真是有口難辯了！

「來人，給本王好好地守著，任何人都不許進入，也不許給她送食物。」君昊煬冷冽的神情令人不寒而慄，扔下話後，他憤然地甩掉長鞭，轉身離開。

多多面色蒼白地來到晉王府。

「晉王爺！糟了，小姐她被王爺關進大牢了，您快去救她呀！」左等右等，好不容易等到君昊宇進來，她便立即上前哭求道。

「什麼？靈萱被關進大牢?!」君昊宇心一驚，忙不迭地問：「這是怎麼回事？」

多多惶惶地搖搖頭。「我也不知道發生了什麼事，可是我好像聽到府裡的人說，王爺他們親眼看到小姐刺傷了林側妃，還跟王爺他們打了起來……可是，這怎麼會呢？小姐怎麼可能會傷人——」

她話未說完，君昊宇已衝出了大廳。

陰森的大牢裡，兩名獄卒走了進來，對著看守的獄卒道：「換我們值班了，你們可以走了。」

「啊？」看守的獄卒愣了愣，疑惑地看向他們。「可是我們剛值沒多久呀，怎麼那麼快就要換了？」平時不都是兩個時辰換一次的嗎？

「上頭有交代，王妃是重犯，得由我們來照看。」剛進來的獄卒解釋著。

「喔，那好吧。」既然是命令，他們也只好退下了。

進來的兩名獄卒相視一眼後，一人守在門口，一人取起牆上的長鞭，緩緩靠近關押若靈萱的牢房……

同時間，聞訊趕來的君昊宇也到了大牢，身邊同時還跟著在路上巧遇到的夏芸惜，她也聽說了睿王府發生的事，便匆匆趕來。

「讓開，我要進去！」君昊宇語氣冰冷地喝道。

「晉王爺，真對不起，您不能進去。」獄卒暗暗皺眉，晉王爺怎麼也來了？

「你好大的膽，竟敢阻攔晉王爺！」身旁的夏芸惜生氣地斥道。

「小的不敢，只是王爺有令，沒有他的允許，任何人也不能進大牢的。」那名獄卒依然擋在門前，沒有絲毫要讓開的意思。

夏芸惜心急極了，想也不想便一掌劈向他，獄卒不備，咚地一聲倒在地上。「何必跟他廢話！進去吧！」說著便衝了進去。

君昊宇也跟著走了進去。

地牢裡，一名獄卒揮動著長鞭，逼近若靈萱。

「你要做什麼？」若靈萱警惕地後退著。

獄卒不答，只是嘿嘿怪笑，手一甩，長長的皮鞭像毒蛇般朝她襲上！

「呃——」劇烈的痛楚讓她忍不住嗚咽出聲，衣服應聲而裂，滲出一道血痕。

君昊宇一進來就見到這情景，震驚地瞠目暴喝。「住手！誰准你用刑的！」一個飛身上前，重重地踹開獄卒，頓時把他的身體踹飛。

身體驟然墜地，獄卒噴出一大口鮮血，神情痛苦地蜷縮著。

夏芸惜看得呆住，但現在她最關心的還是靈萱，因此急忙跑到她身邊。

「好痛……」若靈萱的身子軟倒在地上，身上的一道血痕染紅了她的衣服，斑斑血跡，讓人觸目驚心。

「靈萱！妳怎麼樣了？」君昊宇旋即抱起她，眸中都是心疼及怒火。昊煬也太狠了，竟然如此對她！

「我沒事……謝、謝你們……」若靈萱強忍著陣陣抽痛的鞭傷，回他一個微笑。她就知道，他會來！

「靈萱，這到底是怎麼回事？」君昊宇根本不相信她會刺殺林詩詩。

「我——」

若靈萱正想說，夏芸惜就打斷了她。「晉王爺，還是先帶靈萱出去包紮傷口吧！」

「好！」君昊宇一想也是，便抱著她和夏芸惜一起走出地牢。

誰知，剛走到大門口，就碰到了君昊煬。

他臉色陰沈地站在那裡，顯然是怒極，渾身都散發出冷冽的氣息。

君昊宇漠然地看了他一眼，沒有理會，就從他身邊走過。
「放下她！」君昊煬伸出手臂，擋住他的去路。
「放下她？」君昊宇冷冷一笑，眸如寒冰般直盯著他。「然後再讓你打死她，是吧？」
君昊煬皺眉，他什麼時候打她了？但他不想解釋，伸手就想捉回若靈萱。「這是我的事，不用你管。」
「昊煬，你夠了沒有！沒看到她身上有傷嗎？」君昊宇出手將他逼退。「林詩詩的事我雖然不清楚，但我相信，靈萱不可能會行凶殺人。」
「我親眼看到的，還能有假？當時要不是侍衛趕得及時，後果不堪設想。」一提起這事，君昊煬的怒火又被點燃，幾乎是咬著牙地說。
「話雖如此，但我覺得靈萱一定不是故意的。」君昊宇另有看法。
「對呀，睿王爺，這其中可能有什麼隱情呢！而且靈萱身上有傷，不宜再待在地牢了。」夏芸惜也點頭插話。
「她的傷我自會處理，把她交給我。」君昊煬不為所動。
「那要看你有沒有那個本事？」君昊宇的語氣也很冷，兩人就這樣互不相讓地對峙著。
「算了……昊宇，把我……交給他吧……」若靈萱不想因為她而讓他們兄弟又起衝突。
她掙扎著想要下來，誰知卻牽動了背上的傷口，椎心刺骨的疼痛讓她倒抽了口冷氣，傷口也瞬間溢出了鮮血，臉色變得更加慘白，讓人看了都於心不忍。

「靈萱，妳別亂動！」君昊宇趕忙抱扶著她，然後憤怒地瞪向君昊煬。「我不管你讓還是不讓，總之，我今天一定要帶走靈萱！」

一旁的夏芸惜實在是看不下去了，站到他們中間道：「好了，你們不要再爭了。晉王爺，靈萱是睿王的王妃，於情於理你都沒資格帶走她。再說她需要馬上上藥，所以你還是快將她送回清漪苑，請御醫過來吧。」

君昊宇看看懷中臉色已經極其蒼白的人兒，覺得夏芸惜的話很對，萬般無奈之下，只好道：「好，我讓她留在這裡，但我必須親自照顧她。」

說完後，不管君昊煬如何反應，抱著若靈萱便大步向清漪苑的方向奔去。

君昊煬鐵青著臉，握緊拳頭忍著上前搶回她的舉動。理智告訴他，現在不是計較的時候。

想到靈萱的傷，他的眸光一冷，倏地掃向倒地的兩名獄卒。

「來人！把他們給本王綁起來，聽候發落！」居然敢擅作自張，他倒要看看誰給了他們膽子，敢動他的人。

「是！」門外的侍衛立刻領命行事。

隨後，君昊煬邁開步伐，向清漪苑而去。

清漪苑裡，御醫正在為若靈萱處理傷口，上藥包紮。

一切妥當後，若靈萱已然安心地睡下。

君昊宇這才鬆了口氣，坐在床榻旁，輕握住她的手，滿目疼惜和憐愛之色。

「她現在沒事了，你還不走？」瞪著他的手，君昊煬口氣惡劣地趕人。

「……我說過，我會留下來照顧靈萱。」好半晌，君昊宇才冷然地開口，目光一直凝著床上的女子，沒有理會他。

「我會照顧！」君昊煬咬牙擠出四個字。

「你會照顧？」君昊宇譏笑地看向他。「記得上次，你也是這樣說的，可現在呢？同樣的事情又再次上演了。所以，我不會再相信你的話了。你還是回去照顧你的林詩詩吧，靈萱有我就行了。」

「君昊宇，你是要跟我作對嗎？」君昊煬不由得怒火中燒。「你別忘了，這個女人是我的王妃，她的一切由我來決定，不需要你橫加干涉——」

「夠了！」

夏芸惜沒好氣地大聲打斷兩人的爭論，手插著腰，很有氣勢地斥道：「你們都不要再吵了！現在最重要的是弄清楚，昨天到底發生了什麼事？」

聽罷，君昊宇便安靜下來，君昊煬則冷著臉，也不再發話。

然後，夏芸惜又對君昊宇道：「晉王爺，我建議你去靈萱的房間找一找，說不準會有什麼線索。」

「好，我去看看。」君昊宇點點頭，現在證明靈萱的清白最重要。

「我跟你一同去。」夏芸惜想了想，也說道。

「嗯。」走到門口時，君昊宇停住腳步，冷聲道：「昊煬，這事我管定了。我不會再讓你把她關起來，就算鬧到父皇那裡去，我也要還靈萱一個清白。」說完，大步離開。

君昊煬瞪著他離去的背影，臉色陰晴不定。

清漪苑。

君昊宇和夏芸惜幾乎將暖閣所有的地方都翻找了一次，但都沒發覺任何異樣，不禁有點洩氣。

驀然，夏芸惜聞到一股奇怪的味道，覺得有點兒熟悉，但一時又想不起來，便仔細地嗅了嗅，房間裡的任何家具、物件她都不放過。

「妳幹什麼？」君昊宇疑惑地看著她。

夏芸惜顧不上回答，搖頭繼續四處嗅著。突然，她轉身走進碧玉簾子後的月形拱門，看到床榻旁邊的紫色荷包，眉心不禁皺起。

她趕忙走過去，拿起它，認真地嗅著，結果倏地一驚，這不是……

再轉身奔至梳妝檯前，拿起象牙梳仔細地嗅了一下，結果駭然地後退兩步。好毒的計謀，好毒的人！

「妳怎麼了？夏姑娘？」君昊宇見她神色異常，難道說她發現了什麼嗎？

「晉王爺，走，我知道是怎麼回事了。」夏芸惜說完後，一陣風似地離去，轉眼就出了房門，直奔前廳。

君昊宇雖然不明白，但見她說得這麼有把握，也滿懷希望地跟上前。

第二十二章

廳裡，君昊煬坐在主位上，面無表情地道：「說吧，什麼事？」

「睿王爺，傷害林側妃的不是靈萱，而是另有其人。」夏芸惜站起身，直截了當地道。

君昊煬看了她一眼，沒有說話，靜靜等待下文。

君昊宇也凝神傾聽著。

「剛才我在靈萱的房裡仔細檢查了一遍，結果發現了這個東西。」夏芸惜從懷中掏出一個紫色荷包。

「這是什麼？」君昊煬看了一眼，不明所以。

「難道裡面有玄機？」君昊宇疑惑道。

「沒錯，的確有玄機。睿王爺，你試著聞聞看。」夏芸惜說著，將荷包遞上前。

君昊煬一把接住它，仔細地聞了聞，沒有什麼特別，只有一股極淡的檀香味。然後他又遞給君昊宇，他也仔細地聞了聞，也只聞到一股極淡的檀香味。

「這有什麼問題嗎？」君昊宇不解地看向她。

「是不是聞到了一股檀香味？」夏芸惜相信以他們的敏銳，肯定嗅到了。

「聞到了。但那又如何？」君昊煬還是不解。

「這不是普通的檀香味，如果我判斷得沒錯，它就是世上最厲害的迷幻藥——奪魂丹的氣味。」夏芸惜開口解釋道。

「什麼？奪魂丹？」君昊宇驚呼出聲，忙不迭地急問：「夏姑娘，這真的是奪魂丹？妳沒認錯嗎？」

君昊煬也是一臉震驚，直勾勾地盯著她。

夏芸惜重重點頭，沈聲道：「我記得裘老御醫說過，這香味的確是奪魂丹沒錯。只要長期吸入它的味道就會中毒，最後完全失了常性，只聽命於施術者。」

「可是這奪魂丹不是已經失傳了嗎？」君昊宇記得當年父皇就是得知奪魂丹的陰毒，因此派人追查了近五年，終於將製造奪魂丹的始作俑者捉獲，並一舉燒毀了毒窩，從此奪魂丹不復存在。

但為什麼，如今又會在靈萱的房裡找到？

「這就難說了，當年奪魂丹曾散布全國各地，就算始作俑者死了，但多多少少都還是會有一些漏網之魚，仍在暗中進行著奪魂丹的邪術。」夏芸惜嘆了嘆氣，她聽說得多了，倒還是第一次見到。

「暗中進行？難道……」君昊宇想到什麼似的，將事情連貫起來，頓悟地擊掌道：「我明白了！靈萱一定是吸進了奪魂丹的毒，才會失去常性地殺害林側妃，一定是這樣！」

果然，靈萱又是被人陷害的。

「那要怎麼解毒？有危險嗎？」震驚過後，君昊煬突然出聲問道。這才是他最關心的。

「那倒不用，這種毒……其實該說這種蠱術，藥效過後毒性就沒了。這也是施蠱者的陰險之處，如果沒有人懂，那靈萱就只能被冤枉一輩子了。」夏芸惜搖搖頭道。

一聽靈萱沒事，君昊煬放下了心，隨後目光又變得陰沈。是誰？竟然敢在他的王府弄這些邪術！

「昊煬，你自己好好想想，這次的事情，很明顯又是一箭雙鵰的毒計。給靈萱施術去殺害林側妃，然後靈萱就成了殺人凶手，因此這個幕後主謀一定是你王府的女人之一。如果你不能保護她，那就讓她離開吧。」君昊宇俊眸盯著他，語氣嚴肅認真。

「我的事你少管，若靈萱是我的王妃，我自會護她周全。只要我不允許，她哪兒都去不了。」君昊煬瞪著他，冷哼道。

「你能護她，就不會讓她一次又一次地掉進那些卑鄙小人的陷阱裡？如果你真要護她，就把你那些女人都撤走。」君昊宇也同樣瞪向他道。

「你憑什麼肯定下毒之人一定是她們？」君昊煬不以為然。

君昊宇勾唇冷笑。「這麼明顯的事，一看就知道了。女人的嫉妒之心往往是最可怕的，柳曼君不就是其中之一？」

「這我自會徹查。」雖然知道他說得有道理，但君昊煬就是不想在他面前承認。

「希望如此。我去看靈萱了。」說著，君昊宇站起身。

「你站住，不准去！」君昊煬氣極，他就這麼不懂得避嫌嗎？

君昊宇頓住腳步，隨後，突然轉身走到他面前，凝視著他，聲音平靜地開口。「昊煬，我問你一句，你愛靈萱嗎？」

愛？這陌生的字眼讓他愣了下，皺起眉。

見他不答，君昊宇繼續道：「如果愛，就好好對她，好好呵護她；如果不愛，就和離，還她自由。」

君昊煬沈默了。愛？他愛若靈萱嗎？不知道。他只知道，不想她離開，更不想看到她跟其他男人在一起的情景。

一直看著、聽著的夏芸惜，再遲鈍也察覺出兩人之間的矛盾了——靈萱是睿王的妃，但她想要自由，而睿王不讓，因為他很在乎靈萱；而晉王呢，明擺著是愛上了靈萱，但她卻是嫂子，不能言愛……

扶額暗嘆，唉，好複雜的三角關係呢！

不過現在，她必須得說句話，不然兩人又會爭論個沒完了。於是她清清喉嚨，道：「我看這樣吧！兩位王爺，靈萱現在就由我來照顧，你們呢，先各自回去休息一下，好好想想，到底是誰要害靈萱，至於其他的事等以後再說，好不好？」

此話一出，沈默相爭的兩人，倒是一致贊同。

清漪苑。

若靈萱又在作夢了，這回的夢似乎更美。

有個人一直牽著她的手，帶著她一直跑，而且還對她說：來，我帶妳離開……哇，還真的離開了，離開了束縛她的王府牢籠，一直飛、自由的飛，似乎只要跟著他，就什麼煩惱都沒有了，一切有他就行……夢境美得如此真實，如果可以，她真想待在裡面，不出來了。不過，現實卻是不允許，突然間感覺到有人在碰她的臉……

夏芸惜蹲在床邊，臉上浮起惡作劇的笑容，伸出手指，笑嘻嘻地點了點若靈萱的臉，想要把她叫醒。這女人，在作什麼白日夢呀？居然在傻笑。

居然打斷了她的美夢！「可惡，我在飛呢！」若靈萱氣呼呼地罵道，眼睛未睜開，話就先出口了。

「喏，說話都這麼有力氣了，果然是沒事了。」夏芸惜欣悅一笑，對旁邊看著的兩丫頭道。

「是呀。」多多、草草也笑著點頭，表示贊同。

不久之後，若靈萱慢慢睜開了迷離的雙眼，眼前的景象模糊一片，隱隱約約只有看到三抹人影，於是輕搖了下頭，又眨了眨眼睛，直至越來越清晰，看清楚來人後，眸色微訝。

「咦？芸惜，妳還在這兒？」

「等妳醒來呀！」夏芸惜言笑晏晏地道。見她精神狀態好多了，便接著說：「現在感覺

怎麼樣？傷口還痛嗎？」

「還好啦。多多，先扶我起來吧。」若靈萱靠在枕上說道。

多多便立刻上前，小心翼翼地扶起主子。

「對了，草草，妳快點去端藥進來。御醫交代了，她醒過來後要馬上吃藥的。」夏芸惜一拍腦袋，轉頭對草草吩咐道。

「好！」草草應聲而去。

若靈萱這時打量了一下四周，還是她的房間，君昊煬那傢伙，倒是沒有再將她扔回地牢，算他還有點良心。

「靈萱，妳這個荷包是哪裡來的？」夏芸惜突然開口，拿出紫色荷包，她知道現代女子不太會女紅，因此這絕不是她自己繡的。

若靈萱微微一愣，她怎麼會突然問這個？疑惑地道：「有什麼問題嗎？」

「妳知道為什麼妳會刺殺林詩詩嗎？」夏芸惜認真地看著她。

「我真的不知道。」若靈萱搖搖頭，更疑惑了。她怎麼會這麼問？難道她知道？

「妳被人下毒了，所以受人控制，才會刺殺林詩詩。」夏芸惜緩緩說道。

「什麼？下毒?!」若靈萱大吃一驚，她什麼時候被人下毒了，她怎麼一點感覺都沒有？

「這究竟是怎麼回事？」

看了她一眼後，夏芸惜神色沈凝地上前遞出荷包。「就是這個荷包，被人下了毒，妳聞

到過上面的香味嗎？」

「荷包？」這是她安神用的荷包，裡面的淡淡檀香能讓她舒服的入睡。

「嗯，那就是毒藥奪魂丹的香味，妳如果長期吸入它，到了某個時候，就會受人控制，做出妳自己都不知道的行為，所以才會刺殺林詩詩。」夏芸惜乾脆將事情全部道出。

這個荷包有毒？若靈萱呆怔了半晌，瞪著手中的荷包。這……是她跟素蓮出府閒逛的時候，在繡紡買的，那店主說睡覺的時候放在枕邊，能起到安神作用。難道這毒是店主下的？也不對啊，店主不可能在自家的東西上下毒吧？那還要不要做生意了？而且自己跟店主素不相識，不可能害自己呀……

見她沈思的樣子，夏芸惜不禁問道：「是不是想到什麼了？」

若靈萱點了點頭。「這個荷包是我在『凝香閣』繡紡買的，素蓮說那裡的荷包有安神作用，她想去買一個，可能是因為好奇吧，所以我也跟著買了。」

「可能？為什麼說是可能？」夏芸惜捉住了字眼，奇怪地問道。

「……當時見素蓮喜歡，那個店家又極力推銷，我就想著可能真的不錯，所以就也跟著買了一個。」皺了一下眉，她如實說道。

「這樣啊……」夏芸惜雙眸一斂，沈思了下。照這樣看來，得去看看那個凝香閣了，或許會有什麼線索。

「藥來了。」草草這時端著熱騰騰的藥碗走了進來。

「好啦，別想了，先吃藥吧。」夏芸惜接過碗。「來，我餵妳。」

若靈萱一看那黑漆漆的藥汁，臉就皺得像苦瓜，但也只能順從地就著她的手啜飲著。

「還有一點，快喝，不要浪費喔！」夏芸惜見她退縮的樣子，心中好笑，繼續將調羹送到她的唇邊，勸哄道。

「唉呀，我不要喝了啦，不差這一點嘛！」若靈萱厭惡地蹙緊眉。在二十一世紀的時候，她生病時寧願打針，也不要吃藥。

「妳都說只剩下一點，就喝了吧！」怕苦的孩子。

若靈萱嘆了嘆氣，看來不喝不行了。認命地閉上眼睛，微張小嘴，就著調羹嚥下了藥汁後，忍不住打了個顫，臉蛋皺成一團。

天啊，真是苦得要命！

這時，多多從懷中掏出蜜餞，獻寶似地道：「小姐，妳看！這是多多特地買來給妳解苦的喔！」

若靈萱頓時雙眼一亮，感激涕零地道：「多多，我真是愛死妳了！」真是貼心的小丫頭。

當蜜餞一入口，那桔香濃郁的甘甜味道，真是爽口極了，一下子就化去了原本的苦澀感。

夏芸惜在一旁看得格格笑。過了會兒，她像想到什麼似的，笑嘻嘻地道：「靈萱，那個

晉王爺對妳挺不錯的喔！快告訴我，你們是不是有……」故意頓住，詭異地看向她。

若靈萱當即白了她一眼，沒好氣地道：「妳想到哪裡去了！我們只是好朋友而已。」

話雖這麼說著，但腦海裡，竟莫名地浮現了剛才的那個夢，夢裡的人，好像是……沈思之際，臉上竟有點兒熱燙。

唉呀，怎麼會作那樣的夢呢？真是莫名其妙！若靈萱懊惱地拍拍腦袋。

「嘖嘖嘖，看妳，臉都紅了，還不認呢！」夏芸惜見她一臉複雜的神色，故意揶揄著，嘴角難掩一絲偷笑。

「廢話，睡了一覺，臉上當然會有紅痕啊！」她反駁道。

「是是，妳就撐吧，哈哈！」夏芸惜笑哈哈的，這麼蹩腳的話誰信哪？

若靈萱氣惱地瞪她，突然間有股衝動，如果身體允許，自己一定會出絕招，使出十指神功搔她癢，看她還敢不敢取笑自己！苦於身體不能行動，唯有以眼神代勞，一瞪再瞪。

夏芸惜沒在怕，搖了搖手指。「靈萱啊，做人要誠實，而且我們新時代女性，可不做縮頭烏龜的。」

「我都說了只是朋友。」若靈萱睨了她一眼，隨後，倏地頹然一嘆。「而且妳看，我現在這樣的身分，就算有那個心，也無那個力呀！」

有夫之婦，能做什麼？

「對喔。」夏芸惜一想也是，撫著腮幫子，皺眉開口。「以睿王的性格，他現在對妳有

了興趣，就一定不會放了妳的，想要離開王府，恐怕很難了。」

「所以啊，現在最重要的是取得休書，其他的，以後再說吧。」若靈萱淡言，攤了攤手。

夏芸惜眉一挑，微沈思了一小會兒，說道：「要休書妳就別想了，還是跟皇上請求和離吧，只要皇上答應，睿王也不能拒絕。」

「說得對，我也是這樣打算。」若靈萱點點頭，嘴角微勾，泛起一絲笑意。

「好，那我先預祝妳成功了。」夏芸惜朝她揚手，兩人一擊掌，相視大笑起來。

笑了一會兒後，夏芸惜突然又想到一件事，話題一轉，有點神秘地看向她。「嗳，說真的，妳跟君昊煬相處了這麼久，還共患難過，妳對他真的一點也沒心動過嗎？」

人家說患難見真情呀，而且她聽說，君昊煬還捨命救過靈萱，這女人真的無動於衷嗎？

聞言，若靈萱沈默了起來。說真的，雖然君昊煬脾氣暴躁、自以為是，但其實人還挺不錯的，是一個很有擔當的男子漢大丈夫，而且還救過自己，相處久了，說不喜歡是不可能的，但說到心動又太過了。再說他三妻四妾，她也無法忍受，她要的是一世一雙人，這是君昊煬永遠也無法給的。

想罷，她嘆氣，睨向夏芸惜。「就算心動吧，我也不會跟他在一起，妳懂的。」

「懂。」夏芸惜瞭解地點頭，嘴角揚起一抹笑。換了她，也不會。

「好了，別說這個了，我還是先躺一會兒，養足精神，過幾天好進宮面聖。」經過這次

的事後，她覺得自己越快離開越好，要不然，再來個奪魂丹，真是死了都不知怎麼回事。

「那好，妳先歇息吧，我等一下再來看妳。」夏芸惜說著，小心翼翼地扶她躺下，隨後招呼多多一聲，離開了房間。

錦翊樓。

君昊煬站在窗櫺前，斂眉陷入凝思，瞳眸如一汪寒潭，深不見底。

這幾天，他一直在思考著一個問題——昊宇說的愛，究竟是什麼？

他有這麼多女人，卻從來沒想過「愛」這個字，只是父皇讓他娶，他就娶了，說穿了，也只是政治婚姻。

對於林詩詩，他是喜歡，因為她溫柔嫻雅，跟她在一起很舒服，而且她的聰慧也是他欣賞的，王府內務的事也處理得很好，從不讓他煩心。只是這是不是愛，他倒是不知道。

而若靈萱，是他極不情願娶的，也是他最為厭惡的女人。

但後來，她卻完全變了，變得讓他……

「大哥！」一旁的君奕楓，見君昊煬喊自己來，卻不出言語，只是在那裡出神發呆，終於忍不住喚道。「你讓二弟來，到底是什麼事？」

君昊煬轉身，看了他一眼，臉色沈凝地走到他對面坐下，好半晌才開口。「二弟，我覺得自己好矛盾，對若靈萱，好矛盾。」說著的同時，黑眸閃過一絲迷惘。

「矛盾？怎麼個矛盾？」君奕楓眉一挑，有些好奇大哥竟會跟他說這些。

「就是沒看到她的時候，會想著、念著；可是看到的時候，又會忍不住跟她吵，雖然氣得七竅生煙，但心裡卻覺得好愉快。」君昊煬說著說著，索性將自己所有的感覺全部說了出來。「還有，很多事情你明明想得到她的認可，可是在嘴上，你卻硬要裝著不承認。看到她有煩心事，會不顧一切地想幫她解決，看到她有危險，就會不由自主地捨命擋在身前，看到她跟別的男人在一起，會很不高興，甚至有種想將她藏起來的想法……」

君奕楓聽得訝異極了，驚奇地上下打量著他。「大哥，你是說，對大嫂，你都有這些感覺？」

君昊煬很認真地點點頭，毫不隱瞞地道：「是的，而且我好像只對若靈萱有，對其他女人，甚至是詩詩，都沒有過，所以我真的不知道，這是什麼感覺？二弟，你見多識廣，這是什麼感覺，你知道嗎？」

「呵呵……」君奕楓詫異過後，不禁搖頭笑了笑，他這大哥，有時還真是糊塗到家了。

「你笑什麼，到底知不知道？」君昊煬皺眉，不懂他這番話有什麼好笑的？

「知道，我當然知道。」他可是過來人，豈會不知？

「那是？」

「愛。」

「什麼？」

「沒錯，就是愛。」君奕楓不緊不慢地繼續道，睨了眼呆愣的君昊煬，揚唇一笑。「所以，你才會常常想她、念她，見不得她煩惱，見不得她和別的男人在一起，更見不得她受一丁點兒傷害。因為，你已經愛上了她！」

聞言，君昊煬徹底怔住。愛……嗎？他真的愛上了？他愛上若靈萱了？

君奕楓搖頭嘆氣，大哥對待感情，還真是遲鈍得可以。他都說得這般明瞭了，他還不敢相信，還在猶豫。「大哥，說真的，人一生能遇到自己所愛的人很不容易，你既然有幸遇到，就好好珍惜吧。不然遲了，她就真的愛上別人了。」

最後一句，他意有所指。

從她如今的種種表現看來，他便明白，只怕現在的若靈萱，根本就不是以前的若靈萱，這個女子才情橫溢，而且膽識過人，就像一顆發光的明珠，到哪裡都遮不了其奪目的光華，如此女子，要不吸引人的目光也難。

若不是他早就心有所愛，恐怕也會被她所吸引吧。

愛上別人？這四個字重重地擊到了君昊煬的心上，他頓時如撥開雲霧見青天般，清楚地知道了自己心底的感覺。

君奕楓看著大哥雙眼發亮的樣子，便知道他已經有了答案。

果然，過了片刻後，君昊煬點了點頭。「你說得沒錯，我想我是愛上她了。所以我絕對不會放手的。」

若靈萱，只能是他的王妃。

「那麼大哥，你現在要怎麼做？」君奕楓見兄長想通，也替他高興，只是他擔心以若靈萱的性格，那像風一樣的女子，是不會甘願留在王府太久的。

「我先去見昊宇。」君昊煬沈默半晌後，緩緩道。有些事情，他必須要說清楚。

經過三天的細心調養，若靈萱身上的傷已然恢復大半，慢慢地，也能下床走動了。

今天，她決定出府透個氣，不然老是待在府裡，遲早得憋出病來。因此用過早膳後，她便拉著夏芸惜逛街遊玩去了。

京都，永遠都是那麼繁華熱鬧。

若靈萱和夏芸惜一邊逛，一邊交頭接耳地議論著，兩人興致勃勃，每到一個攤子，都流連一會兒才走。

「大家來看看呀！」一個年輕的小夥子正叫賣著。「精巧的燈會吉祥物，快來瞧瞧！」

若靈萱聽見這爽朗的叫賣聲，好奇不已，便拉著夏芸惜走過去。

板子上擺放著各式各樣的吉祥物，有小彩陶猴、招財金蟾、金錢豬、吉祥寶瓶，還有龍、鳳、麒麟等等吉禽瑞獸，看得兩女雙眼發亮。

「哇！這麼多吉祥物，我還是第一次看到呢！」

「芸惜妳瞧，這個小象很可愛耶！」若靈萱拿起一個十分討喜的吉祥物，笑咪咪地遞到

她面前。

夏芸惜眼一亮。「是挺可愛的，牠背上還馱著一個瓶子，真特別！」

「還有，這個梅花鹿也好漂亮……」

「我倒覺得這個白鶴不錯……」

街道的另一頭，拓拔瑩正走在大街上，漫無目的地閒逛著。

不經意地抬頭，就看見前面的若靈萱，眸一瞇。這不是跟君昊宇在一起的那個女人嗎？居然在這裡也能見到她，哼，還真是冤家路窄呢！

突然間，她看見若靈萱身後有一輛堆著木板的推車衝了過來，由於木板疊得很高，擋住了推車人的視線，眼看著就要朝若靈萱撞去！

夏芸惜剛開始沒注意到，等發現時已來不及了，就在這千鈞一髮之際，一道人影疾速自靈萱身旁一閃，伸手就將她扯到了一旁。

「靈萱！妳沒事吧？」夏芸惜立刻緊張地上前，仔細打量她。還好，平安無恙。

若靈萱這才回過神來，看著擦身而過的推車，再看看突然出現的拓拔瑩，雖然驚訝，但還是感激道：「謝謝妳，三公主。」沒想到她居然會救自己！

「真要謝我的話，就請我喝杯茶吧。」拓拔瑩放開她，心中另有所想。既然碰巧遇到了，那她就好好問問，這個女人和昊宇到底是什麼關係，為何兩人會那般親密？

「沒問題。」若靈萱想了一下，便點頭答應。

醉月樓酒家。

雅間裡，若靈萱、夏芸惜、拓拔瑩三人正在優雅地品著手中的香茶。

「喂，妳到底是誰啊？」拓拔瑩放下茶杯，看著若靈萱直接問道。

「其實妳想知道的，是我跟昊宇是什麼關係，對吧？」若靈萱微勾唇角，看到她眼裡的敵意，當然知道那是因為君昊宇了，因此故意道：「那我告訴妳吧，我是他最要好的紅顏知己。」

「妳?!」拓拔瑩瞪大了眼睛，掃視了她一圈後，才不屑地道：「說謊也不打草稿！妳除了長得還算過得去之外，有什麼值得昊宇喜歡的？想誆我，沒那麼容易！」

哼，自己都能將她比下去了！拓拔瑩有自信地想著。

「呵呵……」若靈萱聞言，突然笑了起來。她突然覺得，這個公主竟是如此可愛呢！果然，有些事物不能只看表面。

「笑什麼？我說得不對嗎？」拓拔瑩惱了。

「公主，那我問妳了，妳又喜歡君昊宇什麼？他除了是皇子的身分，還長得好看一些之外，我也看不出他有什麼值得妳喜歡的。更何況皇室裡，長得好看的皇子也不止他一個吧？」若靈萱忍住笑，反問道。

拓拔瑩愣了一下，她喜歡君昊宇什麼？她倒是沒有想過這個問題，只知道上次差點從樹

上掉了下來，是他剛巧路過救了她的，因此她便對他一見鍾情了。

她認為，自己是來選駙馬的，而第一個見到的是他，這就是緣分了。

「那妳呢？喜歡他什麼？」好半晌，拓拔瑩才看著她問道。

「我？」若靈萱微怔，然後道：「我可沒有說，我喜歡他。」這個問題她根本沒想過，只是想逗逗拓拔瑩而已。

「那妳就是不喜歡他了？既然這樣，就把他讓給我吧！」拓拔瑩說得很直接，她們天域國人，喜歡就勇敢追求，不會扭扭捏捏的。雖然，她也搞不明白自己到底喜歡他什麼？

聽罷，若靈萱又想笑了。「三公主，那妳有沒有問過，他喜不喜歡妳？這可不是我說讓，就能讓的。」她真是天真得可以。

拓拔瑩的臉色瞬間難看至極，怒氣竄升。這女人是故意的嗎？明知道君昊宇再三拒絕她，所以就向她炫耀是不是？

猛地拍桌而起，怒道：「妳好大的膽！居然敢羞辱本公主？」

「羞辱？我沒有。」若靈萱皺了皺眉，不明白好好的她幹麼發起火來？

「妳就有！」拓拔瑩生氣了，一甩衣袖，不知不覺就用上了內力。

若靈萱感到一陣強風直撲而來，身體不由自主地往後退，直撞在身後不遠處的牆壁上。

「靈萱！」夏芸惜沒想到兩人說得好好的會打起來，一時措手不及，驚叫一聲，衝向若靈萱。

拓拔瑩這才驚覺自己無意之中做了什麼，有點懊悔，不由得僵在那裡。

「靈萱！靈萱，妳有沒有事？沒摔傷吧？」夏芸惜跑到她身邊，見她安然無恙，這才稍放下心，然後轉頭對著拓拔瑩就罵道：「妳有沒有搞錯？好好的突然動手打人，萬一摔到頭可怎麼辦？像妳這種野蠻惡毒的女人，晉王爺永遠不會喜歡妳的，作夢吧！」

「芸惜，算了，別說了。」若靈萱不想她們起衝突，畢竟對方可是皇上的貴客。

「可是她太過分啦！」夏芸惜仍是很光火。

「妳……」自小眾星拱月、嬌生慣養的拓拔瑩，哪受過這種氣？當即就朝她揮了揮拳頭。「妳敢罵本公主，想挨揍嗎？」

「那就動手吧！」夏芸惜冷哼一聲，還真的挽起了衣袖，大有大幹一架的態勢。

拓拔瑩氣極，隨即一掌向她的身上襲去。

夏芸惜不緊不慢地揮拳，迎上她的攻勢，兩人妳來我往，就在這雅間裡打了起來。

「別打了！」若靈萱趕緊起身，上前勸道：「別打了妳們，快住手！」一個不小心，她拐到了凳腳，重心不穩地跌倒。

正在這時，突然聽得「咻——」一聲，窗外驀地飛來一枝利箭，自她頭頂掠過，「兜」地直插在後面的木櫃上。

氣勢之猛，箭頭之準，可見對方早有預謀。

若靈萱看得駭然，瞪著身後的利箭。要不是剛才她突然跌倒，恐怕現在已經成為箭下亡

魂了！

正打得難分難解的夏芸惜和拓拔瑩也是一驚，不由得停下手，警惕地盯著窗外。很明顯，剛才的箭，是要射殺若靈萱的。

「靈萱，妳快躲起來！」夏芸惜立刻對她說道。

話剛落下，又一枝箭從不知名的地方飛了過來，要不是拓拔瑩反應及時，袖中軟鞭出手，將箭甩向一邊，怕是要直穿若靈萱的心臟了。

「喂，沒嚇著吧？」拓拔瑩睨了她一眼。

「靈萱，怎麼樣？」夏芸惜奔到她身邊，關心地道。

若靈萱驚魂未定，勉強朝她擠出一個笑容。「沒、沒事。」然後感激地看向拓拔瑩。

「謝謝妳！」她又救了自己一次。

「我們還是快走吧，我覺得刺客不止一人。」拓拔瑩現在的神情很認真，沒有了平時的驕蠻跋扈。

「好，走吧。」夏芸惜點點頭，認同她的話。

於是，三人迅速離開雅間，可就在走出門口沒多久，小庭院的其中一個雅間裡，突然竄出了兩名黑衣人，提劍直擊她們。

「該死，還真讓妳烏鴉嘴說中了。」夏芸惜低咒一聲，沒有武器的她，只能徒手迎擊黑衣人。

「女人，快躲到旁邊去！」拓拔瑩皺眉對若靈萱道，軟鞭也同時出手。

若靈萱只好應了聲，快步跑到不遠處的假山後面，緊張地伸頭觀看。

夏芸惜雖然沒有武器在手，但拳腳功夫可不輸人，單打獨鬥還是可以撐得過的。而拓拔瑩，手中的軟鞭則是靈活自如，如同有了生命般，緊纏著黑衣人。

交鋒二十多招後，夏芸惜已經漸漸不敵，好幾次都差點傷到，拓拔瑩見勢不妙，急忙揚手抽出一包藥粉，迎面撒向黑衣人。

沒想到她會來這招，黑衣人躲閃不及，只覺得一陣異香撲鼻而來，頓時身子一軟，踉蹌幾步後摔倒在地。

跟著，拓拔瑩躍向前，與夏芸惜聯攻另一個黑衣人，一反劣勢，打得黑衣人節節敗退，最後飛身而逃。

兩人這才鬆了口氣，相視一眼，突然就笑了起來。

「公主、芸惜，妳們沒受傷吧？」若靈萱跑了過來，緊張地問道。剛才真是看得她心驚膽顫，可是自己沒有武功，幫不上忙，只能在一旁乾著急。

「沒事，那些下三濫傷不了本公主的。」拓拔瑩略顯疲乏地揮手，真是好久都沒打得這麼激烈了。

「謝謝。」若靈萱已經完全對她改觀了。

拓拔瑩朝她搖了搖手，意思是不用謝，繼而邁步走到倒下的黑衣人身邊，想將他捉起來

審問，誰知一扯下蒙面布，竟發現黑衣人的臉已成青黑色，眼睛緊緊閉著。她一驚，急忙探向他的鼻尖——果然是沒了呼息。

「他死了。」發現異狀的夏芸惜，也趨上前察看，好半晌才道：「死得好詭異……沒咬舌自盡，也沒中毒，莫非……中蠱了？」

「什麼？又是蠱？」若靈萱不由得擰著眉，若有所思。上次她中的毒也是蠱，兩者之間會不會有關聯呢？

似乎看出她心中所想，夏芸惜凝眉，再詳細地檢查了一下黑衣人的屍體。「靈萱，看來這次要殺妳的人，和上次向妳施蠱的人，他們的幕後主使者必定是同一個人。真歹毒啊，為了防止洩密，竟悄悄地在手下身上下蠱，一旦他們失敗了，就施術殺死他們。」

一旁的拓拔瑩聽得一頭霧水。「妳們在說什麼呀？蠱又是什麼？」

「這事複雜，以後有時間再告訴妳。現在我們還是快點回府吧，不然我怕又會有危險了。」夏芸惜說道，就怕一會兒再出現黑衣人，又要節外生枝。

「那我送妳們一程吧，如果再有殺手，起碼也多一個人應付。」拓拔瑩站起身，收起軟鞭，很有義氣地說道。

於是，三人便結伴回去睿王府。

一路上，倒也沒有刺客再出現。到了王府門口，拓拔瑩和夏芸惜才向若靈萱告別。

若靈萱一回到清漪苑，就看見多多在裡面整理著一些禮品。

「多多，妳在幹什麼？」她走進屋內問道。

「小姐，妳回來了。」多多抬眸跟她打個招呼，然後說道：「是王爺吩咐的，說皇宮有宴會，這些禮品先擱在這兒，明天他過來跟妳一塊兒進宮，再讓人來帶著。」

「喔，知道了，那妳忙吧。」若靈萱自顧自地坐在一邊，想著到底是誰要殺她？會不會又是林詩詩那家子？

多多偷偷瞧著她，似乎有話想說，但又不知該怎麼啟口？今天早上她聽說了，晉王爺要娶天域公主，小姐如果知道了，不知會有什麼反應呢？

三天前聽小姐和夏小姐的談話，隱隱約約的，她直覺小姐好像對晉王爺有點什麼……

「小姐，妳餓了嗎？我去準備午膳吧。」多多放下手中的東西，轉過身來，猶豫了很久才開口說道。

「嗯。對了，妳是不是有什麼事情？」若靈萱看著她欲言又止的模樣，心下覺得奇怪，便問道。

「沒有。小姐，我去準備午膳了。」多多搖頭，她還是不要多嘴的好。

「不對，妳一定有事。快告訴我，怎麼了？」若靈萱拉住她。平時多多都是知無不言的，今天真的很反常。

多多咬著唇，再次猶豫半晌，最後還是不想隱瞞了，便道：「小姐，我聽人說，晉王爺

要當駙馬了。」

「駙馬？」若靈萱感到錯愕，一時間反應不過來。

「就是說，他要娶那個天域國公主。」多多乾脆明說。

若靈萱頓時僵怔住，彷彿一座美麗的女神雕像，動也不動，只是呆呆地瞪著多多。

「……喔，原來他真要娶了。那日子選定了沒有？」心突然酸酸的，她掩飾住自己的情緒，若無其事地問。

「好像是下個月初七。」多多見主子沒有異樣，這才放了心，看來是自己想太多了。

「真快。」若靈萱突然淡淡地笑了，想起他曾經說過不會娶公主的話，好像也只是幾天前的事而已，如今卻……

「小姐，那我去準備午膳了。」多多再次說道。

「不用了，我不餓，妳先下去吧。」若靈萱揮了揮手，突然間胃口全無了。

多多雖不解，但還是依言退下。

房間安靜了下來，若靈萱緩緩站起身，踱步到窗櫺前，站定，神色漠然地看著外面。

終究，還是食言了吧？

眸中的憂傷一閃而過，眼眶突然有些發燙。為什麼她會在意？

他要聯姻就聯姻，關她什麼事了？

真討厭，這樣的自己……

晚上，君昊煬來到了清漪苑，跟若靈萱一起用膳。

看著滿桌子精緻的菜餚，若靈萱仍是一點胃口也沒有，連筷子都不想動，就這麼懶懶地坐在那裡。

「怎麼了？菜不合妳的胃口嗎？妳想吃什麼？我讓他們重新去做。」君昊煬看她一動也不動地坐在那裡，不禁關心地問道。

「不用了，你吃吧，我不餓。」若靈萱淡淡地道，她真的不想吃。

「不餓也要吃，妳身體剛好，一定要多吃些東西才行。」君昊煬數落著，隨後親自盛了一碗湯給她。「本王特地吩咐廚子燉了活魚湯，說是補氣養血的，快趁熱吃吧。」

聞言，若靈萱詫異地看了他一眼，沒說什麼，最後還是依言吃了起來。

君昊煬見她肯用膳，微微一笑，過了會兒，似想起什麼，臉色有些嚴謹，想說什麼又不知該如何開口的樣子。

「你是不是有話要說？」若靈萱蹙眉看他。

君昊煬放下筷子，薄唇動了動，眼神多了幾分複雜，好半晌，他才開口。「靈萱，對不起。」一聲音雖然是一貫的低沈，卻有著一絲低柔和歉疚。

這是第一次，他跟人道歉。

若靈萱怔愣住，幾乎不敢相信自己聽到的。一向驕傲自負的君昊煬，居然在跟她道歉？

是他說錯了，還是自己聽錯了？

「本王已經知道，詩詩不是妳有意傷的，妳是被人下蠱毒了。」君昊煬沒理會她震驚的眼神，繼續道。

所以，冤枉了她，就來跟她道歉了？若靈萱聽明白了，卻仍是很驚詫，沒想到他也會承認自己的錯誤。

「算了，都過去了。」她淡扯唇角，搖搖頭。「而且當時的情況，我確實很難不讓人懷疑。」說真的，她這次沒有怪他，畢竟誰會知道是蠱毒作祟？

見她沒有責怪自己，君昊煬這才放下心，俊顏揚起一抹亮眼的笑容。

「吃飯吧！」若靈萱低下了頭，繼續啜飲著碗裡的湯，沒再理會他。不知是不是錯覺，今天的君昊煬似乎不一樣，溫聲細語，還道歉，難道轉性了？

「靈萱，現在蓮兒有了孩子，快當母親了，妳……妳怎麼看？」

突然地，君昊煬又問道。只是這回，似乎有點緊張的樣子。

若靈萱將調羹含在嘴裡，斜睨了他一眼，略略思索後才道：「恭喜你。」

搞什麼？這傢伙今天真是奇怪得可以。突然問她這個，幹麼呢？

君昊煬又道：「那妳喜歡小孩嗎？」

「喜歡呀，小孩子很可愛，而且府裡有小孩子，感覺就會更熱鬧了。」

「是嗎？妳真的這樣認為？」君昊煬眼一亮，帶著一絲喜悅。

若靈萱越發納悶，不由得蹙了蹙眉，放下見底的湯碗，沈凝片刻後說：「你今天到底想幹麼呢？」語氣奇怪，神情奇怪，問題更奇怪。

「沒幹麼，其實本王是想跟妳說，如果妳也喜歡小孩，就生一個吧！」他乾脆直接道明。

還是不懂他在說什麼，她沒好氣地接了句。「跟誰啊？」

誰知這話，卻惹惱了某人。君昊煬猛地拍案而起，怒瞪她。「當然是本王！難道妳還想跟別人?!」

「……」

空氣中的氣流倏然停止了，四周鴉雀無聲，靜如死寂般。

良久，若靈萱才回過神來。「王爺，你沒喝酒吧？」

「若靈萱，本王是非常認真地在跟妳討論問題！再說了，妳是本王的王妃，為了不厚此薄彼，就讓妳也懷上本王的子嗣。」沒錯，這是個絕妙的主意！只要她懷了孩子，就算她不喜歡自己，這一輩子也都得和他糾纏不清了。

「不必了，你還是繼續厚此薄彼吧。」

「妳說什麼?!」君昊煬再瞪她。

「王爺，我今天很累，想休息了，你有什麼話明天再說好不？」拋下一句話後，若靈萱就起身快步走到榻上躺下，把被子一拉，整個人全裹在被子裡。

看她像老鼠見貓似地迅速躲了起來，本欲發怒的君昊煬，只能壓抑著滿腔怒火，微嘆口氣，什麼也沒說，便轉身走了。

待人走遠後，若靈萱才從被子裡伸出腦袋，沒好氣地在心中腹誹：這自大狂今天肯定吃錯藥了！說話亂七八糟，找不到東南西北。生孩子？作他的春秋大夢吧！

翌日中午，若靈萱跟著君昊煬進宮，為近日的宴會做準備。

然後，若靈萱趁著君昊煬去找君奕楓時，便悄悄來到永壽宮，單獨面見皇帝。沒多久，通報的嚴公公出來，示意她進去。

順武帝一身明黃龍袍，坐於大殿裡，臉上依然是慈祥的笑容。

「參見父皇，萬歲萬歲萬萬歲！」若靈萱恭敬地行跪拜禮。

「快快平身。」順武帝笑呵呵地道。「來人，賜座！」

「謝父皇！」

順武帝眉開眼笑地看著她，撫了撫長鬍子。「靈兒，好一陣子沒見妳了，近來可好？」

「臣媳很好，謝父皇關心。」若靈萱抿唇輕笑，心裡有點感動。這皇帝的親切，總能讓她想到親人。

「這次兩國聯姻，宮中宴會不少，不如妳就跟昊煬在宮中多待一陣子吧？」順武帝提議著。

聯姻？這兩個字似是一根刺，插在她的心尖上，一旦碰觸就會隱隱地痛。但她告訴自己，這不是嫉妒……

隨後，她若無其事地點頭，淡笑道：「好的，父皇。」

順武帝呵呵一笑，看得出心情非常好。突然，他想到了一件事，又笑道：「對了，靈兒，妳上次出戰平城有功，朕都還沒有嘉賞妳呢。現在妳說說，想要什麼賞賜？」

話畢，若靈萱心中一動，看來時機已到了，這時不說還待何時？

於是她站起身，走上前，再行跪拜禮後，懇切地開口。「父皇，臣媳不求賞賜，只求父皇答應臣媳一個要求。」

「喔？」順武帝挑了下眉，有點好奇。「什麼請求？妳但說無妨。」

若靈萱躊躇了會兒，然後鼓起勇氣，抬眸直視皇帝，緩緩說道：「請父皇恩准臣媳，跟睿王爺和離。」一字一句，說得十分清楚。

然而，她話一出，順武帝卻驚愣住了。

他萬萬沒想到，靈兒提的竟是這種要求！這，到底是怎麼回事？當初她不是很愛煬兒，非君不嫁嗎？為什麼此時會突然說和離？

「靈兒，妳知道自己在說什麼嗎？」他疑惑地問道。

「回父皇，臣媳非常清楚。這一直都是臣媳心中所想、所盼、所求之事，萬望父皇成全。」她語氣堅定，有種不可動搖的氣勢。

「這……」順武帝眉頭輕擰，沈思了片刻，很好奇他們之間到底發生了什麼事，為何她要如此堅定地請求？「靈兒，能告訴朕，這是為什麼嗎？」

若靈萱明清泉眸凜然直視，毫不猶豫地道：「這樁婚姻本來就是個錯誤，我跟睿王爺對彼此都沒有感情，既然這樣，何苦要讓這個錯誤一直延續下去，讓大家都不快樂呢？」

「可是妳當初……」

「父皇，當初是臣媳不懂事，現在臣媳想通了，懇請父皇恩准。」若靈萱說著，恭敬地磕了三個頭。

見她態度強硬，神情認真，似乎不和離不甘休，一時之間，順武帝為難了。

一個是他的兒子，一個是才華橫溢的兒媳，他真不知道該如何定奪，況且他還不知道他們之間的情況究竟如何……

「父皇？」見他不說話，若靈萱有些心急地催了催。

順武帝微嘆口氣，斂眉沈思著。雖然他早就知道煬兒並不願意娶靈萱，只是礙於聖旨，但是從上次出征歸來後，他卻發現，煬兒對她的態度明顯改變了，誰知現在，提出和離的竟然是她……

「好吧，朕先頒予妳和離書。」他沈吟出聲，心中卻是另有想法。

「謝父皇！」若靈萱欣喜若狂，三呼萬歲。

君昊煬來到睿華宮，一走進偏廳，就看到若靈萱手肘撐在桌上，單手倚著腦袋瓜子，百無聊賴地把玩著手中的毛筆。

「靈萱，這麼急著讓人通知本王前來，難道是想本王了？」他一進來，就笑著打趣道。

若靈萱抬眸睨了他一眼，沒有說話，把筆一擱後，指了指前面的椅子，淡淡地道：「王爺，先坐吧。」

君昊煬眉一挑，有些疑惑，但還是依言坐下。

見他落坐，若靈萱也不拐彎抹角，直視著他剛毅的俊顏，輕聲道：「王爺，有些話憋在我心裡很久了，只是一直找不到時機說出，可現在發生了那麼多事，我覺得有必要跟你說清楚了。」

「喔？妳想說什麼？」君昊煬見她表情如此慎重，更加疑惑了。

「就是……」若靈萱深吸口氣後，認真地看向他，朱唇輕吐。「我們和離吧。」

聞言，君昊煬的心驀地一沈，臉色瞬間變得很難看。

第二十三章

「和離？」半晌，他才幾不可聞地道出這兩個字，黑眸幽沈，直直盯著她。

「是的，我要求和離，請王爺答應。」若靈萱一臉漠然地說。想當初這個正妃之位對她來說就沒半點意義，只是當時自己身寬體胖，又沒有家世後盾，怕出了王府自己要吃苦頭，而且御賜王妃的頭銜，也不是她說不要就能不要的。但是現在，自己變漂亮了，店鋪的生意也漸漸上軌道，是該尋找自己的新人生的時候了。而且皇帝都頒下和離書了，君昊煬應該會簽字吧？只要他肯簽字，她就真正自由了。

君昊煬面無表情地聽著，感覺自己從來沒有這樣失落過。心，像被什麼狠狠刺傷般，那樣痛苦、那樣難受。

雖然上次，她也說過要自己休了她，但當時他只是憤怒，如今卻是……

若靈萱見他怔怔地坐在那裡，一動也不動，更沒有說話，便再度出聲道：「王爺，聽到我說話沒有？」

君昊煬回過神來，繼而深深地凝視她一眼。「為什麼一定要和離？」聲音極度低沈，似乎在壓抑著什麼。

她就這麼討厭他，想擺脫他嗎？

若靈萱眉眼輕揚，十分正經地道：「這不是王爺你想要的嗎？自我嫁進王府後，王爺想做的就是這件事。既然你我本就無情，當然是早散早好。」

「妳……」沒錯，當初他是這麼想，可現在……

「還有，你也知道我這人比較隨興，嚮往自由，討厭被束縛，侯門深宅這樣的地方，根本不適合我。」若靈萱沒理會他，繼續說明自己的立場。

君昊煬臉色陰寒至極，陡然站起身道：「不行，本王不會和離，也不會放妳走！」

「王爺。」若靈萱似乎早料到他會刁難，倒也沒動怒，只是不慌不忙地從懷中掏出和離書，遞到他面前。「這是皇上親自頒下的和離書，也就是說，皇上已經批准了。」

什麼？她竟然……

瞪著桌上的和離書，君昊煬黑眸一冷，如暴風雨即將來襲的前兆，薄唇緊抿，本就陰沈的臉色，此刻更是駭人。

「請王爺簽字，別再浪費彼此的時間。」若靈萱毫不畏懼地迎視他，拿起筆，放到和離書旁邊。

君昊煬黑著臉，冰水寒眸散發著陣陣冷意，倏地一把拿起筆，帶著怒意狠狠地折斷，再拋擲到一旁。

「休想！妳休想跟本王撇清關係！」

「君昊煬，你講理一點好不好？」看著被他折斷的筆，若靈萱生氣了，泉眸綻放絲絲怒

火。「你又不喜歡我，幹麼還要這樣死腦筋？莫非是因為你那可笑的面子嗎？」
「我是——」「喜歡妳」這三個字，君昊煬幾乎衝口而出，但最後還是忍住了，只是寒著臉死瞪著她。
正當氣氛僵持不下的時候，忽聽門外響起一聲太監的通報——
「皇上駕到！」
「父皇萬福！」君昊煬和若靈萱停止對峙，轉向走進來的順武帝行禮。
順武帝眼利，一下子就看出兩人正處於僵局中，八成是因為和離的事而爭吵吧。微嘆口氣，他真不懂靈兒為何要這樣堅持？
走到一旁坐下，臉色沈重地看著自己的兒子和兒媳。「你們談得怎麼樣了？」
君昊煬依舊黑著一張臉，沒吭聲。
若靈萱面向皇帝，抬眸一望，再一次跪地懇求。「父皇，請恩准臣媳的要求，在和離書上蓋璽印。」只要蓋了印，就算君昊煬不答應也不行了。
聞言，君昊煬的臉更黑了，怒火更熾。這女人就這麼無情，想盡辦法也要跟他和離嗎？他倏地轉向皇帝。「父皇，您可記得，曾經答應過兒臣，會滿足兒臣一個請求？」
「嗯，確有此事。」順武帝點了點頭。
君昊煬冷澀的冽眸看了一眼若靈萱，繼而看向皇帝。「那麼兒臣的請求，就是不要和離。」

話畢，若靈萱沈著一張臉。該死的君昊煬，居然出這招，懇請皇上不要和離，她才不讓他得逞呢！「父皇，您是不是承諾過會重賞臣媳？」

順武帝無奈地閉了閉眼，再次點頭。「朕是說過。」

「那麼臣媳不求賞賜，只求和離。父皇不也頒下和離書了嗎？那就是已經應允臣媳了。」若靈萱繼續據理力爭。

「若靈萱！妳夠了沒有？」君昊煬怒斥一聲，她真的一點餘地也不留嗎？

「不夠！」若靈萱睨了他一眼，轉過頭對皇帝道：「父皇您乃是明君，君無戲言，所以臣媳懇請父皇蓋印。」今天，她非要和離不可。

順武帝斂眸沈思了一會兒，視線游移在他們身上。君無戲言，但兩邊都承諾過，他一時難以定奪。

「靈兒，其實煬兒對妳很不錯了，妳難道感覺不出來嗎？」

若靈萱蹙眉，看向皇帝。突然來一招懷柔政策，是打算說服她嗎？既然這樣，她只好把話題攤開，說出自己心中的疙瘩了。

「父皇，沒錯，睿王是很好，但卻永遠都給不了臣媳想要的，也是臣媳最在意的東西。」

「那是什麼？」順武帝一聽，疑惑了。

君昊煬深沈的黑眸，也直盯著她。

「唯一。」若靈萱毫不猶豫地道，清脆的聲音一字一句地吐出。「臣媳想要的，是唯一的愛，是睿王身邊只有臣媳一人，並無二婦。」

在古代，這可能會讓人覺得很荒謬，但她是現代人，要她一輩子待在王府，與成群的女人共同侍候一個男人，那是不可能的。她要的是一世一雙人，如若沒有，寧可不要。

果然，此話一出，順武帝不可置信，愣然地看著她。

君昊煬的神情也是不可思議，眉頭擰得更緊，不悅地道：「若靈萱，本王沒想到妳居然有這種想法，當真是可笑至極！這番話若是讓別人聽去，只會讓妳自己落得妒婦的名聲。」

若靈萱聽了，不禁在心底冷笑：妒婦？這就成妒婦了？君昊煬，這就是你的理解？看來，我們果然不是在一個層次上的。

「王爺說得很好，臣妾是妒婦，所以，王爺沒必要再留個妒婦在身邊。」她冷言嘲諷。

「妳——」君昊煬瞪著她。「說來說去，妳就是想找籍口離開本王！」

「沒錯，我就是想離開你。」這本來就是她的目的。「我告訴你，我是個很貪心的女人，我要的是完全屬於我的男人，而不是跟別的女人分享，更不要做『三妻四妾』裡的其中一個！難道感情不應該是一心一意只愛對方一個嗎？」

她的一番話說完，大殿裡突然陷入了沈寂。

順武帝斂眉深思，這樣的言論，他還是第一次聽到。一心一意，說得容易，世上又有幾人能做到呢？在他們帝王家，這更是不可能的。

沈默良久的君昊煬，神色沈凝，看不出喜怒。他凝視著她半晌後，才緩緩地開口道：「靈萱，或許妳說的有妳的道理，可如果這樣，妳是不是也要公平一點？妳想要『唯一』的愛，那麼妳對我，是否也要付出毫無保留的愛？」

若靈萱怔愣了一下，隨後輕笑著搖頭。「我幹麼要跟你討論這個問題？罷了，沒必要爭執下去。你想要的是寬宏大量的妻子，我給不起；我想要的，你也給不了。既然如此，我們還是和離吧，這樣對大家都好。」

不同時代的人，怎麼也不會明白她的想法。

「如果我說，我會考慮呢？考慮妳所說的呢？」突然，君昊煬語氣柔和地開口，深幽的黑眸直直凝住她。

若靈萱淡淡一笑，他這是在遷就她嗎？考慮？如何考慮呢？撤散所有女人？要是這樣，如此薄倖寡情的男人，她只會更看不起他。

「靈萱，給我時間，或許我也可以——」他是真的不想失去她。

可話未完，若靈萱就打斷道：「不必了，睿王爺，如果你真的有一點在乎我，那就請大發慈悲，放我自由吧！」

「若靈萱！」君昊煬有些挫敗地低吼。他都做到這個地步了，怎麼她還是要和離？

「王爺，好聚好散，日後好相見。」若靈萱皺眉，不懂他為什麼還要堅持，她說了這麼多，他都聽不進去嗎？

「作夢！本王是不會答應的！」君昊煬的怒氣又被挑起，反對的語氣十足。

若靈萱冷哼，梟眸挑釁地對視著他。「王爺，我差點都忘了，我原本是在徵求父皇的意見，所以你的反對無效。」

「妳——」

「罷了罷了！你們都不要再爭了，容朕來說句話吧！」順武帝這時攤了攤手。

若靈萱抬眸對上順武帝，語氣客氣地道：「是，父皇請說。」

順武帝以威嚴的目光掃視了兩人一眼，道：「夫妻之間最重要的是互相瞭解、互相包容，這樣才能好好相處下去。既然現在你們把問題說開了，不如就給對方一個機會吧，說不定結果會不一樣呢。」

聽聞，若靈萱眉頭緊斂，冷睨了一眼君昊煬。誰要跟他相處了？而且他們根本不是夫妻，只是有名無實而已。

「父皇，臣媳覺得沒這個必要。」

「怎麼會沒有呢？以前你們相處不來，或許是因為不瞭解，現在都已經言明了，朕覺得應該給彼此一個機會。」順武帝還是想為兒子爭取一下。

「可是父皇，你答應過讓臣媳和離的，君無戲言。」

「沒錯，兩邊都是君無戲言，所以朕不能草率決定。」這個理由很好。

「父皇這樣做法，明顯要失信臣媳。」若靈萱指出了他的錯誤。

「若靈萱，妳太無禮了！」君昊煬怒喝道。這個女人居然咄咄相逼，誓不甘休，真是半點機會都不願給他嗎？

「我只是實話實說。」若靈萱毫不動搖，一副力爭到底的樣子。

君昊煬還想再說，順武帝就揮手道：「好啦好啦，都不要爭吵了，聽朕說。」頓了頓，微嘆口氣，接著道：「這樣吧，朕給你們兩個月的時間，看你們能不能相處得來。兩個月後，如果還是不行的話，朕就親自在和離書上蓋印。」

「父皇……」君昊煬黑眸一瞪，正想反對。

豈料順武帝卻搶先一步，嚴肅地說道：「煬兒，朕主意已決。」

君昊煬悻悻然一拂袖袍，不再言語，但心裡卻想著，就算兩個月後，他也不會答應和離的！

若靈萱卻是沈默不語，內心兀自琢磨著。皇帝老子都發話了，要是她再堅持下去，恐怕會惹得他不高興，到時得不償失就不好了。罷了，兩個月也不算太久，就再忍忍吧，反正她是一定要離的了。

見她沒有說話，順武帝眉頭輕蹙，便接著開口。「靈兒，還有意見嗎？」

都這樣說了，她哪敢還有意見？若靈萱暗中腹誹著，極不情願地回道：「一切就聽從父皇的吧。」就再忍那自大狂兩個月好了。

順武帝這才滿意地笑了。希望兩個月後，他能看到好結果。畢竟這個才貌雙全又智慧無

比的女子，真的很難得。

談判結束後，順武帝留下了君昊煬，似乎要商議什麼事情，若靈萱便識趣地退下。

與多多踏步在碎石拼接的小徑上，兩人一前一後地走著，快要穿過迴廊時，突然聽見後面傳來宮女們的談話聲——

「沒想到要娶天域公主的人，居然是七殿下！」

「是呀，我還以為又是大殿下呢，畢竟他呀……」後面的沒說，只是一陣笑聲。大家都知道，每次皇上替皇子們選秀，他們個個都拒絕，就只有大殿下接受了。

「喏，這次的可是個公主嘛，她怎麼可能會屈居側室呢？當然是要挑未婚皇子嘍！」

「不過皇子那麼多，怎麼會輪到七殿下的？」

「妳還不知道嗎？天域公主喜歡他嘛，還追了好幾天呢！估計咱七殿下呀，是被公主感動了。哈哈……」

「是呀是呀……」

八卦的聲音一直到轉角處才漸漸消失，若靈萱怔怔地聽著，心裡悶悶澀澀的，幾乎快透不過氣來。為什麼……會如此難受？靜靜地轉身，清澈的眼眸似蒙上了一層灰，變得黯淡無光。

繁華的京城街市。

「小姐，妳看這個好可愛！」多多拿著一個瓷娃娃說道。

「嗯。」若靈萱無精打采地應著，眉毛都沒有挑一下。

多多有些洩氣，儘管一路上自己都指著稀奇好看的東西企圖讓小姐開心，但是每一次她都只淡淡地瞥過一眼而已，沒有一樣能吸引她的注意力。

好像自從小姐知道晉王爺要聯姻以來，就是這個表情，讓她也不禁再次懷疑，小姐真是喜歡上晉王了吧？要不，怎麼在聽到宮中侍女的對話後，就變得如此恍惚？

夏芸惜大老遠就看到了她，一下子衝上前去，喊道：「靈萱，我可找到妳了！」一早去到睿王府，人不在，再奔進皇宮，又說走了，現在終於在街上遇到她了。

「芸惜，什麼事？」若靈萱疑惑地看向她。

「到裡面說去。」夏芸惜指了指旁邊的茶館，沒等到她反應過來，就拉著她快步走進去。

登上二樓，選了個不顯眼的角落坐下後，店小二殷勤地招呼著，奉上茶水、小食。

待店小二退下後，夏芸惜便迫不及待地開口。「靈萱，我聽奕楓哥哥說，晉王要聯姻了，他要娶三公主，到底有沒有這回事？」

若靈萱低垂眼眸，半晌才輕聲道：「沒錯，日子都定了，下個月初七。」

「妳很在意？」突然，夏芸惜話題一轉，直盯著她。

若靈萱一愣。在意？「妳胡說什麼呢？我怎麼會在意？」眸光閃爍一下，然後語氣不悅地看向她。

「靈萱，妳可以騙我，但是騙不了自己，妳明明就很在意。」夏芸惜一語道破。

若靈萱嚅了嚅嘴，想反駁什麼，但話就是梗在喉頭裡說不出。

夏芸惜又繼續道：「靈萱，妳喜歡晉王，所以才會這麼在意。妳現在的神情倒是跟我當初一樣了，所以，妳其實是騙不了我的。」

聞言，若靈萱又是一愣。她喜歡上君昊宇了？怎麼可能？不會的！她才不在意他要娶誰，她只是有些不舒服罷了。

「我沒有──」她下意識地想反駁。

「妳如果沒有，就不會如此的紛亂煩惱。妳不承認，是不想面對他要聯姻的事，是嗎？」夏芸惜一針見血地直刺她的心口。

若靈萱怔忡無語。今日的夏芸惜似乎有些咄咄逼人，令她沒有招架之力。

夏芸惜微嘆一聲，握住她置於桌上的手。「靈萱，不要憋在心裡了，有什麼就說出來吧，難道對著我，還有不能說的話嗎？」

「我……」若靈萱低著頭，眼底閃過一抹掙扎，雖然極力想否決，但內心深處已隱隱認同了芸惜的話。

沒錯，她是在意的，非常在意。

可是在意又能怎麼樣？讓他不要娶嗎？更何況他要是不願意，誰能逼得了他？她說了又能起什麼作用？

想到這裡，不禁一嘆。「也許妳說得對，我是喜歡上他了。」在好朋友面前，她不想再隱藏。

「靈萱，妳先不要難過，或許事情還有轉圜的餘地呢。我看得出來，晉王是喜歡妳的，他要娶公主可能只是皇上的意思，並非他自願的。」夏芸惜看到她眼裡的苦澀，輕輕地開口勸慰道。

「不可能，皇上的為人我很清楚，他是一個明君，不會強迫自己的兒子。」若靈萱搖搖頭，唇角苦澀地揚起。「而且我也不認為，昊宇會接受一個自己不喜歡的人。」

或許，他真的被拓拔瑩感動了吧，畢竟公主也是一個不錯的女孩。

「那這樣吧，妳為自己爭取一次。」夏芸惜突然認真地道。

「爭取？」她疑惑地抬眸。

「對，爭取一次。現在我們都只是在猜測，可聯姻的詳情到底是怎麼一回事，我們並不知道。所以妳現在應該去找晉王問清楚，看他到底是不是心甘情願娶三公主的？」夏芸惜提議。

若靈萱怔然地坐著，心中的某一根弦似被挑動了。她想爭取，可是她好怕，如果昊宇是自願娶公主，是喜歡上了公主，那她不知自己能否承受得了？

「靈萱，既然已經明白了自己的心意，為什麼不爭取一次呢？幸福是要靠自己的，別人幫不了妳。如果爭取過，就算是失敗了，起碼以後也不會留有遺憾。」

她的話讓若靈萱的心一動。沒錯，幸福是要靠自己的，可是她……

「靈萱，難道妳願意看著自己喜歡的男人娶了別的女人，然後生兒育女嗎？妳再猶豫不決，晉王就成了天域國駙馬了。」夏芸惜受不了她的鴕鳥心態，點破事實，逼著她作決定。

若靈萱緊緊地咬著唇瓣，桌上的雙手使勁地互相捏揉著。她似乎看到了他們成親拜堂、相依相擁的恩愛畫面……心好痛，痛徹心腑，原來她是這麼在意。

夏芸惜不再逼她了，她知道若靈萱現在需要的，是自己能夠想明白。

晉王府。

天逐漸暗了，月亮高掛樹梢。君昊宇站在窗前，看著外面燦爛的星空，久久地沈思著，神色悵然。

「昊宇你看，這是我畫的圖，漂不漂亮？」拓拔瑩漾著大大的笑容，獻寶似地拿出一幅山水畫，遞到他面前，讓他欣賞。

自從知道他答應聯姻後，她的心就像飛上了半空，巨大的狂喜幾乎淹沒了她，只差沒有興奮得幾天幾夜睡不著覺了。

只是美中不足的，是他對自己仍保持著距離。雖然沒有像以往一樣，躲得遠遠的，但卻

是冷冷淡淡，她說十句，他都不答上一句，真是氣死人了，就像現在！

君昊宇淡淡地掃了眼畫，沒說什麼，只是輕輕「嗯」了一聲。

「……這是我做的糕點，你嚐嚐看好不好吃？」看出他心不在焉，拓拔瑩有些不高興，但仍維持著笑容。

「嗯。」仍是淡淡的口吻。

「這是我刺的繡，好不好看？」遞上一塊亂七八糟的繡絹。

「嗯。」

「君昊宇，你這是什麼意思！」拓拔瑩臉上的笑容再也掛不住，忍無可忍的大聲發飆。小手一甩，糕點和繡絹掉得滿地都是。

「拓拔瑩，妳幹什麼？」終於回過神的君昊宇不悅地問道。這女人又發什麼瘋？就不能讓他靜一下嗎？

「嗯嗯嗯……你嗯什麼呀？我在問你話，你神遊到哪裡去了？」拓拔瑩委屈又氣憤地大嚷。

太過分了！從小到大，她何時這樣討好過誰了？下廚也是第一次，可他居然視而不見！

「如果妳看不慣，可以出去。」君昊宇皺眉，不耐煩地下著逐客令。

「你——」拓拔瑩氣惱至極，眸含幽怨地瞪了他一眼，轉身就衝了出去。混蛋君昊宇，她再也不要理他！

終於安靜下來了。君昊宇略帶疲乏地揉了揉眉心，這兩天幾乎快讓那個刁蠻公主給煩死了，好不容易今天終於可以回府了，誰知她竟擅自求得父皇的恩准，搬到這裡來。

微微嘆氣，背著手邁步走出房間，來到庭院。

月色如水，光華如練。君昊宇佇立在長廊的欄杆邊，完美側臉似上好的水玉，長長的睫毛映出兩道陰影，掩在眼睫下，顯出些許落寞的傷感，黑髮隨風輕輕起舞，舞出憂鬱的弧度。

他緩緩仰起頭，望著天上的明月，眼前只出現一張眉目如畫、明眸皓齒的女子嬌顏。唇角勾起一絲苦笑，怔忡失神。

靈萱……

翌日，君昊宇下早朝回到晉王府。

才剛要進門，就發現眾男僕婢女們排列整齊地等在大門內。他還沒有發話，這些人便一起行著禮大聲道——

「恭迎王爺回府！」

君昊宇微怔，隨後不悅地道：「你們這是幹麼？誰讓你們這麼做的？」

「是我！」下一刻，一道嬌滴滴的聲音響起，跟著拓拔瑩笑吟吟地現身。

昨天她連夜進宮求助皇后，要怎麼樣才能贏得心上人歡心？皇后就教她，男人都是喜歡

溫柔體貼的女子，吃軟不吃硬，因此不能跟他硬拗，得想法子討他歡喜、逗他開心，所以她就弄了這麼一齣，希望能讓他高興。

君昊宇一見她，臉色就不好看。

拓拔瑩不以為意，還親熱地上前挽著他的手臂，討好般地笑問：「怎麼樣？我這麼做你喜不喜歡、開不開心？」

「以後別自作主張，大家都很忙，如果妳閒著的話，就去幫忙吧。」君昊宇不冷不熱地回了句，隨後拉開她的手，走進大廳。

熱臉貼了冷屁股，拓拔瑩一臉悻悻然。

可她沒有氣餒，很快地，她又漾起燦爛的笑容，說道：「昊宇，我還有一個驚喜要給你，保證你見了一定會很開心的。」不管他願不願意，她硬拉著他前往馬廄。

君昊宇神情不悅，很想甩開她，但拓拔瑩卻纏得緊緊的，生怕他跑掉似的，沒辦法，只好跟著她走了。

「妳又玩什麼花樣？」真是受不了這個女人！

「別急別急，到了！」她笑說著，然後洋洋得意地向前一指。「你看！」

君昊宇橫了她一眼，待定睛覷瞧後，霎時驚得無法言語。馬廄裡居然放著各種各樣嬌豔綻放的盆花?!

「馬廄又臭又髒，我特意讓人清理乾淨，又親自佈置了一番，以後你來馬廄，就不會感

覺到臭了。」拓拔瑩雙手插腰，沾沾自喜地邀功。「你看我多賢慧呀！」
「妳……」君昊宇氣得說不出話來。
「你先別激動，驚喜還在後頭呢！」拓拔瑩興奮地說著，完全沒注意到君昊宇已然鐵青的臉色。
「什麼？還有？」君昊宇驚呼，突然有種不好的預感。
拓拔瑩神秘兮兮地對他燦爛一笑，隨即拍拍手，只見馬伕牽著一匹高大威武的馬走出來，然而可笑的是，這匹氣勢不凡的馬兒，背上竟然披著一方色彩斑爛的鞍褥！
「你看這副鞍褥跟這匹馬多配呀，不枉費我一番苦心找來。要是以後上戰場跟敵人打仗，保證能嚇退他們！」拓拔瑩興致勃勃的比手畫腳。「昊宇，不如讓你那些士兵們的戰馬也披上這樣的鞍褥吧，多威風凜凜啊！」
能不能嚇退敵人君昊宇不知道，他唯一能肯定的是，他和他的軍隊定會成為敵人的笑柄！絕對！
忍著想掐死她的衝動，他神情惱怒地掃向馬伕。「阿勝，你過來！」
阿勝見他動怒，心感不妙，隨即戰戰兢兢地跪了下來。
「本王是怎麼交代你的？」他怒聲質問。「你把本王的話當成耳邊風了嗎？」
「王、王爺恕罪！三公主說她是未來的王妃，就是主子，主子的話奴才就要聽，所以……所以奴才……不敢阻攔……」阿勝哆嗦著道。

君昊宇氣得七竅生煙，深吸了幾口氣才勉強緩和怒意，喝道：「下去！這情況別讓本王再看到第二次！」

「謝王爺開恩！謝王爺！」阿勝磕了個頭後，慌慌張張地退下了。

一旁的拓拔瑩不明所以，困惑地眨眨眸。「昊宇，你怎麼突然生氣了？」

君昊宇看著她無辜的神情，冷著臉發洩似地踢倒腳邊的盆花，又直直走向戰馬，取下那鮮豔得刺目的鞍褥，扔到拓拔瑩跟前。「妳當我的戰馬是妳過家家的玩偶嗎？行軍打仗不同兒戲，稍有不慎便會全軍覆沒，妳到底明不明白？」看著滿廄的花花綠綠，他心中的火氣不禁越燒越旺。

拓拔瑩驚呆地看了看腳前的鞍褥，又抬眸望著毫不留情地斥責她的君昊宇，霎時又氣又委屈。「我只是想讓你高興，可你非但不領情，還那麼凶的罵人家……」

「我不需要妳的關心，別自作聰明。」君昊宇毫不領情。

「嗚……」拓拔瑩這次似乎很傷心，淚珠一顆又一顆地從眼眶滑落，聲音哽咽。「我知道你不喜歡我，可是……可是我對你是真的喜歡呀……我費盡心思，還不是為了讓你高興……而你卻……」

看見她哭得唏哩嘩啦，君昊宇的心不由得軟了下來，微微嘆息一聲後，淡淡地安慰道：「好了，別哭了。這次就算了，別再有第二次。」

誰知，拓拔瑩卻哭得更大聲、更委屈，都快成淚人兒了。

看戲了。」

君昊宇只好拍了拍她的肩膀，算是撫慰。「都說算了，還哭什麼？再哭，我就不帶妳去看戲了。」

「看戲？」拓拔瑩立即止住了淚水，睜著一雙明眸驚喜地看著他。「你要帶我看戲？是民族大戲嗎？」自從來到晉陵王朝後，她最愛看的就是民族大戲了。

君昊宇淡淡點頭，輕勾唇角。「是，可我不想帶隻花臉貓去。看妳，哭得都成什麼樣子了。」

拓拔瑩一聽，慌忙拭淚。「昊宇，我立刻去洗臉梳妝，你等我！」說著，突然踮起腳尖，飛快地賞了他一吻，隨後開心地跑走。

這一幕，剛好落入來到晉王府，走進馬廄找人的若靈萱眼裡。

她泉眸猛眨，抿了抿唇，內心悶得如壓了一塊岩石，透不過氣來，便轉過身去，不願多看一眼。

君昊宇皺著眉，抬手猛擦頰邊，就在轉身的時候，發現了前方的娉婷倩影，頓時一怔。

剛好，靈萱這時也看向他，兩人就這樣靜靜地對視著，彼此心潮起伏，卻誰也沒開口說一句話。

「靈萱，妳怎麼會來的？」努力平撫胸中的翻騰，好半晌後，君昊宇才走上前，輕聲開口，打破靜默。

若靈萱斂下愁緒，定了定神後，抬眸冷靜地看向他。「我來這裡，只是想親自問你一件

事。」

「什麼事？妳說。」君昊宇深深地凝望著她，沈聲啟言。

「……為什麼要娶三公主？你是不是對她動心了？」若靈萱神色沈著無波，語氣平緩，不是質問而似詢問，但衣袖下緊握的拳頭，卻顯示出她內心的緊張。

君昊宇怔住，沒料到她竟會問得如此直白，他該怎麼回答她？

「你可以直接說，不用顧忌我。」清水泉眸緊緊地盯著他，不想錯過他臉上流露出的任何表情。

「妳真的要聽？」君昊宇定了定心神，也許這是個讓他說清楚的機會，他只有狠下心了。

「嗯。」若靈萱頷首，暗暗地屏息。

君昊宇看著她，字字清晰地緩緩道：「沒錯，我確實是動心。」

短短幾個字，卻像是一把尖銳鋒利的刀插入她的心，深不見血。輕輕垂下的眸中，不自覺地浮現一層水光，櫻唇緊抿，面無表情。

「那，你是真心娶她的了？」無言許久後，若靈萱終於找到自己的聲音。

「對。」君昊宇回答得毫不猶豫。因為這樣做既能增加兩國友誼，也能讓自己斷了心。他不會告訴她，在心裡，她是他一輩子唯一動心的女人。

他的話猶如在她的心上再用力地刺了一刀，痛得她說不出話來，只感到一陣陣的窒息。

原來自己在乎的程度，遠遠超過她的想像，她甚至有種想要逃離的衝動，她真想什麼都不要問了……

「你愛她嗎？」終於，她還是忍不住問道。

君昊宇薄唇輕抿，俊顏沈凝，最後，狠下心道：「愛。」

「……好，我明白了。」若靈萱眸中只剩下一抹釋然的苦澀，她終於知道了答案，一切只是她自作多情。

君昊宇目光深幽，一言不發地凝望著她，心中五味雜陳。

原以為自己聯姻一事，對她不會造成什麼影響，可沒想到，她居然親自來到晉王府詢問他。見她這麼在乎，他本應是喜悅的，這證明她對自己不是沒有感覺，他甚至還有一種想跟她解釋一切的衝動……

可是，她是昊煬愛的女人，昊煬是他最愛的大哥，因此他只能硬生生地壓下念頭，狠心說出違心之論。

正在這時，後面傳來一個丫鬟的聲音——

「王爺，三公主來請王爺過去。」

君昊宇閉了閉眼，待再睜開眼時，已然隱藏好心中澎湃的情緒，深黑的眼眸波瀾不興。他淡淡地開口。「抱歉，我先失陪。」

「我也該離開了，祝你新婚愉快。」心裡雖然很難過，但她還是倔強地揚起頭，微笑地

轉身，逼自己頭也不回地離開。

遙望著漸漸遠去的纖纖倩影，他的眸光迅速黯淡下去，像燃盡了的煙火，剎那間失去了光輝，徒留一些無法挽留的傷悲與遺憾。

靈萱，大哥是個很好的人，妳一定會幸福的……

天空朝陽燦射，空氣一片清爽。

若靈萱神情黯然地坐在湖畔的草地上，細長的烏黑髮絲隨風飄揚，清蹙的黛眉下，睫毛半斂住水亮的雙眸。

「唉……」一會兒後，她抬頭望著天上的白雲，心情十分鬱積，沈重得幾乎透不過氣來。

心中有一股好痛好難受的感覺，漸漸擴散至全身，折騰著她的每一處。清泉水眸，迅速蒙上了一層淡淡的霧靄。

「還好嗎？」夏芸惜不知何時走到了她身邊，輕喚一聲。

「芸惜，妳沒回去？」聽到她的聲音，若靈萱驚訝地轉頭，她還以為她回府了。

「我不放心妳，就跟來了。」夏芸惜淡淡地說著，隨即在她身邊坐下。

若靈萱「喔」了一聲，沒再說話，轉回頭，默然地抱起雙腿，下巴抵在膝蓋上，繼續發呆。

夏芸惜看了她一眼，小手撥弄著地上的青草，輕嘆道：「想哭就哭吧，憋在心裡會把自己悶壞的。」一個用勁，她將青草連根拔起，放在手中把玩著。

雖然自己不知道君昊宇和若靈萱說了些什麼，但看靈萱的神情，她就猜到了答案。

「沒人要哭啊！」若靈萱淡淡地揚唇，努力擠出一個笑容。她若靈萱，怎麼可能會為男人哭呢？絕對不會！

看著那比哭還難看的笑容，夏芸惜心裡也好難過，不禁攬過她。「來，肩膀借妳用。」

滾燙的淚珠突然從眼眶中滑落，若靈萱猛地抱住自己的好姊妹，輕聲抽泣起來，藉以發洩自己心中的鬱悶和苦痛。

夏芸惜心疼地拍撫她，無言地安慰著。

兩人就這樣互相依偎地坐在湖邊，直至天空漸漸被黑色的布幕取代……

君昊煬坐在書房裡，若靈萱被下蠱刺殺詩詩，還有前天被追殺一事，他不會就這麼讓它不明不白地過去。他一定要追查清楚，究竟是誰三番四次要害靈萱？為什麼要害她？敢動他的人，他一定不會輕饒！

這時，張沖由外面走了進來。「王爺，屬下查到了一些消息。」

「是什麼？」君昊煬看著他，語氣有些急迫。

張沖一拱手，恭恭敬敬地回稟道：「回王爺，屬下去了凝香閣仔細地查過，可是那間店

並沒有出售荷包，只是賣一些繡工圖和布疋，連附近的街坊也都說，他們經常光顧凝香閣，卻從來沒見過什麼荷包。不過有件事很奇怪。」

「什麼事？」君昊煬皺了一下眉。

「那個店主說，十七那天他東主有喜，所以中午起他就沒開店，當他聽到我說這件事的時候，還嚇了一大跳呢！屬下當然不信，再三盤問，他仍是一口否定。以屬下的經驗，也覺得他沒有撒謊，就不知這到底是怎麼一回事了。」張沖恭敬地說完便站在一旁。

君昊煬劍眉深鎖，難道是有人假扮店主，賣荷包給靈萱？照這麼說，那就是早有預謀，知道靈萱和素蓮會去那間店……突然，深邃的黑眸鋒芒一閃。

要真是這樣，那知道她們行蹤的，不是只有清漪苑的人嗎？靈萱平時出門，都會向她們交代。看來他得要暗中調查一番清漪苑才行，特別是跟靈萱親近的人！

「對了，鄖國公那件事，查得怎麼樣？」這時，君昊煬又想起了一件事，臉色微沈地看向張沖。

「王爺，上次鞭傷王妃的確是鄖國公的命令，那兩個獄卒已經承認了。」張沖答道。

「果然是他！」君昊煬的臉色變得很難看，眸光陰霾，冷聲道：「張沖，你派些能幹的人，暗中監視鄖國公，除了調查上次王妃被擄的事件外，還要知道他最近都見了些什麼人。」

鄖國公為了自己的女兒，一直視靈萱為眼中釘，因此他很懷疑，刺殺靈萱的黑衣人就是

他所派。當然，其他線索他也不會放過的。

「是，王爺！那屬下先告退了。」張沖恭敬地退了出去。

看著手中的荷包，君昊煬凝眉沈思，心中頭一回自問：自己娶了那麼多女人，究竟是對是錯？想起趙盈、孫菲、落茗雪、柳曼君，要是沒有嫁給自己，那她們就不會為了王妃之位而犯罪入獄。如今落得如此下場，是她們的錯，還是……他也有錯？

看來，是應該正視一下這個問題了。

翌日，若靈萱和多多、草草一起用早膳。

席間，若靈萱精神萎靡，胃口欠佳，吃了幾口便擱下了碗筷。從昨天到現在，鬱結在胸口的苦澀仍未消散，心情依然不能平復。

看見小姐一副食慾不振的樣子，偶爾還出現了乾嘔的症狀，多多、草草立刻相視一望，隨即支支吾吾地道：「小姐……妳……」

察覺到兩個丫頭的異樣目光，若靈萱水眸一眨。「我怎麼了？」

「是不是懷孕了？」兩丫頭異口同聲地說。

若靈萱頓時啞然，隨後失笑道：「妳們這兩個丫頭在想什麼呢？我只不過是昨晚睡不好而已，怎麼就懷孕了？」

「不是懷孕嗎？」多多、草草眼底閃過失望。

若靈萱沒好氣地搖頭，鄭重地宣告：「我不妨告訴妳們，我跟王爺之間清清白白的，就算曾經睡在一張床上，但也是什麼都沒發生過，所以這樣根本不可能懷孕，明白嗎？」她又不是聖母瑪利亞。

「小姐，你們真的沒圓房嗎？」兩個丫頭半信半疑地望著自家主子。

「沒有！」若靈萱佯裝生氣地瞪了兩個丫頭一眼。

多多、草草聞言，霎時無力地垂下頭，嘴裡嘀咕道：「要是小姐懷孕了該多好啊……」沒想到小姐還是個姑娘，那要什麼時候才能當上名副其實的王妃呀？萬一被殷小妃捷足先登，那可怎麼辦？

「妳們說什麼？誰懷孕了？」

這時，一道訝然的聲音自門外響起。

眾人回頭，看見一襲白衣裙的殷素蓮纖手撐著腰，在婢女的攙扶下款款走來。

「素蓮，妳來了！」見到她，若靈萱總算有了一絲笑容。

殷素蓮在婢女的攙扶下落坐後，便有些迫不及待地問：「姊姊，妹妹剛進來就聽到『懷孕』二字，難道姊姊有身孕了？」

「沒有。」若靈萱否認。「都是這兩個丫頭瞎猜的，沒這回事。」

殷素蓮抿唇一笑。「姊姊無須緊張，王爺如今待姊姊極好，若是懷孕了，必定會萬般呵護。」

「素蓮，妳誤會了，我真的沒有——」被殷素蓮一口咬定她懷有身孕，若靈萱真的是百口莫辯。

「妹妹能有今天全靠姊姊的幫忙，沒有姊姊，妹妹在王爺心裡什麼都不是，王爺寵愛姊姊，姊姊為何要一再否認呢？」殷素蓮握著若靈萱的手，眸中難掩酸意。「難道是擔心妹妹跟姊姊爭寵？」

若靈萱連忙擺手。「妳想太多了，我和他之間什麼都沒有，真的！」眼下除了否認，她都不知道該說些什麼才好了。

這時，殷素蓮像想起什麼似的，突然抬眸看她，帶著一抹探究的眼神問道：「姊姊，我聽說妳前天在醉月樓遇到殺手，那麼有沒有查出是誰幹的？」

提起這件事，若靈萱就蹙眉，臉色微沈地搖頭。「王爺已經在追查了，可暫時還沒有頭緒。不過我猜，很有可能又是林家。」只有那家子人，才會老是想將她趕盡殺絕。

「是嗎？」殷素蓮若有所思。

「別管這些了，妳用了早膳沒有？不如就一起吧，我吃不了多少，免得浪費。」若靈萱招呼著她一起用膳。

殷素蓮微笑地點頭，落坐後，水眸流轉，突然又道：「對了，姊姊，林側妃明天在惜梅苑設宴，讓我過去跟她聚聚，姊姊妳來不來？」

聞言，若靈萱揚眉，疑惑了。「妳跟她很熟嗎？幹麼無端端邀約妳？」平時素蓮跟林詩

詩好像沒幾句話聊吧？

「大家都是王爺的女人，姊妹相稱的，偶爾邀請聚聚，也不奇怪。」殷素蓮柔柔笑道。

「喔。」若靈萱聳聳肩，不過她可不想對著林詩詩，便道；「那妳去吧，我最近身體有點不適，恐怕不能陪妳了。」

「這樣啊……」

「對不起了。」

聽著她歉然的語氣，殷素蓮無所謂地笑笑。「沒關係，姊姊，既然妳身體不適，當然不能勉強的，那我就自己去吧。」

「嗯，不過妳得留個心眼，免得被她算計。」

「放心吧，姊姊，素蓮會照顧自己的。」

「那就好。我就怕妳太單純，不及那女人有心計，吃虧了可不好，所以得提醒提醒妳。」她可是對林詩詩半點好感也無。

「放心吧，姊姊，我會的。」殷素蓮握了握若靈萱的手，感動得淚漣漣。「沒想到在這深宅大院裡，我能遇到像姊姊這樣好的人。素蓮希望姊姊能永遠這樣待我好，能永遠信任我。」

若靈萱抬手輕輕擦拭她的淚水，柔聲說道：「傻瓜，如果我不相信妳，我也不會幫妳取得王爺的寵幸，所以，別哭了，臉哭花就不美了，要怎麼去綁住王爺的心呢？」

在這王府裡，除了多多、草草，就只有素蓮她最信任了。

殷素蓮破涕為笑，嬌嗔道：「姊姊就會調侃我！王爺的心哪能這麼輕易被我綁住？」

若靈萱捂住胸口，一副痛心疾首的模樣。「天吶，像素蓮這樣美麗漂亮善良單純的人兒上哪兒去找啊？若是綁不住王爺的心，就太沒天理了。」

看見她誇張的動作和語氣，殷素蓮不由得掩嘴輕笑。「姊姊真是沒個正經。」

「傻瓜，那是因為我把妳當成好姊妹呀！」

「姊姊，妳真是太好了……」

送走了殷素蓮沒多久，又到了晚膳時間，若靈萱還是覺得沒什麼胃口，乾脆吩咐廚房不用備她的膳了，逕自撈起一個蘋果，有一下沒一下地啃著。

多多、草草則是無飯不歡，兩人正吃得歡。只是這次她們似有心思般，眉心蹙得緊緊的，不時還看向倚在軟榻上的主子，一副欲言又止的模樣。

「妳們不好好吃飯，老看我做什麼？」若靈萱剛好抬眸，又見到了兩丫頭盯著自己看。

兩丫頭妳看看我、我看看妳，一時不知如何啟口。

若靈萱奇怪了。「怎麼了？有話就說呀！」這兩丫頭是怎麼了？

「……小姐，妳覺不覺得，殷小妃有點問題？」多多猶豫了一會兒後，終於忍不住開口道。

沒想到她會說這個，若靈萱蹙了蹙眉，有些不解。「問題？素蓮有什麼問題了？」

多多撓了撓頭。「這個嘛……我也不知該怎麼說，總之就覺得她好像跟以前不一樣了……」

「嗯啊，我也這樣覺得。」草草也插進一句話。「小姐，不知是不是我們多心，我覺得現在的殷小妃，古裡古怪的，行事古怪，說話也古怪。」

聽了半天也沒聽出什麼的若靈萱，沒好氣地瞪向兩人。「古怪古怪……說了半天也沒個準兒，殷小妃哪裡古怪了？妳們是不是也像其他閒著沒事做的丫鬟一樣，喜歡在背後說人家的是非？」邊說邊起身戳兩人的小腦袋瓜。

「不是啦，小姐！妳聽我說嘛！」多多揉了揉被戳痛的腦門，繼續抒發一己之見。「現在殷小妃給人的感覺就是不踏實，對妳也沒以前那麼真誠了，說話都話中帶話似的。」

「對對，就拿剛才來說，好像是在試探妳似的……」草草也道。

聽著她們的話，若靈萱不由得沈默了下來。其實，她不是沒有感覺到，不過既然大家是好姊妹、好朋友，就不應該因著一點小事而斤斤計較。更何況，素蓮現在是有孕的人了，聽人說，孕婦是特別敏感脆弱、神經兮兮的，因此素蓮的言行，倒也沒什麼奇怪的吧？

「好啦好啦，素蓮的為人我清楚，別再瞎猜瞎操心了。」

兩個丫頭聽主子這樣說，只好住了口，不再說了。或許真是她們多心了吧，畢竟殷小妃可是受了小姐很多大恩的，而且還是小姐的好姊妹呢！

第二十四章

煩悶、煩悶，鬱積、鬱積……胸口處如同堵了一塊巨石，讓她感到快要窒息了，因此決定溜出府透透氣。

就這樣，若靈萱一直漫無目的地走著，完全不知道自己要去哪裡，只是不停地邁步向前。

不知過了多久，覺得有些累了，便來到附近的一間悅來客棧。

才一進去，就看到坐在靠窗前獨自發呆的夏芸惜，她的面前，正擺放著幾壺酒和幾碟小菜。

「芸惜？」若靈萱微訝地走了過去，這丫頭怎麼了？

興許是她的聲音震回了夏芸惜的心神，她怔了一下後，緩緩回眸，眼底迸出興奮的光。

「靈萱？真巧啊！我正愁著不知找誰拚酒，妳就來了，不如就一起吧！」

「為什麼想拚酒？」若靈萱疑惑地坐在她對面，問道。

「一醉解千愁嘛！來來，別多說了，痛痛快快地陪我喝一場！」夏芸惜豪氣地一揮手，拿起一壺酒，遞到她面前。「不要用碗了，就直接喝吧！」

一醉解千愁？若靈萱心動了一下，要是真的能解愁，倒也不錯。想罷，也豪氣地笑道：

「那好吧，咱們不醉不歸！」說完，將整壺酒直接灌進嘴裡。在二十一世紀時，她的酒量可不差，經常和一幫好友唱KTV拚酒，藉以減壓呢！

拚了一會兒後，她們覺得不過癮，便向店小二要了十多壺酒，到後院的廂房裡再拚一回，如此可以毫無顧忌。

所以現在——

若靈萱和夏芸惜毫無形象地趴在桌子上，臉色緋紅一片，幾壺黃酒下肚，兩人眼中已有幾分醉意。

夏芸惜打了個酒嗝，一把攬住若靈萱，拿起酒杯送到她的面前，說道：「來，再喝！喝多了，就什麼都忘記了……」話未說完，又打了個酒嗝。

「對，什麼都忘記，把那些臭男人呀，全都忘了！乾杯！」若靈萱邊笑邊說著，手中的酒杯與夏芸惜的酒杯相碰，一口飲盡。

「夠豪爽！咱們新新人類，就是要這麼豪爽。男人給我們閃一邊去吧……今天就喝個痛快，這陣子真是快憋死了。靈萱，妳知道嗎？妳真是對了我的胃啊！在這裡能夠遇到妳，我真是三生有幸！就衝著這個，咱們還得再喝三杯。」夏芸惜開心地大笑著，一杯酒直灌到底。

「不只要喝三大杯，還要喝三大罈，喝它個天翻地覆……」若靈萱嘻嘻一笑，再次把兩個人的酒杯斟滿。

「說得對！哈哈……」

此時，燕王府裡，君奕楓和君昊宇正在商議事情，突然有個侍衛跑了進來，向他們各行了一禮，隨後稟報道——

「王爺，有人發現芸惜姑娘在悅來客棧裡，正跟睿王妃拚酒呢。」

燕王吩咐過，隨時隨地都要掌握住夏芸惜姑娘的行蹤，一有異樣，就得立刻向他彙報。

聞言，君奕楓和君昊宇同時一怔。拚酒？這是怎麼回事？

「二哥，我們去看看，我怕她們會有事。」君昊宇有些憂心。昨天靈萱落寞離去的那個畫面，一直盤旋在他心頭，揮之不去。沒有人知道他是費了多大的勁，才壓下想去找她的念頭。

「好，走吧！」君奕楓點點頭，他也想去看看芸惜怎麼了？

悅來客棧的廂房裡——

桌上的酒壺亂七八糟地放著，酒杯早已摔得稀巴爛，兩個女人醉意朦朧地拿著酒壺，在半空中交互碰著，而她們身上的衣衫，已經被酒水和菜汁弄得一片狼藉，兩人卻毫不在意。

「看妳，醉得連杯都碰不準啦！哈哈……」

「嘻嘻，妳還不是一樣！」

兩人笑得東倒西歪，笑得亂沒形象，笑得從椅子上摔了下去還在笑，那神情跟瘋子沒兩樣。

「我們都沒醉，繼續喝！」夏芸惜大聲傻笑著，突然覺得全身輕飄飄的，快樂無比，像踏在雲端上一樣。自從來到古代，成為名門閨秀後，生活就變得規規矩矩的，一點樂趣也沒有。如今可以這麼肆無忌憚的喝酒、放聲大笑，可以隨意的說話……真好呀……

「嗯，喝！」

君奕楓和君昊宇簡直不敢相信他們所看到的。才剛走進廂房，一陣濃濃的酒氣就撲鼻而來，而造成眼前這一切的兩個瘋了般的女人，一個是王妃，一個是侯府千金，她們還在那兒整壺酒猛往嘴裡灌，然後摟抱著搖搖晃晃地唱起歌來。

君昊宇快步走上前，一把奪過兩個女人手上的酒壺，放到一旁。

若靈萱和夏芸惜正喝得興起，手中的酒壺卻突然不見了，已有七分醉的女人，秀眉不禁微微地皺起，看向打擾她們興致的「罪魁禍首」。

「君昊宇？你怎麼變成兩個了？」討厭，一個已經讓她很心煩了，為何還要出現兩個？

「妳喝醉了，我送妳回去。」君昊宇無奈地搖搖頭，環抱著她的纖腰，將她扶起身。

「不要！」若靈萱一把推開了他，酒意朦朧地笑嚷起來。「我沒醉，我還要喝！芸惜，來，我們繼續唱歌吧……」

「噓！靈萱，不唱歌，我們來跳舞……跳啦啦舞……」說完，夏芸惜搖搖晃晃地跳了起

來，卻一個站不穩，幾乎摔倒——

幸得君奕楓眼疾手快地上前接住，將她抱進懷中。

若靈萱看著醉酒摔跌的夏芸惜，吃吃笑了起來。「不是啦啦舞，是拉丁舞，妳這個笨蛋，醉得連話都說不清了……」

「好了，靈萱，別鬧了。」君昊宇皺著眉，沒好氣地再度拉她進懷中。

「七弟，我先送芸惜回去，你留下來照顧大嫂吧。」君奕楓打橫抱起懷中的人兒，動作輕柔得像在對待易碎的瓷娃娃般。

「嗯。」君昊宇點了點頭。

於是，廂房裡只剩下若靈萱和君昊宇兩人。

「來，我扶妳到榻上去，然後弄解酒茶讓妳解酒。」君昊宇輕抱著若靈萱說道。

誰知她卻不合作地揚手，用力地推開他，不悅地斥道：「別煩我，我還要喝酒哪！」隨後，目光掃向桌面，目標當然是現在看來很可愛的酒壺……興奮地撲上去，拿起來就往嘴裡灌。

「都說不要喝了。」君昊宇眉擰得更緊，大手一伸，那酒壺便到了自己的手中。

原本仰著頭倒酒的若靈萱，突然發現手中的酒壺不見了，跑到了君昊宇的手裡。

「喂，你這是幹麼？」小手扯住他，眸光盈盈流轉，被酒醺染的櫻唇更加嬌豔欲滴，聲音微嗔道：「搶我酒，是想陪我喝嗎？」

君昊宇看著眼前這個醉意朦朧的女子，說話完全失了平時的風格，剛想數落她的話全堵在喉頭，一時間他突然有種喉嚨緊縮的感覺。

媚眼如絲，嬌美豔麗，盈盈水瞳似染上一層氤氳水霧，噘著小嘴看向自己，這副酒醉的媚態，讓他不禁心弦一動，腦海中一下子浮現出她被他壓在身下的那一幕……

情不自禁地，大手輕輕撫上她酡紅的嬌美容顏，細細地摩挲著，手中滑嫩的觸感讓君昊宇的瞳孔瞬間幽暗異常。

若靈萱瞪視他半晌，沒等到回應，不耐煩了，一把搶過他手中的酒，嘴裡咕噥道：「不陪我就算了，我自己喝……」

興許是她的聲音震醒了君昊宇，他猛地回過神。剛才他竟有股衝動，想吻上她誘人的紅唇……該死，他不能這樣！倏地推開她，深吸了一口氣，強壓下心中的澎湃。

若靈萱少了攙扶，身子一下子失去重心，整個人跌在椅子裡。她蹙緊秀眉，不悅地睨了背對著她的男人一眼後，不理會他，繼續直灌手中的酒，突然，她感到胃裡一陣翻騰，臉上閃過一抹痛苦的神色，不禁捂著胸口，直衝到盆架前，哇地一聲，大吐特吐了起來！

「靈萱？」一聽到聲音，君昊宇急忙轉頭，疾步走到她身邊。

若靈萱翻湧的胃在吐出污穢物後，舒服了很多，用衣袖擦了擦唇角，腳步一個虛軟，身體便往一邊倒去。君昊宇眼疾手快，一下子穩住了她的身體，她便傻傻地對著他笑了笑。

隨後，秀眉又一蹙，她嬌聲軟氣地道：「怎麼我感覺晃來晃去的？頭好暈喔，好想睡

覺……」

「妳呀，喝那麼多酒，不暈才怪。」君昊宇疼惜地輕責著。喝酒的女人，還喝成這樣，他還真是第一次見到。這丫頭，真是做什麼都出人意表。

若靈萱癟了癟小嘴，似乎想說什麼，卻感到眼前越來越迷濛，忽然雙腿一軟，身子便軟軟地倒在君昊宇的懷裡。

他嘆了口氣，無奈地搖搖頭，總算是安靜了。看來他得快些弄點解酒茶，讓她清醒清醒，不然天快黑了，再不回府，昊煬恐怕得擔心了。

輕輕抱起她，走到軟榻旁，幫她調了個舒服的睡姿後，讓她躺下。

若靈萱熟睡過去了，長長的睫毛微微閃動著，在眼瞼上投下一道陰影，小嘴兒微啟，吐氣如蘭，偶爾還皺了皺秀氣的小鼻，神情多了一分孩子般的嬌憨可愛，讓人不禁想揉進懷裡寵溺一番……君昊宇深深地凝眸注視著，胸中溢滿柔情，邪魅的俊眸中盡是對她的深情憐愛。

靈萱，若妳不是昊煬的王妃，那該多好？可妳偏偏是他最愛的女人，所以我不能，也不會奪他所愛。對不起……

君昊宇眼神一黯，掩飾著內心的悸動，緩緩傾下身，在她粉額上落下輕輕一吻。

服了解酒茶後，若靈萱漸漸清醒，感覺似乎睡了一世紀這麼長。

她微微動了下身體，渾身軟綿綿的，沈重的眼皮勉強半睜著，手指無意識地抬起，輕按著額頭，揉了揉太陽穴的位置，只覺得頭痛欲裂。

腦中閃過一些零零碎碎的片段——她出了睿王府後，碰巧遇到夏芸惜，於是兩人一起拚酒，那醉笑三千場的情景，令她的唇角不禁勾起一抹弧度……但那抹笑在腦中閃過一個人影時，便硬生生地僵在臉上。

君昊宇……他來了。

輕咬下唇，臉上不知是悲還是喜，心中五味雜陳，神情怔然。

「靈萱？」君昊宇推門而進時，見她坐起了身，便關心地上前問道：「覺得怎麼樣？身體有不適嗎？」她喝了那麼多酒，真怕她醒來後會不適。

「還好。」若靈萱看他一眼，語氣很淡。

「這麼冷漠啊？我可是會傷心的喔！」君昊宇微勾唇角，邪魅的眸子像以往一樣，直視著她。

「你又在對我大送秋波嗎？」若靈萱輕笑一聲，腦中浮現出兩人在一起時的畫面。他有事沒事就愛對她拋媚眼，害她不是眼角抽搐就是嘴角抽搐。現在再回想起來，突然覺得那些想揍他的畫面，竟是那般珍貴，因為以後再也不會有了……

「那妳有沒有被我迷住？」君昊宇不禁揚起一抹微笑，也憶起了那些畫面。那時的他就是喜歡逗她，他自己也不知道為什麼，就算她一而再冷漠地對待自己，他仍是樂此不疲。直

到後來，他終於明白，那便是愛……

「都快成親的人了，怎麼還是那麼不正經？小心未來王妃會誤會。」若靈萱的聲音低了下去，帶著些許淡淡的苦澀。

君昊宇微微一怔，動了動嘴想說什麼，卻又不知該說什麼。

「天色不早了，我得回府。」若靈萱說完便要下床。

「我送妳吧！」君昊宇壓下情緒，上前攙扶著她。

「不必了，我自己就行。」若靈萱的神情變得冷漠。想到他快要成親了，心中就十分排斥與他接近。

「我送妳。」君昊宇不為所動，他怎麼放心她一個人回府。

「不用，你還是回府陪公主吧！」若靈萱側過臉去，不願再看他一眼。既然他不愛她，又何必關心她？這樣只會讓她覺得他對自己也有情。她不想再去猜測，那種患得患失的感覺太揪心。

「靈萱，別鬧脾氣，妳都說天色不早了，一個女孩子家獨自回去，我怎麼放心？」君昊宇耐心地勸哄著。她可以討厭他，但不能拿自己的安全開玩笑。

「我就是鬧脾氣怎麼樣？你是我什麼人？我的事不用你管！」若靈萱猛地回頭大嚷，泉眸亮晶晶地瞪他，口氣衝得很。

為什麼還要對她這麼溫柔？她恨死了這種溫柔，因為這樣只會讓她覺得非常難受。

她要逃離他，不要再面對了，否則她真怕自己會忍不住哭出來。「放開我！」猛地一掙扎，她大力地推開他，然後如一陣狂風般衝了出去。

「靈萱！」君昊宇錯愕地急追而去。

若靈萱奔出房間後，正巧不遠處是後門，她便跑了出去，清麗的小臉滿是淚痕，她終究還是忍不住哭了。

她覺得自己真的很莫名其妙，怎麼現在變得這麼情緒化？她都快瞧不起自己了。但是心真的好酸，原來愛戀的滋味，是如此苦澀……

人高腿長的君昊宇很快就追上她，猛力將她抓回自己的懷裡。「靈萱，妳不要這樣！」

「你追來幹什麼？你走吧！」若靈萱掙扎地推阻著他，不願他看到自己的狼狽。

「靈萱……」她的每一滴眼淚，都狠狠地刺入他心中最隱蔽、最真誠的心扉，這一刻，他真的好想狠狠地將她擁進懷裡，撫平她的痛楚，讓她不再哭泣。

出了後門就是小森林，野外的寒風迎面颳來，若靈萱身上只穿著單薄的衣服，忍不住抖了抖。

君昊宇馬上注意到了，扣住她的手強迫道：「跟我回客棧去，這裡很冷。」

「不要！」若靈萱倔強地甩開他的手。「我的事不要你管，走開！」

「跟我回去！」他索性抱起她，大跨步地往回走。

「不要！放我下來！」若靈萱拚命掙扎，淚水再度從眼眶中滑落，憋在心裡的委屈和淒酸終於爆發出來。「你不要再管我了！既然不喜歡我，那又何必對我這麼好？你走吧，別再靠近我了，免得讓我……越陷越深……」

她的悲痛、無奈狠狠地震碎他的心。不喜歡她？他怎麼會不喜歡她？天曉得他是用了多大的自制力，才強迫自己無視內心對她的狂熱情感。

「靈萱……」喑啞苦澀地低吼一聲後，君昊宇再也無法克制自己，猛然捧起她的臉，攫取思念已久的甜蜜泉源。

她身上獨有的甜淡幽香刺激著他的感官，撩撥著他的心神，讓他不由自主地越抱越緊，吻得更為深入、沈迷。順利進入的舌尖侵入她的口中輾轉纏綿，一併攻占她醉人的甜美……

突如其來的吻，讓若靈萱的大腦一片空白，他烈火般的情感幾乎讓她無法招架，只能柔順無力地貼在他的身軀上，借著他的力量來撐住虛軟的雙腿。這一切是出奇的歡愉美好，她忍不住輕輕回應。

在這一刻，她不是睿王妃，他也不是未來的鄰國駙馬，他們就像一對普通的戀人，全心全意地感受著對方，渴求著彼此的愛，盡情地釋放著早已無法掩飾的濃烈真情，只願這一刻能持續到天荒地老……

不知過了多久，直到兩人氣喘吁吁，方才依依不捨地鬆開對方。他仍將她緊緊地鎖在懷裡，眷戀的吻輕輕點在她酡紅的嬌顏、小巧的鼻尖、眼睛……

「我……」若靈萱仍依靠著他，努力地尋找著失去的氣力。他眷戀的吻似帶著電，所到之處都激起一陣陣漣漪。她眼波流轉，似嗔似怨地凝向他，嬌聲質問：「為什麼要騙我？你明明就喜歡我。」從剛才熾烈的親吻中，她能感受到他對自己的情意。那麼，他為何要撒謊？

君昊宇沒有回答，只是抱起她，大步走回客棧。

「你說話啊，為什麼要騙我？」若靈萱不許他逃避，緊揪著他的衣袖，泉眸直勾勾地盯著他。

微嘆口氣，他將她放在軟榻上，然後自己坐上去，沙啞低沈地道：「昊煬是我大哥，妳是他的王妃，也是他最愛的女人，所以……我不能奪他所愛。」

「什麼?!」若靈萱睜大眼睛，他居然因為這個理由而拒絕她？「這太可笑了！我是他的王妃又怎麼樣？他根本不愛我！」

「不，他愛妳。」君昊宇直直地看著她，語氣十分認真。「我看得出來，昊煬這次是對妳動了真情，要不然，他不會千方百計地要留下妳——」

他話未完，就被她激動地打斷。「就算你說的是真的，那又怎麼樣？你問過我愛不愛他嗎？」

「知道我為什麼叫昊煬的名字，而不叫他大哥嗎？」君昊宇輕點著她抗議的小嘴，突然轉了話題。

「為什麼？」若靈萱怨懟地瞪他一眼，突然轉移話題是什麼意思？

「其實我跟昊煬，並不是同母兄弟。」他緩緩開口。

「啊？」她愣住。

「我的母妃，是父皇出宮時認識的平民女子。因為是平民，就算封妃，也改變不了是平民的事實，所以我母妃在宮中經常會受到欺負，甚至……到後來還被人誣陷她謀害皇后，打入了冷宮，也因此染了疾病……」

「昊煬的母親是皇貴妃，就在這個時候，她終於找出了證據為我母妃平反，只可惜，母妃因為染了病，出了冷宮後身體一直很差，沒有兩年多，就不幸過身了……」君昊宇的聲音有些低沈，眸中有著難以掩飾的傷痛。

若靈萱不禁伸手環抱著他，繼續靜靜地聽著。

「皇貴妃不像其他妃嬪，她並不嫌棄我是平民妃子的孩子。母妃過身後，沒有妃嬪願意要我，只有她向父皇請求，讓我過繼給她，當時我五歲，昊煬十一歲。雖然我們兄弟並不是同母所生，但自小感情就很好，他很照顧我，還教我如何在宮中生存，不被欺負。昊煬還說，我們要做最好的朋友，而非兄弟，因為皇宮裡是沒有親情的。

「祖宗規矩，只有皇后和皇貴妃的兒子，才有機會成為皇儲繼承人，因此從小開始，暗殺事件就層出不窮，我跟昊煬好幾次都差點喪命，因為當時我沒有武功，都是他在保護我。」君昊宇淡淡地述說，語氣雖淡，但不難聽出，他對君昊煬的崇敬和愛戴。

若靈萱繼續聽著不出聲，他的這一番話，讓她認識了不一樣的、真正殘酷的宮廷生活。

「母妃臨終前交代過，要我好好報答皇貴妃他們，那個時候我就暗暗發誓，這輩子都不會做出對不起昊煬的事情，凡是他喜歡的，我一定讓給他。」最後一句，他說得異常低沈，似壓抑著什麼。

若靈萱靜默不語，好半晌才幽幽地道：「包括感情是嗎？所以你就把我讓給他？」

「我不能恩將仇報，奪他所愛。」君昊宇沈聲說道，邪魅的雙眸裡藏著諸多無奈和傷感。

「那你以為，你放棄我，就能將我讓給他嗎？」若靈萱看著他，唇邊揚起嘲諷的弧度。「我根本就不愛君昊煬，就算你不接受我，我也不會跟他在一起，兩個月後，我跟他一樣會和離。」

君昊宇斂眉不語，他當然知道和離一事，也知道靈萱很想離開睿王府，但他更知道，昊煬既然愛她，就不會輕易放棄的。

「我再問你一次，也是最後一次。」突然，若靈萱盯著他，認真地開口。「你是不是，一定要娶公主？」

聞言，君昊宇輕握著拳，複雜的眸中掠過最深沈的痛楚，良久，才輕輕出聲。「我必須要娶。」這他沒得選擇。天域國皇子拓拔律是打定了主意要聯姻，而公主看上的是他，如果他不願意，依拓拔律的性格，絕對不會善罷甘休的。為免傷了兩國情誼，他只能答應父皇聯

姻，但為了讓她死心，他只能選擇欺騙她。

「呵呵……」若靈萱淡淡地笑了，笑得譏諷，笑得苦澀，笑得淒楚。算了吧，她還期盼什麼？再糾纏下去，自己真的要瞧不起自己了。

「靈萱……」聽著她的笑聲，君昊宇胸中湧起難以壓抑的痛楚和不忍，伸手想去撫慰她，卻被她輕輕推開。

「晉王爺，送我回府吧。」若靈萱漠然地走下床，披起外衣，語氣不溫不火、不冷不熱。只要做到情緒不被他影響，就能好好地保護自己的心，不讓它再受到傷害了。

明白她是在跟自己保持距離，君昊宇眼神黯了黯，良久後才乾澀地說了句。「那走吧。」

看著漸行漸遠，消失在王府大門轉角處的柔弱背影，君昊宇終於收回依依不捨的目光。

明明是那麼瘋狂地想她、念她、渴望著她，幾乎每一寸骨血都在承受著愛戀嘶咬的劇痛，卻也只能逼著自己，頭也不回的離開。

從此以後，她只留在他心裡的一個角落……

若靈萱失魂落魄，幾乎是機械性地邁著步伐，雙腳如拴著鐵鏈般沈重，每走一步都覺得艱難異常。

不知過了多久，她終於回到了清漪苑。

「小姐，妳都去了哪裡啦，怎麼這麼久才回來？」多多一見她，就緊張地上前問道。

「沒去哪裡，就隨便逛逛。」若靈萱隨口答道，直接走向拱門進裡居。「多多，妳先下去吧，我想休息一下。」

「喔，好的。」多多應聲退下。

若靈萱呆呆地坐在床上，感覺好累好累，心好累，身體也好累，整個人像被什麼抽離了所有力氣一樣……

君昊煬輕輕走了進來，看著神情恍惚的她，眸色複雜。剛才在前院，他看到昊宇送她回來，從兩人的神情，他已經隱隱猜到了是怎麼回事，但他沒有現身，只是躲在一旁靜靜地看著。

他不知道昊宇喜歡她多少，他也不知道靈萱對昊宇的感覺怎麼樣，他只知道，自己不想放棄。好不容易遇到愛、懂得愛，他想為自己爭取一次。

既然上天注定，靈萱是他的王妃，就證明他們是有緣的，這一次，他要靠自己努力，贏得她的芳心。

只不過，見她如此失魂的樣子，心中卻覺得難受，眸裡一絲心痛微閃。

「靈萱。」走近她，他輕聲低喚道。

若靈萱抬眸，怔怔地看了他好久，才認出眼前站的人是誰。「是你啊。」他什麼時候進

來的？

「妳在想什麼？」君昊煬在她身邊坐下，輕柔地問道。

「沒啊，就胡思亂想。」若靈萱搖了搖頭，輕喃出聲。心好亂、好煩，以為自己可以放得下的，但眼前怎麼有一層又一層的薄霧遮住她的視線呢？

看出她眼底極力隱忍的憂傷，君昊煬默默地握住她冰涼的小手，想要給她一些撫慰。

「靈萱。」他再次出聲。

「嗯？」她輕應道。

「城外有個櫻花林，很美的，我們去看看，好不好？」他希望能讓她開心，也想趁此機會增進兩人的感情。

「櫻花？這裡也有櫻花嗎？我還未看過真正的櫻花呢。」若靈萱愣了一下，隨即泛起淡淡的笑。她一直就很喜歡櫻花，可惜只在電視上看過。

「那明天我們就去。」見她喜歡，他很高興。

「好啊。」若靈萱點點頭，她也想去散散心。

突然，外面傳來青兒的聲音──

「王爺，大事不好了！」

君昊煬當即蹙起俊眉，黑瞳一瞪。「出了何事？」好不容易哄得佳人開心，偏偏竟有不識趣的來搗亂。

「回王爺，我家小主她……她……」

「她怎麼了？」君昊煬冷喝一聲。

旁邊的若靈萱一聽是有關殷素蓮的，立刻來了精神。「青兒，妳進來說！」

青兒一聽就飛快地進門，她絞著雙手，神色慌亂地道：「王爺，林側妃和小主發生爭執，奴婢怕小主會出事，所以來求個恩典，請王爺您去一趟惜梅苑。」

「我去看看！」君昊煬還未開口，若靈萱已急忙奔出房間，直往惜梅苑去。

君昊煬見狀，也沈著臉跟上。

穿過長長的白玉拱橋，再繞過假山奇石和幾座樓閣後，兩人終於走進了惜梅苑。只見前方的亭子裡，林詩詩和殷素蓮兩人似乎糾扯在一塊兒，只聽見殷素蓮大聲哀喊——

「……林姊姊，妳放開我好不好……求求妳……」

然後看到林詩詩不知說了些什麼，可惜聲音太小了沒聽見，之後殷素蓮就摔倒在地了！

「素蓮！」若靈萱驚喊一聲，連忙跑到殷素蓮身邊，擔憂地急問：「怎麼了？素蓮，妳還好嗎？」

「啊……姊姊、王爺，妾身的肚子好痛……」殷素蓮淚眼婆娑，兩手撫摸著腹部，一臉楚楚可憐地哀叫著。

林詩詩沒料到若靈萱和王爺會在這時出現，著實愣了一下，脫口喚道：「王爺?!」

君昊煬擰眉掃了她一眼，跟著走到殷素蓮身邊，微微蹲下身。「告訴本王，妳們發生何

事了？」

「妾身應林側妃邀約，來到了惜悔苑，誰知林側妃三句話不到，就對妾身動起手來，妾身怕傷著孩子，不停地哀求她放過妾身……後來就如王爺和姊姊看到的，她推了妾身一把……」殷素蓮嗚嗚咽咽著，攥住了君昊煬的手臂。「王爺，你要替妾身作主啊！」

林詩詩像頓悟了什麼，只見她怒極上前，斥道：「殷素蓮，妳胡說八道什麼？我什麼時候對妳動手了？我只是問妳一些問題而已！怪不得剛才妳無端端地捉住我，原來就是想製造出我將妳推倒的畫面，然後讓王爺看見！」

「我沒有……王爺……妾身所說句句屬實……」殷素蓮繼續淚如雨下。

聞畢，君昊煬剛毅俊逸的臉龐沈了又沈，沒有說話。

倒是林詩詩怒不可遏，水眸狠狠地瞪著她。「殷素蓮！我跟妳無冤無仇，妳為什麼要陷害我？」

「夠了，林側妃！」若靈萱厲喝一聲。「妳推倒素蓮，乃是本宮和王爺親眼看到，容不得妳狡賴！本宮告訴妳，若是素蓮有個萬一，本宮絕不會輕易饒過妳！」

雖然一向知道林詩詩工於心計，幾次設計自己，可是沒想到，她的心腸竟這般狠毒，連孕婦都能下手。

「我沒有！是她顛倒是非黑白！」林詩詩急急辯解著，憤恨地一指殷素蓮。

殷素蓮突然水眸一翻，似乎快暈厥過去的樣子，有氣無力地道：「王爺……妾身的肚子

好痛……」

話畢，一灘鮮紅的血水自她的裙下瀉出！

「啊——素蓮妳流血了！」若靈萱瞥見她腳邊那一片觸目驚心的猩紅，頓時臉色不變。

君昊煬的目光不由得往下掠去，見狀也是心頭一震，忙抱起殷素蓮，對著後面的青兒喝道：「去請大夫！」

「是，王爺！」青兒不敢怠慢，趕緊照著王爺的話去做，臨走前，給了殷素蓮安心的一眼。

浮月居裡。

殷素蓮躺在床榻上，臉色慘白，捂著腹部，不停地喃喃自語；若靈萱擔憂地陪在她身側；君昊煬沈著臉，站在一旁；林詩詩被迫跟著來，神色怔然地佇立在外面。

很快地，大夫來了。這位大夫便是上次給殷素蓮診出喜脈的大夫，姓陳，也是殷素蓮懷孕期間的扶脈看診大夫。

「王爺，殷小妃受到推撞，動了胎氣，肚子裡的孩子……保不住了。」陳大夫診治完畢後，面有難色地起身稟道。

殷素蓮一聽，恍如晴天霹靂般，當即「哇」地大哭出聲。「孩子……我的孩子……」悲痛欲絕的哭聲，讓聞者心酸。

若靈萱輕輕摟著她，眼眶微紅地撫慰道：「素蓮，別傷心了，孩子以後還會有的。害妳的人，我們一定不會放過她。妳放心，有我在，就算王爺偏私，我也會幫妳討回公道，不讓妳受一丁點欺負和委屈的。」

聽罷，君昊煬的臉色更是難看，眉頭擰起，睨了若靈萱一眼。她就這麼不信任他？他是會偏私的人嗎？

「詩詩，這件事，妳怎麼解釋？」他沈聲看向林詩詩。

林詩詩的臉色有些蒼白，尤其是聽到殷素蓮滑胎的時候。現在無論怎樣看，情況都對自己極為不利，而且還被王爺和若靈萱撞了個正著……但她仍是得要為自己辯解。

「王爺，你要相信臣妾！臣妾真的只是問她一些問題而已。還有，臣妾沒有推她，是她自己捉住臣妾，然後自己摔倒的！」

「嗚嗚……林側妃，妳那麼心狠手辣，害我孩兒，現在還想反過來誣衊妾身……」殷素蓮痛恨地指責著。

若靈萱看不過去，冷厲的目光直逼向林詩詩。「林側妃，事到如今妳還不知反省？謀害皇室子嗣，罪可不輕，本宮勸妳最好老老實實地交代清楚，免得到時大家難看。」

「我根本就沒有推她，我沒有罪！」林詩詩激動地反駁，水眸哀憐地看向君昊煬。「王爺，你相信臣妾吧？臣妾真的是冤枉的……」

君昊煬眼神銳利，直盯著她，語氣深沈冷厲。「本王也很想相信妳，只是妳要怎麼解釋

這一切？本王和王妃都看得清清楚楚，是妳推她，才導致她滑胎，難道是我們眼睛出了問題？還是殷小妃會用自己孩子的性命來陷害妳？」

「……臣妾不知道她為什麼要這樣做，可是臣妾真的是冤枉的！再說了，如果臣妾真要害她的孩子，也不會在自己的惜梅苑，那不是自找死路嗎？」林詩詩極力為自己解釋。

「林側妃，妳不要再花言巧語了！妳是什麼人，別人不知道，本宮可是清清楚楚！」若靈萱再也忍無可忍地憤聲指責。「妳身為王府側妃，不好好謹守自己的本分，卻成天謀計害人，從前本宮沒少受妳算計，可本宮都睜一隻眼、閉一隻眼地不想與妳較真，沒想到妳如今竟變本加厲，連殷小妃未出世的孩子都不放過！」

這些女人，居然可以為了權力地位，到了泯滅良心、殺人不眨眼的地步！

「王妃，妳不要血口噴人！我什麼都——」激動反駁的林詩詩，倏然想到了一件事，因此脫口說道：「我知道了！她一定是以為我查出了她腹中孩子的事，所以想陷害我！」

爹爹曾經說過，為何王府裡的女人跟了王爺兩年都沒有孩子，而殷素蓮才進府不到半年就有了？何況又不是特別得寵，這很值得懷疑。所以今天才特地喊她來，旁敲側擊，想試探一下她，卻沒料到……

若靈萱聽了，冷然笑道：「本宮不會聽妳的狡辯之詞，本宮只相信自己眼睛看到的事實。如此血淋淋的一面，誰是誰非，一目了然。本宮以王府正妃的身分，必須要給素蓮一個交代。」

殷素蓮依然是一個勁兒的哭，哭聲悲涼無比、哀傷無比，哭得撕心裂肺的，最後竟哭暈了過去。

林詩詩看著目瞪口呆，自知現在是百口莫辯了，急得上前推著她。「殷小妃，妳不能這樣，起來說清楚！妳——」

「夠了！」一直沈默不語的君昊煬倏地出聲喝斥，上前拽住她的手臂，將她扯離床榻。

林詩詩疼得蹙緊眉，忍下痛呼，靈動的水眸隱隱有淚光浮現。「王爺，您不相信臣妾嗎？臣妾不是那種人，不是的……」沒錯，她是有心計，可是從來不會害人性命，為什麼不相信她？

君昊煬淡淡地掃了她一眼，冷聲說道：「這事本王自會查清楚，但現在殷小妃指證妳，本王和王妃也是親眼所見，而妳卻找不出證據來為自己辯解，所以本王唯有先依法處置妳。」

此話一落，林詩詩水眸一翻，幾欲昏厥。

「來人，將林側妃押進地牢！」

「王爺……王爺……你一定要相信我，還我清白——」

剎那間，浮月居裡只剩下林詩詩不甘心的叫嚷聲，仍在為自己作最後辯解。

晚上，君昊煬靜靜地來到惜梅苑，臉容沈著，神情冷凝，目光幽深而暗肅。

「你果然在這裡。」輕輕淡淡的聲音倏地在身後響起，若靈萱緩緩地走了過來，到他身邊站著。「既然已經將人關進地牢，又何必暗自傷神？」

君昊煬抿著唇不語，半晌後突然莫名地吐出一句話來。「人心，真的很難測。」

若靈萱微愣，隨即彎唇淺笑地嘲諷道：「這也是給你的教訓，要不是你到處留情，要享齊人之福，又怎會如此？」

君昊煬冷哼一聲，睨看她一眼。「妳是幸災樂禍地想看本王的笑話？」

「我才沒那個心情。」若靈萱淡淡一撇唇。她真的沒興趣管他妻妾之間的爭鬥，只是這次受害者是素蓮，她才會稍微上心。

「妳覺得素蓮的事怎麼樣？」君昊煬突然轉移了話題。

這回，若靈萱卻像是冷靜了下來，沒有像下午在浮月居裡那樣激動，只是漠然地說了句。「你是不是在懷疑，滑胎之事有些蹊蹺？」

君昊煬猛地抬頭，緊緊盯著她。「妳也這樣認為？」他還以為她是相信殷素蓮的，畢竟她們兩人在王府裡是最親近友好的。

沒理會他的驚訝，若靈萱看向遠處，思緒有些悠遠地道：「剛開始的時候，我是相信素蓮的，可現在回想起來，卻覺得疑點很多。第一，以林側妃的聰明，她不會這麼明目張膽地對付敵人，讓別人有指證她的機會。第二，林側妃真和素蓮有爭執，那為什麼林側妃早不推晚不推，偏偏還在我們到達眼前的時候，才把素蓮推倒在地？這很不智。第三，素蓮只是一

個小妃，就算懷有身孕，將來也不會動搖到側妃的地位，林側妃又何必多此一舉去害她？最後一點，是我自己的第六感吧，總覺得事情不是表面上這麼簡單，好像……一切都是算計好了的一樣。」

她不願對素蓮有懷疑，但也不想冤枉無辜。有時候，越是最親的人出事，自己就越要冷靜，不然只會感情用事。

聽罷，君昊煬瞇起眼，一臉沈靜地點點頭，半垂的眸光透出精銳的凜意。「沒錯，妳分析得很有道理。」

若靈萱微沈著臉，秀眉輕挑，卻道：「不過，我始終想不通，如果真是素蓮撒謊，她有必要陪上孩子的性命去害林側妃嗎？我不相信世上有如此狠心的母親……」

一時之間，氣氛有些寂靜。

君昊煬抿著唇，目光深沈。其實他也不敢相信，素蓮這樣柔弱無依的女子，會如此歹毒地算計別人。但是要說詩詩害她，似乎也沒有理由……

想到這裡，他的心情好複雜。無論詩詩和素蓮誰在撒謊、誰在陷害誰都好，他都覺得自己無法逃脫這個責任。這些女人在他心中曾經都是純潔無瑕的，可是現在，一個一個染滿血腥，心思扭曲。究竟是爭權奪利將她們變成了這樣，還是因為自己間接害成的？如果能重來，他絕不會再娶三妻四妾……

看著君昊煬突然不說話，若靈萱逕自走到他對面，看著他問道：「喂，既然你也懷疑素

蓮所說的，為什麼還要處罰林側妃？」她還以為他一定會偏私呢！

「誰是喂？妳叫誰呢？」君昊煬不滿地瞥看她，那是什麼稱呼？

「王爺！」若靈萱恭恭敬敬地叫道。

「在法規之前，人人平等，現在沒有證據能證明不是她幹的，所以只有依法處置。」君昊煬淡淡地解釋。在他心中，一向公私分明。

若靈萱「哦」了一聲，又開始靜默不語。想起滑胎的事，她心中感到微微發寒。素蓮沒了孩子，又傷了身體，但她仍是感覺，素蓮與這件事情脫不了關係。

她不願深想其中的原因，但又不得不探究。

「好了，不要多想，事情就讓本王來處理吧。」君昊煬看著她說道，明白她不想面對這件事。

「嗯。」若靈萱有些疲乏地點頭，她的確沒那個心力去管了，現在她自己都管不了自己了。

翌日。

若靈萱倚在窗前，泉眸盯著外面開得絢爛的百花，神情恍然，似沒有半點焦距一般，渙散得讓人有些擔心。

自己的事、素蓮的事，像兩塊巨石壓在心口上，叫她鬱積難當。

「小姐，用膳了。」多多走進來，將膳食放在桌上，輕聲喚著失神的主子。

「我不餓，也不想吃，妳都撤了吧。」若靈萱回過神來，疲憊地揮了揮手。

「小姐，妳還是多少吃一點吧。」多多勸慰道。

「不用了。多多，妳餓嗎？要不妳吃吧。」若靈萱轉過身來，邊說著邊往軟榻走去。她實在沒有胃口，也吃不下。

「小姐……」多多很是無奈。

半敞的房門口，佇立著一道高大的身影，以手勢示意多多退下。

若靈萱躺下合目歇息，想讓自己的腦袋放空。睡一覺，什麼都不要想，什麼都不要煩惱，也許明天一早起來就什麼都過去了……

「為什麼不吃飯？」君昊煬走到榻邊，看著她略顯憔悴的神色，不禁關心地問道。

突如其來的聲音令她嚇了一跳，倏地睜開眼睛，定定神。「你怎麼來了？」真是的，想靜一下都不行。

「今天要去看櫻花，妳忘了嗎？」君昊煬提醒著她昨天答應的事。

「啊！」她的確是忘了。「現在去嗎？」

「當然，難得本王有空，走吧！」他可是特地抽時間出來的。

簡單收拾過後，君昊煬便帶著若靈萱出門。看到眼前的豪華馬車和車伕，四周沒有一個

人，若靈萱疑惑了，不由得四下張望。

「怎麼了？」君昊煬不解她的動作，難道她忘記帶什麼東西了？

「你沒帶侍衛嗎？」她奇怪地問道。

「他們不去，只有我們兩個。」賞花是他們單獨相處的時間，要一大群人去做什麼？破壞氣氛嗎？

若靈萱還想再問，君昊煬已拉著她走向馬車。上車後，車伕「駕」的一聲，緩緩而行。

馬車的速度不快不慢，坐得很舒服。若靈萱的目光落向窗外，慢慢欣賞著城外的風景。綠野青山，平疇沃野，讓人不禁心曠神怡，似乎所有的煩惱，都隨風而去了。

時值初春，正是櫻花盛開的時刻，數不清的花朵怒放枝頭，微風拂過，櫻花飄落，瞬間化成絢麗多姿的花瓣雨。

若靈萱立刻被眼前的景色吸引住了，好美，漫山遍野的櫻花，有粉紅的、豔紅的、粉白色的，完全是一片花的海洋。

「好漂亮啊！」她歡呼一聲，張開雙臂，感受著大自然的氣息。

「我們下去吧！」君昊煬拉著她走下馬車。

若靈萱腳一著地，就立刻跑了過去，輕盈地穿梭其中，從這邊跑到那邊，玉手微揚輕撫櫻花，恍若林中育出的精靈，讓人移不開眼睛。

君昊煬眼神迷離地追隨著她活力的身影，看著她天真爛漫的神情，聽著那銀鈴般的笑聲

迴蕩在耳邊，唇角不自覺地浮出一抹寵溺的微笑。

這時，一陣風襲來，滿山遍野的櫻花又紛紛吹落，就像下了一陣雨。若靈萱突然興致一起，跳起了現代的芭蕾舞，只見她衣袖輕擺，腳尖微立，隨著心中的節奏舞動著，曼妙的身姿時而旋轉，時而跳躍。

「好美……」君昊煬忍不住一聲驚嘆。此刻她就猶如仙子般流連在大片花海裡，如夢似幻。

跳了一會兒後，若靈萱感覺有點疲乏了，額頭上冒出了細微汗珠。

君昊煬見狀，一個飛身上前，輕扶著她道：「累不累？要不要坐下休息一下？」

「好。」她真的感覺累了。

靜靜地靠在櫻花樹下，不時地伸手接下被風吹落的櫻花，托在掌心裡，若靈萱的唇角浮起一個淡淡的笑容。自小就愛櫻花，現在終於親眼看到了，真開心！

「如果妳喜歡，明年櫻花盛開，本王再帶妳來。」君昊煬靠近她耳邊，輕輕地說道。

若靈萱睨了他一眼，沒有說話。明年？明年這個時候，他們都已經和離，各奔東西了，何來的明年？

「……妳又在想和離？」君昊煬隱隱覺得心痛。

「這是兩個月後要發生的事情。」若靈萱如實說著，沒打算隱瞞。

「靈萱，給本王一個機會，我們重新開始——」

似乎明白對方接下來想說什麼，若靈萱卻有意迴避地道：「王爺，皇上已經給了我們機會，兩個月的相處時間。」

聽著她淡漠的聲音，君昊煬微微一僵，嘴角揚起一抹苦笑，竟不知該如何回話了。好半天，他才黯然道：「靈萱，為什麼總是拒本王於千里之外？是不是無論本王做什麼，都無法讓妳回心轉意？」

若靈萱一時間沈默了下來。其實這陣子他的改變，她都看在眼裡，他對自己的好，她也感受得到，但他們終究是不可能的。從一開始，她就不想當王妃，不想跟他有瓜葛。一個有著三妻四妾的男人，她是不可能接受的。

「既然知道，又何必明知故問？」不是她不留餘地，是不想給他絲毫希望，免得到時他會受傷。

和離，是她勢在必行的。

「靈萱，妳真夠絕情，連一絲一毫的機會都不願給本王，是嗎？」他直直盯視著她，略帶怨恨的眼中亦露出痛苦的神色。原來，她從未在乎過他……

若靈萱知道再這樣交談下去，只會說著一些沒有意義又傷人的話，傷害到他，於是她轉了話題。「王爺，上次你調查蠱毒的事，後來怎麼樣了？」

聽得出她明顯在轉移話題，君昊煬知道，自己對她愈加強求，就越會使她遠離自己，當下，他也只能無奈作罷。沈思了一會兒後，才道：「因為那個下蠱之人，我們沒見過，根本

無從查起，所以到現在仍是一點頭緒都沒有。」

「鄖國公呢？他有沒有動靜？」若靈萱知道他也懷疑林家。

「沒有。」君昊煬搖頭道。「他最近都很安分，整天就跟皇太妃相約下棋喝茶之類的。」

若靈萱聽了，沈吟不語，似乎在思索什麼。

見她半晌都不說話，君昊煬目光幽深，輕拍她的肩，開口說：「妳放心，這些事本王一定會查清楚，絕不會再讓任何人傷害妳。」

若靈萱淡淡一笑，抬眸迎視道：「謝過王爺了。不過明槍易擋，暗箭難防，我想我只有離開王府，才能不受傷害。」

他聽罷，臉色有些難看，良久，才壓抑著惱怒道：「說來說去，妳就是想離開本王。」

她垂眸不語，在心裡嘆氣，他們好像又繞回剛才的話題了。

「算了，不說這個。」君昊煬忍住心中的不舒服，沈著聲音道：「回府吧，等一下可能要下大雨了。」

遠處一片烏雲正向這邊攏靠過來，顯示在日落之前將會下一場大雨，他們必須盡快離開這裡才行。

若靈萱看了看天色，瞭解地點點頭，站起身跟著他走向馬車，快速回去王府。

第二十五章

睿王府。

錦翊樓的花園中，君昊煬拿著酒杯，一杯接一杯地飲著。望著天上的明月，恍惚中，眼前似出現一名女子絕麗的臉龐，不禁微微苦笑，再次仰頭飲下杯中酒，頓覺一絲苦澀注入心中。

「大哥，你到底是怎麼了？昨天不是跟大嫂出遊了嗎，怎麼還是這副樣子？」君奕楓看著他不停地灌酒，終於忍不住問了。他還以為他們的感情有進展了呢！

君昊煬神色黯淡，再次為自己斟上一杯，淺淺酌了起來。良久，才發出一道苦悶之聲。

「她，為何對我如此狠心？」

「你是說大嫂？」君奕楓挑眉問道。他還真是第一次看到高高在上的大哥，為一個女人變成這樣，而且還是為一個從前他一直厭憎和鄙視的女人。難道大哥這次是真的陷入情網了嗎？

「除了她，還有誰會對我如此狠心？」

看到大哥眼中有著少有的悲傷與難受，君奕楓的神色也慢慢變得凝重起來。「大哥，你先別喪氣，你們還有兩個月的時間，說不定事情會有轉機呢！」

君昊煬卻默然不語，只是不停灌酒。

這時，一名侍衛走過來稟道：「王爺，殷小妃求見。」

君昊煬不理會，繼續喝酒。

君奕楓只好出聲。「讓她過來吧！」

侍衛應聲而去。

沒多久，一襲白衣的殷素蓮，在婢女的攙扶下，緩緩而來。「王爺……」從沒見過君昊煬如此頹廢的一面，她頓時被嚇了一跳。

「生病的人，就該休息，來這裡幹什麼？」君昊煬冷漠地掃了她一眼，眼中沒有絲毫波動。

「我……」她想見他呀！

「大哥，我先離開吧。」說著，君奕楓便要起身，君昊煬卻一把抓住他。

「二弟，今晚陪我喝酒。」

「這……」君奕楓蹙眉，看著失魂落魄的大哥，心中自是不忍，只好點頭留下。

這時，殷素蓮走近君昊煬，鼓起勇氣說道：「王爺，您是不是有煩心事？不如說出來，讓妾身為您分憂。」

「不需要，妳退下吧！」君昊煬冷聲下著逐客令。

「王爺……」

「退下！」

殷素蓮咬著唇，心中好不甘，自己可是撐著病弱的身體過來的，原以為會得到他一丁點兒的憐惜，誰知他竟這麼無情地趕她。

君奕楓看出她的委屈，便輕聲道：「殷小妃，大哥他心情不好，所以語氣重了點，妳別往心上去。」

「嗯……」殷素蓮雙眼通紅，但還是乖巧地點頭。「那妾身就不打擾了，告辭。」福了福身後，她萬般不願地離開。不過這一次她沒走，而是隱藏在大樹後面，黯然神傷。

滿懷心事的君昊煬倒沒去留意，而君奕楓不知是不是沒有看見，也沒出聲，只是一個勁兒地勸著自個兒的兄長。

「大哥。」君奕楓坐下身，進一步勸慰道：「大嫂不是無情之人，你對她的好，她會感受到的。」

君昊煬搖搖頭，眸中沒有一絲感情起伏，冷睨了他一眼道：「感受到？她若是能感受到，就不會這麼狠心地對我，把話都說絕了，連一絲機會都不給我。」

「大哥……」

「在她眼中，我真的就這麼差勁、這麼不入她的眼嗎？」他揚唇冷問，眼中有掩不住的深深落寞和苦痛。

這時，將一切完全聽在耳裡的殷素蓮，臉上露出一抹深深的嫉妒之意。原來，他如此失

魂落魄、如此悲傷，全是因為若靈萱？

她不明白，若靈萱有什麼好，竟能讓王爺如此高傲的男子為她傷神？論姿色，自己跟她各有千秋，她不過就是會一點才藝而已，有什麼了不起的？為什麼所有人的心都傾向她了？晉王爺是這樣，王爺也是這樣，就連皇上都對她讚賞有加。

沒錯，她不服，她就是不服！若靈萱為什麼可以什麼都不做，就能得到王爺的愛？就連現在傷了王爺的心，王爺卻還是對她念念不忘。

為什麼？這究竟是為什麼？

纖細的手指緩緩在裙下收緊，慢慢握成拳……

兩天後。

若靈萱獨自坐在庭子裡，仰頭凝望著夕陽西下。

這時，多多走了過來，看到小姐對著天空發呆出神，夕陽餘暉映在她如凝脂般的臉頰上，有著說不出的柔媚朦朧之美……

「小姐，最近天氣又轉涼了，風有些大，妳還是早點回房間吧。」多多提醒道。

若靈萱微微轉過身來，搖了搖頭。「沒事的，我想再坐一下。」

「小姐，最近妳有心事，對不對？」多多走到她身邊，沈默一會兒後抬起頭，一臉關心地詢問道。

若靈萱望了她一眼，有些苦澀地笑笑。「沒有。」

「可是……我總覺得小姐好像不開心。」

看到多多略顯擔憂的臉，若靈萱連忙伸手撫了撫她的臉頰，繼而搖了搖頭道：「妳想多了。好了，我們回去吧！」

「小姐……」

「靈萱，我來了！在不在呀？」一身火紅衣裙的夏芸惜，一路小跑著走進清漪苑，人未到聲先到。

「芸惜，妳怎麼會來的？」若靈萱有些欣喜地上前，見到好朋友，臉上總算露出淡淡的微笑。

「我來看看妳嘛！不只是我來了，奕楓哥哥和晉王爺也來了呢！」夏芸惜似乎很開心，然後又悄悄地附耳道：「我特地安排的，等著睿王爺被皇上召去的時候，讓妳見見晉王爺。」

若靈萱一愣，正想說什麼時，君奕楓和君昊宇已經相繼出現在庭院。

抬眸間，君昊宇與若靈萱視線交會，她撇過頭去，不去看他。

「芸惜，妳這丫頭又在說什麼悄悄話，不讓我們聽了？」君奕楓星眸半斂，含笑著翩然而進，語氣隱含著寵溺。

「都說是悄悄話了，當然不能讓你們知道啊！」夏芸惜笑哈哈地一語帶過。

「大嫂，聽芸惜說妳身子不適，沒事吧？」君奕楓看向她，關心地問道。

不適？若靈萱再次愣了一下，隨後看向夏芸惜，只見後者不停地向自己眨眼，不禁啞然。這是幹麼呢她？無奈，她只好微笑應道：「好多了，謝謝你，燕王爺。」

「一家人，用不著客氣。」君奕楓溫和一笑。

若靈萱輕輕一笑，其實跟他說話是種享受，總是能安撫人心。

這時，君昊宇大步走到若靈萱的身邊，俊眸帶憂地凝望著她。「妳臉色很不好，真的沒事嗎？」聽到夏芸惜說她抱恙在身時，他就按捺不住地想來探望她。

然而，若靈萱只是淡淡地點了點頭，隨後將眸光望向遠處，不再言語。

夏芸惜在一旁嘆氣，她知道靈萱不開心，所以她才向君昊宇撒了個小謊，騙他來王府，希望能令靈萱開心一下，不過為免靈萱避而不見，她還把君奕楓也喊來了。

「晚膳快到了，難得你們今天一起來，不如我讓廚房去準備酒菜，你們就留下一起用膳吧？」若靈萱微笑地看向他們說道。

「當然好啦！」夏芸惜高興地應著。

「多多。」若靈萱轉眸吩咐。「妳讓廚房準備一些酒菜，今天夏姑娘和兩位王爺要在這裡用膳。」

「是，小姐。」多多退了出去。

隨後，四人走進小廳。

君奕楓落坐後，又看向若靈萱，意有所指地開口道：「大嫂，彈琴給我們聽聽吧，芸惜已經將所有的事情都告訴我了。」

本來他就有所懷疑了，經芸惜一說，便肯定了此事。

若靈萱微怔了一下，才明白他的意思，不禁略帶埋怨地看向夏芸惜。重色輕友的女人，就知道她管不住秘密！

「靈萱，不要這樣嘛，反正在這裡的都是自己人，知道也沒什麼呀！」夏芸惜嘻嘻傻笑。沒辦法，對於君奕楓，她是知無不言，言無不盡呢！

若靈萱白了她一眼，不過她說得也是，何況現在也沒什麼好隱瞞的了。

「大嫂，如果妳有為難，那就算了。」君奕楓無所謂地笑笑。

「也不是。既然燕王想聽，我就獻曲一首吧。」若靈萱說完便吩咐丫鬟拿琴來。

白玉古箏穩穩地放在案桌上，若靈萱上前落坐。衣袖輕揚，纖指撫上琴面，凝氣深思後，琴聲陡然在室內響起。頓時，一首優美的曲子就從她的指縫間流洩而出，如涓涓細流，緩緩流轉，讓聽者心情愉悅，跟著，手腕一轉，琴音漸漸輕揚，似高山流水，激躍而下。

「太棒了、太棒了！靈萱，我真是對妳佩服得五體投地！」夏芸惜激動地鼓掌讚道。她還是第一次見識到靈萱的琴技呢！

「如此唯美動聽的琴聲，恐怕世上只有大嫂妳才能彈得出來。」君奕楓也不禁拍著手，燦亮如星的瞳眸滿是驚嘆之色。

君昊宇垂眸掩住眸底的憂傷，默默品茗，完美絕倫的俊顏上透出一絲苦悶。如此多才多藝的女子，卻永遠也不可能屬於自己。

「小姐，膳食都準備好了。」這時，多多從外面走進來稟道。

「那立刻端進來吧，我們就在這小廳裡用膳。」若靈萱朝多多點頭道。

「是，小姐！」

多多跑到廚房，吩咐丫鬟們去清漪苑上菜，而自己則是準備了若靈萱喜歡喝的葡萄酒。斟量完畢後，她將酒壺和酒杯放在托盤上，哼著歌曲離開了酒閣。

穿過中庭踏上拱橋時，一個丫鬟迎面而來，是殷素蓮的丫鬟青兒。她見到多多便上前道：「多多姊，殷小妃要妳現在過去浮月居一趟，說有事要商談。」

「商談？什麼事要商談？」多多奇怪了。

「不知道，殷小妃是這樣吩咐我的，看她的樣子好像很急，妳還是快點去吧。」青兒催促道。

「這……」多多猶豫了一下，如果是別的主子，她可以直接以王妃的名義回絕掉。但殷小妃和小姐平時很要好，而且滑胎的事，也讓她對殷小妃多了一份關懷，因此她便點頭道：「好吧，等我給小姐送了酒後，就過去浮月居。」

「多多姊，妳還是現在去吧，送酒的事讓我來就行了。」青兒說著，伸手接過她的托

盤。

「也好，那就麻煩妳了。」多多將東西交給青兒後，便越過她，向浮月居而去。

青兒望著她遠去的背影，隨後邁開步伐走向清漪苑。

一道道精緻美味的菜餚擺滿了餐桌，青兒將事情交代了一番後，就開始擺放酒杯，拿著酒壺替他們斟酒，然後退下。

突然，夏芸惜像想起什麼似的，笑呵呵地一彈指。「靈萱，我做了一道甜食，今天特地帶來給妳，妳嚐嚐我的手藝如何？」

話落，便一陣風似地跑了出去。

若靈萱淡笑著搖頭，看向君奕楓，只見他聳了聳肩，道——

「她說要給妳一個驚喜，已經準備好多天了。」

「真的？」若靈萱一聽，倒是有些好奇，芸惜會做什麼吃的給自己呢？

沒多久，夏芸惜就捧著荷葉盤走了進來，放在桌子上，眾人一瞧，只見盤子裡擺著幾個小碗，裡面裝滿了白乎乎的東西，好像糕點，但又比糕點嫩滑，還飄著縷縷白煙。

君奕楓看著，不明所以。

若靈萱卻是訝然了，不禁脫口驚呼。「這是……雙皮奶?!」

「賓果！答對啦！」夏芸惜得意一笑，雙手插腰道：「怎樣？在這裡我也能做出雙皮

奶，厲害吧？快試試看，我可是花費了好多工夫的，快試快試！」

「好好，我現在就吃。」若靈萱微笑著，話說她真的好久沒吃雙皮奶了，還真是懷念呢！

拿起湯匙，輕挖了一小口品嚐……唔，不錯，又冰又滑，奶味夠濃。她不禁讚道：「芸惜，真不錯哦！」沒想到在古代，也能做出這麼好吃的雙皮奶。

君奕楓一聽，不禁揚了揚眉，這古怪的東西真能吃嗎？不過看若靈萱津津有味的樣子，他也不禁抱著試試看的心情，拿起湯匙吃了一口，驀地，濃郁的奶香盈滿齒頰，妙不可言，令他不由得驚嘆連連。

「好吃！入口香滑，口感細膩！芸惜，妳是用什麼做的？」

聽到奕楓哥哥的讚美，夏芸惜甭提有多高興了，立即興致勃勃地道：「奕楓哥哥，這很簡單的，就是把牛奶煮熱，然後再讓奶的表層結出奶皮，待冷卻之後，留皮去奶，然後……」

她說得非常詳細，君奕楓聽得很是好奇，若靈萱也頗有興味地聽著，不時輕笑幾下。

唯有君昊宇默不吭聲，只是靜靜地凝視若靈萱臉上淺淡的笑容——已不再像以往那樣發自內心的歡笑，而是帶著一絲蒼涼、一絲寂寞……心狠狠一痛，他閉了閉眼，仰頭喝下杯中酒。

正說得興起的夏芸惜，突然感到內急，便匆匆跑出去，直奔茅房。

這時，外面傳來一陣蹬蹬蹬的腳步聲，兩個五、六歲的小孩子衝了進來，後面跟著管家的叫嚷聲——

「平兒、芊兒！你們回來，不能進去打擾王妃呀！」

「管家，什麼事？」若靈萱看了看兩個孩子，再揚眉看向跑進來的管家。

「對不起，王妃，打擾您——」

「王妃姨姨！」管家話未說完，兩個孩子就舉著手中若靈萱送給他們吃的法式鬆餅，淚眼矇矓地看著她哭斥道：「不能吃了，爹爹說髒了不能吃，可我們好想吃。」

「髒了？」若靈萱放下雙皮奶，拿過鬆餅看了一下。的確是髒了，都染上了沙灰，看來是孩子們不小心掉在地上了。

管家歉意地看向她。「王妃，妳不用理會孩子們的，我這就帶他們離開。」

「等等，管家。」若靈萱阻止他，然後轉眸看了看桌上的雙皮奶，端過兩碗，各自交到他們手上。「來，平兒、芊兒，鬆餅髒了就不要吃了，姨姨給你們這個，保證比鬆餅還好吃，拿去吧。」

「真的嗎？」

兩個小孩驚訝地看著碗裡奇怪的「糕點」，好奇心一下子被吸引了去，真的好像好好吃的樣子，而且姨姨說的，不會錯！

於是，兩個孩子立刻興奮地捧著雙皮奶，歡叫道：「謝謝王妃姨姨！」

「真是麻煩王妃了，小的們現在就出去。」管家再次歉意地連連作揖，再向其他主子行了禮後，便招呼孩子們快快退下了。

「有好吃的了！有好吃的了！」兩個孩子邁著小腿，高高興興地跑了出去。

若靈萱看著他們一路小跑的背影，淡淡一笑，回過頭來說道：「我們繼續用膳吧。」

此時，獨自喝著悶酒的君昊宇，莫名地感覺到身上有種異樣，身體似乎悄悄地起了反應，他陡然一驚，臉色大變。

「不好，這酒裡有媚藥！」他一聲大喊，酒杯猛地甩到地上。

媚藥？若靈萱頓時呆怔在那裡。

「七弟，你還好嗎？」君奕楓也看出了異樣，因為他的臉色越來越紅，而且額頭猛冒冷汗，眉頭緊皺著，臉色糾結在一起，似乎正承受著巨大的痛苦。

「昊宇！」此時才反應過來的若靈萱，急忙湊上前想要看看他。

「走開點，別碰我！」君昊宇咬牙怒吼，他就快要忍不住了。

若靈萱嚇了一跳，站向一旁，手足無措地看著他。怎麼會這樣？發生什麼事了？

「二哥，快點住我的穴道！」君昊宇強忍著身體的異樣喊道。

君奕楓出指如風，伸手便點住他身上的要穴，君昊宇隨即陷入了昏迷之中。

「怎麼辦？燕王爺，現在怎麼辦？」若靈萱慌亂極了，眼神無助地看著君奕楓。

「別擔心，大嫂，我叫芸惜來，她的醫術很厲害，一定有辦法的。」君奕楓邊安慰著

她，邊扶起君昊宇走向床榻，然後走出房間搬救兵。

若靈萱緊張地看著昏睡中的君昊宇，他的臉色仍舊極其痛苦，眉心緊緊蹙著，看得她的心也揪得緊緊的，七上八下，好不安。

「怎麼了？怎麼了？」夏芸惜這時匆匆走了進來，後面跟著君奕楓。

「芸惜！」若靈萱立刻上前捉住她，急嚷道：「妳快救救昊宇！看看他到底怎麼了？」

「好的。」夏芸惜快步走向床榻。

在看到君昊宇的臉色時，她面色一緊，忙執起他的手號脈，心中暗叫了聲糟，他這分明就是中了「媚心魂」的媚藥啊！

「芸惜，到底怎麼樣？」若靈萱看到君昊宇如此的難受，很是焦急。

夏芸惜站起身，搖搖頭，臉色沈重地說道：「這種媚藥的名字叫『媚心魂』，是媚藥之中最歹毒的，根本無藥可解。」

「什麼？無藥可解？」若靈萱臉色大變，慌亂地問道：「那怎麼辦？芸惜妳快想想辦法，燕王爺說妳的醫術很厲害，妳一定有辦法的！」

「芸惜，妳就直說吧。」隱隱約約的，君奕楓也猜到了些。

「辦法當然是有，只不過……」夏芸惜咬咬唇，臉色微紅，不知該如何啟口。

「只不過什麼？妳快說呀！」若靈萱催促道。

「芸惜，真的沒有其他辦法嗎？」君奕楓聽後，倒是明白了她的意思，不由得皺起眉。

一時之間，到哪兒找個女人給七弟？

「沒有，只能這麼做了，而且還要快，不然晉王爺生命堪憂。」知道他明白自己的話，夏芸惜臉更紅了，語氣卻是無比認真。

媚心魂是最歹毒的媚藥，中了此藥的人，要是一個時辰內不能解，就會痛苦而死。

若靈萱簡直不懂他們在打什麼啞謎，心急如焚地問：「你們到底在說什麼？什麼有辦法？只能這麼做？」

夏芸惜只好附到她耳邊，小聲地道：「合歡。」

話落，若靈萱怔住了，慢半拍地將所有的話連在一起，好半晌後，才終於明白了她的意思——昊宇中了媚藥，必須要找個女人當解藥，不然……

心一縮，櫻唇緊咬著。

「不如我派人去翠紅樓一趟。」君奕楓沈聲提議。

「這不好吧？」夏芸惜微蹙柳眉，難道真的要隨隨便便給晉王找個煙花女子？可這毒又不得不解……

「救昊宇要緊，沒辦法了。」君奕楓說著就要往外走。

「等等。」若靈萱突然出聲，止住了他的腳步。「不用去了，我有辦法。」

此話一出，在場兩人皆不解地扭頭看向她。「什麼辦法？」

若靈萱轉過身，慢慢地走向床榻，坐下，凝望著沈睡中仍異常痛苦的男子，朱唇輕啟，

緩緩道：「我來救他。」

「什麼?!」君奕楓瞪大眼睛，幾乎懷疑自己聽錯了。

夏芸惜也吃驚地指著她。「靈萱妳……妳是說妳、妳要……」

「沒錯，我已經決定了。你們出去吧。」若靈萱看著他們，語氣十分堅定。她受不了別的女人碰昊宇，而且也不放心讓別人來救，至於這事以後會有什麼後果，她也顧不得了。

「可是大嫂，這怎麼可以？萬一讓大哥知道……」君奕楓不贊同地擰眉，就算她喜歡七弟，不愛大哥，也不能這樣做啊！「妳現在畢竟是睿王妃。」

「我不管，我一定要救他！」什麼見鬼的睿王妃？她恨死這個頭銜了！

「大嫂！」

「好啦，別吵了！」夏芸惜出來打圓場。「奕楓哥哥，這事就讓靈萱決定吧，現在救人要緊，何況你到翠紅樓也來不及了，萬一拖久了，晉王爺可是很危險的。」

她明白靈萱的心情，換了她，也要自己來救。

君奕楓默然了，看著臉色越來越潮紅的七弟，沈思一會兒後，無奈地嘆了口氣。沒錯，現在到最近的翠紅樓，來回也得大半個時辰，七弟卻是不能再拖了。

想罷，他上前解開君昊宇的穴道，然後轉身離開房間。

「芸惜，記得封鎖消息，一丁點兒也不能洩漏出去，拜託了。」若靈萱鄭重地交代道。

「放心吧，奕楓哥哥懂得怎麼做的。」夏芸惜瞭解地點頭，然後從懷中掏出一個藥瓶，

遞給她。「給晉王爺吃這個，他能保持一些清醒，這樣妳身體較不會受損。」她儘量把話說得很含糊。

若靈萱還是聽懂了，俏臉一紅，拿著藥丸餵服君昊宇吃下。

這時，夏芸惜已悄悄退了出去，關上門。

解了穴道沒多久，君昊宇的意識漸漸恢復，俊顏泛紅一片，眉心仍沒有舒展開來。

「……昊宇。」若靈萱躊躇了一下，有些不安地輕喚一聲。

「好熱……」君昊宇下意識地解開自己的衣物。

不一會兒，外袍凌亂地丟在地上，單衣領釦大開至胸前，裸露出裡面蜜色肌膚下的堅實胸膛。脖頸線條優美，肩膀緊實寬闊，散發著男人的致命吸引力。

看著看著，若靈萱的臉越來越火辣，心裡也怦通怦通地跳個不停。這……她要怎麼做？她從沒做過這種事。

君昊宇半瞇著俊眸，看見在他眼前的女子時，一時恍然。靈萱？喔，好熱……「快離開我……」他呻吟著。該死的，到底是誰膽敢在酒裡下媚藥，而且還是這種又快又猛的媚藥！

「昊宇，你怎麼了？很難受嗎？」若靈萱心疼地看著他，小手撫上他的臉頰，發現燙得厲害。

「……別、碰我！」他聲音嘶啞地低吼，努力讓自己清醒。她為什麼還不走？

「我要救你，不碰你怎麼行？」見他如此難受，若靈萱覺得自己不能再拖了，顧不得羞

澀就去解他身上未脫完的衣服。

什麼？她居然說要救自己？君昊宇一驚，急忙伸手揮開她的手。「妳胡說什麼？走開，靈萱……」他不能傷害她。「出去……」該死的，他快控制不住自己了！

「不要。」雖然有些害怕他變得駭人的眼神，但她仍鼓起勇氣，跨坐在他灼熱的小腹上。「我一定要救你，而且只有我才能救。」

情慾終於衝破了理智，體內的血彷彿一下子集中到了某個部位，全身上下都在叫囂著——他要這個女人！

「靈萱！」一個翻身，他壓制住身下的柔弱嬌軀，低頭攫取她嬌嫩的櫻唇。

順利進入的舌尖勾纏她的丁香舌，熱情交纏，讓她的大腦剎那暈沈，心跳失序，渾身發軟，身子更在他的愛撫下，激起一股陌生的情潮，竄向四肢百骸，意識漸漸模糊……

胸前驟然一陣涼，領口已經被他的大手扯開，露出鎖骨以下一大片晶瑩如玉般的肌膚。

「靈萱……妳現在反悔，還、來得及……」沙啞的嗓音中有著明顯的情慾，卻強忍著碰觸眼前美景的渴望，想給她最後離開的機會。

知道他心裡的掙扎，若靈萱微笑著，輕撫上他發燙的俊顏。「為了救你，我義無反顧。」

「靈萱……」她的話終於讓他的最後一道防線斷裂，低吼一聲，一陣讓人眼花撩亂的動作之後，衣衫落地，兩具赤裸纏綿的身軀緊緊交纏著……

小廳裡，夏芸惜坐在茶几邊，撐著下巴，不停地嘆氣；君奕楓倚在門邊，斂眉沈思；多多、草草走來走去，愁眉苦臉，心想這事要是讓王爺知道的話……天啊，簡直不敢想像有多麼可怕！

「唉呀，多多、草草，妳們可不可以不要再走啦？走來走去的，我頭都暈了。」心煩意亂的夏芸惜揉著額際，沒好氣地說道。

「夏小姐，我們好怕呀！王爺若知道了可怎麼辦？」草草憂心忡忡。

「放心，妳不說我不說，他不會知道的。」夏芸惜安慰著，但心裡也沒底。雖然這事只有他們幾個知情，但這次的媚藥事件，擺明了就是衝著靈萱來的。她檢驗過，酒水沒毒，但靈萱和晉王的酒杯卻有媚藥，她跟奕楓哥哥的酒杯則是迷魂藥，可想而知，那個下藥者的目的，就是想要靈萱和晉王……

……等等，酒水？突然，她轉頭問多多。「對了，多多，剛才妳去準備酒水的時候，有沒有人接近過妳？」

多多怔了一下，然後搖搖頭。「沒有，斟酒的過程都是我一人在場。就是出了酒閣後，殷小妃派人來喊我過去，然後我才將酒交給青兒。」

「妳確定在交給青兒之前，沒人動過酒杯？」夏芸惜慎重地又問。

想了一下後，多多再次搖頭。「沒有。」

「這樣啊……」夏芸惜蹙眉，不由得沈思起來。難道酒杯事前就被人抹上了藥？似乎不太可能，他們今天是突然前來清漪苑的，那人總不會未卜先知吧？而且四人的酒杯，只有晉王和靈萱的有媚藥，那人總不會連擺放酒杯的位置都能事先知道吧？

思來想去，只有一個可能……

腦中陡然靈光一閃，夏芸惜睜大了眼睛，莫非是她？不會吧……

「殷小妃很可疑。」一直不語的君奕楓，突然拋來一句話。

「真的是她？」夏芸惜轉眸看向他，知道奕楓哥哥腦筋轉得很快，他這樣說，一定是有九成的把握。

君奕楓沈聲點頭。「只有擺放酒杯的人，才能那麼準確地下藥，這個人，當然就是青兒。」

多多、草草也聽明白了，駭得瞪大眸子，滿臉震驚地望向他。

「燕王爺，你們是在懷疑，殷小妃是故意把我叫去，然後讓青兒在酒杯裡下藥，害我們小姐嗎？」不會吧？

比起兩人的呆怔，夏芸惜倒是贊同地道：「奕楓哥哥分析得很對，只有青兒才有機會下藥，而殷小妃偏偏把多多妳喊去，這要不是巧合，就是有心的安排。」

多多聽了，似乎覺得有道理，頓時驚詫不語。

草草卻難以置信的小聲嘀咕著。「可是小姐是殷小妃的恩人呀，她怎麼會害小姐呢？」

多多也有些不敢相信，可是事實擺在眼前，如果不是青兒，那又會是誰？

「先別爭論了，這件事暫時不要亂說，免得讓人聽了去，那就真要出大事了。」夏芸惜出聲制止她們。

多多、草草一想也是，只好閉上嘴巴。

君奕楓微嘆口氣，面有難色。「這事的確不能多說，也不能追究，最好到此為止。不過那個殷小妃，妳們還是得多提防她，我擔心她不會這麼輕易放過大嫂。」

他的直覺一向很準，殷素蓮絕對不是表面上那麼簡單。

聽罷，多多、草草相視一眼，便點頭。「我們知道了。」事關小姐，怎麼也得謹慎些。

這時，一條人影從屋簷上躍下清漪苑，此人正是燕王的貼身侍衛雷拓，他一進小廳便低聲稟道：「王爺，睿王正在回府途中。」

此話一出，眾人頓時慌亂了起來。

多多、草草更是緊張得心都提到嗓子眼了。「怎麼辦？怎麼辦？燕王爺，現在怎麼辦呀？」

「我去拖延一下。」君奕楓想了一下後道，接著又吩咐夏芸惜。「妳留在這裡守著，隨機應變，千萬不能讓人進暖閣去。」

「明白！」夏芸惜重重地點頭。

君昊煬和皇帝談好國事就返回王府。

「王爺，您回來了。」門口的侍衛恭敬地說道。

「有人來嗎？」君昊煬只是隨口問問。

「回王爺，晉王爺、燕王爺還有夏小姐來了。」侍衛趕忙回稟。

昊宇？他來了？君昊煬臉色一凝，黑眸有些複雜。他不是說過，暫時不會來睿王府嗎？難道他忍不住，又來找靈萱了？想著的同時，他已忐忑不安地向著清漪苑而去。

在穿過中庭的時候，剛好君奕楓迎面而來，一下子攔住了他的去路。「大哥，你終於回來了，二弟可候你多時了。」

「二弟，怎麼只有你？昊宇呢？」看看左右沒人，君昊煬皺起了眉。難道他又跟靈萱在一起了？這個想法讓他的臉色難看了起來。

「七弟他來了又走了，聽說是約了公主，現在不知哪裡遊玩去了呢！」君奕楓呵呵一笑，神色自然地回道。

「喔？」君昊煬有點訝然。「他真的走了？」

「是呀，剛走沒多久。」君奕楓邁步上前，俊逸的面容淺揚起一絲趣味的笑。「看七弟那麼頻繁地相約公主，難道是真的上心了？要是這樣，那就太好了。」

聽他這麼一說，君昊煬稍稍定了心，倒也沒去懷疑，只是淡笑道：「三公主的確是個不錯的女子，昊宇能跟她在一起，也算是有福氣。」

「大哥，先別說那兩口子的事了，二弟今天來此，是有事要跟你商議的。」君奕楓笑容一斂，神情變得認真起來，好像真有什麼要緊的事一樣。

「喔？什麼事？」君昊煬奇怪地揚眉。

「去書房再說吧。」君奕楓玉扇一指錦翊樓的方向說道，然後率先邁步而去。

君昊煬只好跟上前。

一個多時辰後。

清漪苑暖閣裡，滿室香豔撩人，空氣中傳來男歡女愛過後的氣息。

杏色的芙蓉紗帳落在梨木鏤床上，一對璧人正躺在絲被裡，男子深情地抱著女子的腰際，兩人長髮披散交纏，溫馨幸福地安睡著。

沒多久，若靈萱便醒過來了，只覺得渾身痠痛不已。

輕輕抬頭一看，他孩子氣般的睡容便映入眼簾。幾縷不聽話的髮絲微微垂在額頭和臉側，俊眉下的雙眸緊閉，睫毛像是黑色的羽扇，映出兩個陰影掩在眼睫，挺鼻下那張微微翹起的紅唇，剛剛才吻遍她的每一寸肌膚……

驀地，火熱激情的一幕在她腦海裡重演，又惹得她粉頰緋紅。輕輕掙扎，稍離開他一點，然後背過身，捂著火辣辣的雙頰，拚命搖頭命令自己不許再亂想。

只是……憶起兩人的身分，眸底不由得劃過一抹淺淺的哀傷，喟然一嘆。

「嘆什麼氣？」

沙啞的磁性嗓音從背後傳來，她還來不及回答，便被一雙結實手臂抱回懷裡。

她輕顫了一下，很小聲地道：「你醒了？」有些不自然地想再挪開些，光著身子貼這麼緊，似乎不太好吧……

他卻將她抱得緊緊的，感受著從她嬌軀傳來的溫暖和幽香。「自從藥力過後，我就一直清醒著。」只是不忍心吵醒她。

「喔。」一時之間，她不知該說什麼，氣氛有點小尷尬。

「靈萱。」君昊宇看著她，眼神深邃微沈，良久才緩緩開口。「既然事情發生了，我一定會對妳負責的，妳放心。」

「負責？」若靈萱一愣，不禁轉過頭望向他。這是什麼意思？

「聯姻的事，我會跟父皇說清楚的。」君昊宇握住她的小手輕聲道。靈萱肯捨棄一切來救他，他又怎麼能再逃避？

若靈萱卻蹙眉，而後輕輕嘆氣，泉眸裡凝著些許哀愁。「怎麼說？聯姻的事已經傳得人盡皆知了，如果現在才來反悔，一定會惹惱皇上的，而且天域國也不會善罷甘休。」

聯姻關係著兩國，想要解除，談何容易？

「我會想辦法的，相信我吧。」他摟著她，堅毅的下巴抵在她的額頭上，低沈的嗓音極其認真。他希望讓她感到安心，不想看到她眼中隱藏的憂傷。

「唉……」再次輕輕地嘆息。她是相信他，只是，相信就能當兩國聯姻不存在嗎？還有君昊煬呢？難道他也不在乎君昊煬？

「靈萱，別擔心，我會想出個兩全其美的方法，無論是昊煬還是天域國，都不能再讓我們分開。」他的語氣篤定誠懇，一雙眼睛深沈似海又恍若星光，正一瞬也不瞬地看著她，眸光中含著承諾。

「那，你要怎麼做？」若靈萱抬頭望他。

「給我一點時間，我一定可以的。」這一次，他要為自己爭取，絕不再退縮。雖然前途茫茫，但他相信事在人為，昊煬和皇貴妃的恩情，他只能用別的方法報答了。

對不起了，昊煬！她，我不能讓……

君昊宇抬起手，拂過她耳畔的髮絲，手勢輕柔，似含著一聲無奈。

「嗯，我等你。」若靈萱回抱著他，把頭靠在他的胸前，聽著那強而有力的心跳，一股滿足感油然而生。似乎只要一直這樣抱著他，就已經覺得很幸福了。

櫻唇微勾，綻放一絲笑意。在這個陌生的時空，她終於找到了她的真愛……

錦翊樓。

君昊煬正在和君奕楓商議事情，就聽到通報，說殷小妃來了，君昊煬當即就皺起眉頭。她又來幹什麼？上次滑胎的事，或多或少他都有些懷疑，真相未明之前，他真的不想見到

她。

君奕楓則是微微勾唇，輕靠在椅背上，燦亮的星眸掃向外面。他就知道這女人會來找大哥！

「讓她進來吧。」好半晌，君昊煬才冷聲吩咐。

話落沒多久，殷素蓮便緩緩而進，看到君奕楓也在時，明顯一愣。怎麼他……隨後，不動聲色地低頭，對著兩人福身行禮。「妾身見過王爺、燕王爺！」

「找本王何事？」君昊煬掃了她一眼，淡淡地開口。

「妾身……」殷素蓮欲言又止，看了看君奕楓，臉有難色，好一會兒才道：「妾身有事，想單獨跟王爺說說……」言下之意，是希望君奕楓離開。

君昊煬卻冷冷地道：「有話就說吧，燕王不是外人。」

「是的，王爺。」殷素蓮很溫馴地應著，手指卻在裙下收緊，慢慢握成拳。為什麼他總是對自己這麼冷漠？她好恨……所有的一切，都是若靈萱害的，要不是她，王爺根本不會這樣對自己。都是若靈萱的錯，自己是絕對不會放過她的！

「王爺，其實妾身也不知道該不該說，如果說了，怕對不起姊姊，可不說，又覺得對不起王爺……」殷素蓮咬著唇，期期艾艾地道，一副很為難的樣子。

君昊煬本是不耐，卻在聽到和靈萱有關後，眸一瞇，沈喝出聲。「到底什麼事？說！」

「是……」殷素蓮暗自得意，表面卻嚇了一跳似的，囁囁嚅嚅地開口。「王爺，妾身剛

才去清漪苑想找王妃姊姊的時候，看到姊姊和晉王爺走進了暖閣，還……」

怎麼也想不到會是這種事，君昊煬怔了怔，黑眸直盯著她。「還什麼？」

「關上了門。」殷素蓮縮了縮脖子，很小聲地道。

「一派胡言！」砰地一聲，君昊煬拍案怒斥，整個人倏地站起身，眼裡充滿怒火。

殷素蓮這下真是被嚇了一跳，怔愣在那裡，不懂他為什麼會對自己發怒？「王爺……妾身說的——」

「夠了，殷小妃！」不待殷素蓮把話說完，君昊煬就冷聲一喝。「本王看在妳滑胎體虛的分上，這次就不與妳計較了，不過妳若是再敢說出有損王妃聲譽的話，休怪本王無情！」

殷素蓮咬著唇，心中的不甘與不滿讓她不顧一切地衝口喊道：「王爺，妾身說的都是實話！王妃的確是背著王爺跟別的男人在一起，妾身親眼看到的。王爺怪我也好、怨我也罷，妾身就是不說不快！王爺對她這麼好，她卻視而不見，現在還背叛王爺，這實在是太過分了，妾身為王爺不平呀！」

聞言，君昊煬黑眸一瞇，冷冽的目光落在殷素蓮身上。「殷小妃，本王再說一次，以後不許再讓本王聽到這些話。」

「王爺——」

「閉嘴！」君昊煬如雷般暴烈大喝，臉色鐵青無比。「本王的事，用不著妳多管！馬上滾回浮月居去！」

他最恨聽到有關靈萱和昊宇在一起的話，無論是真是假，是為了靈萱的聲譽還是別的什麼，他都討厭聽到，殷素蓮無疑是踩著了他的地雷。冷冷地一拂衣袖，他黑著臉越過她，走出了書房。

殷素蓮的身體彷彿被瞬間抽空，她咬了咬唇，仍是不甘心地吶喊：「王爺！妾身這樣說，只是想讓你知道，妾身真的愛你，比任何人都愛你——」

這時，一直不出聲的君奕楓走近她，星眸微瞇，嘴角揚起一絲諷笑。「殷小妃，物極必反，做事要懂得適可而止，別到了最後，連後悔的餘地都沒有。好自為之吧！」話畢，他也轉身離開。

殷素蓮怔然地站在書房裡，雙手緊握成拳，臉容蒼白地凝望著君昊煬消失的方向，眼中流露出強烈的憂傷與怨恨。

為什麼？為什麼他總是對自己如此冷漠？若靈萱就有那麼好嗎？自己對他這麼癡心，一片真情，為什麼他感覺不到，卻如此維護一個處處跟他作對的女人？

不甘心，她不甘心……

離開錦翊樓沒多久，君昊煬就突然止住腳步，轉頭盯著後面的君奕楓。

「怎麼了，大哥？」君奕楓的眉頭疑惑地蹙起。

君昊煬帶著探究，盯視他好半晌，才確認似地再次問道：「昊宇真的是邀約了三公主，

不在清漪苑裡？」對於殷素蓮的話，他不相信，但心中就是冒出了一些疙瘩，不問不舒服。

聞言，君奕楓稍稍一怔，隨後若無其事地輕笑道：「大哥，如果你不相信，不如現在就去一趟清漪苑吧，我猜你八成也是想見大嫂了。」

君昊煬目光深幽地再看了他一會兒，然後點點頭。「那走吧！」不知是想見若靈萱，還是想確認清楚君奕楓的話，他腳步如風地向著清漪苑而去。

君奕楓微嘆口氣，緩緩跟上。

此刻的清漪苑裡，若靈萱和夏芸惜端坐在桌邊下棋，兩人正殺得天昏地暗。

第一盤，若靈萱贏了，雖然只贏了半子，但對於棋藝很好的夏芸惜來說，簡直有些不可思議。第二盤，又是若靈萱贏了，不過也只是贏了半子。第三盤，還是若靈萱贏了，這次可是贏了一子了。

「唉呀，怎麼會這樣？」夏芸惜不服氣極了，她這個棋藝冠軍竟然輸了，而且還是連輸三盤！顏面何存啊？她瞪著不疾不徐的若靈萱。

若靈萱哈哈大笑，有點洋洋自得。「芸惜，妳的棋藝已經很不錯了，因為從來沒有人跟我下棋輸得這麼少的。」

「瞧妳美的！不行，我一定要贏妳！」夏芸惜冷哼一聲。事關面子問題，她一定要扳回劣勢不可。

「好呀，那就再來一盤！」

兩人又開始下棋。

這次，夏芸惜陷入了長長的思考中，想了又想，決定把手中的棋子放在右邊，但後來一想，又改變了主意。

「喂喂，舉手無回真君子！」若靈萱抗議道。

「我又不是君子，我是女子啊！」夏芸惜一臉理直氣壯的表情。

「不行不行，不帶這樣的……」

「嘿，別這麼小氣嘛……」

這就是君昊煬走進清漪苑時看到的情景，兩個女子為了一盤棋妳爭我奪，多多、草草在一旁看著笑著，十分感興趣的樣子。

黑眸隨意巡視了下四周，暖閣的大門打開著，沒發現君昊宇的身影，看來殷素蓮真的在撒謊。

「王爺，你回來了。」若靈萱看見他進來，便停下了玩鬧的動作。

「睿王爺好！」夏芸惜正經地行了個禮。

君昊煬緊盯著兩人的神情，都沒覺得有什麼異樣，看來是他多心了，於是臉色一緩，朝兩人微微頷首。

若靈萱走上前，微笑地說道：「對了，王爺，你回來得真巧，剛才芸惜送了我一樣東

西，是一對的呢，正想著給你看，你就來了。」

「喔？給本王看？是什麼？」君昊煬好奇地揚起眉。

「睿王爺，你進房裡看看就知道了。」夏芸惜湊上前，笑嘻嘻地附和道。

「來，王爺。」若靈萱一把捉住他的手，毫不猶豫地直拉著他走進暖閣，穿過寬敞的外室，走過裡居的月拱門，進了房內。

下意識地，君昊煬的目光還是巡視著房間裡的每個地方，見沒有任何異樣，連一絲凌亂也無，當下心中便釋然了。要是他剛才還有一絲懷疑，現在也是完全消除了。

若靈萱表面上不動聲色地笑著，心中卻是十分緊張，生怕他會看出端倪。

自芸惜口中，她知道那個下藥的人，有可能是殷素蓮，就算不是，也和府中的人有關。既然要害自己，當然會趁這機會向君昊煬告狀，不管他信或不信都好，這樣做都會消除他的疑慮，所以她才故意說要看禮物，讓他進暖閣。而昊宇，當然是已經離開王府了。

「是什麼禮物要給本王看？拿出來吧！」君昊煬坐在圓桌邊，淺笑著望向她。

「嗯，你等等。」若靈萱趕緊斂下思緒，回過神，三步併作兩步地走向櫃子，拿出夏芸惜很早之前就送給她的娃娃，遞上前。「看！漂亮吧？」

只見女娃娃身穿粉色的碎花裙子，頭上紮著兩條金黃色的小辮子；男娃娃則一身錦衣，圓圓的臉上帶著微笑。它們都有兩隻藍色的眼睛，像瑪瑙那樣明亮。

「嗯，挺特別的。」君昊煬看了，眸底也有一些驚奇。

「這是棲秋國的吉祥娃娃，傳說它們能給人帶來幸福和快樂，所以芸惜就送我們一對。」若靈萱邊解釋著邊觀察他的神色，見沒有任何異樣，才稍稍鬆口氣。

聽著她的話，君昊煬臉上沒什麼變化，只是淡然地揚了揚唇。「迷信，什麼吉祥娃娃，這都是人編出來的。幸福……哪有這麼容易得到。」語氣裡，有著掩飾不住的落寞。

若靈萱的笑容漸斂，看著他，一時之間也不知道該說什麼。

那天拒絕了他，竟然使得他借酒澆愁，當芸惜告訴她的時候，她還不敢相信，可現在看到他那青青的眼窩，便曉得他是多麼的憔悴失落。暗嘆口氣，她卻什麼也沒說，只是淡淡地撇過頭去。

「靈萱，就算妳愛的人不是本王，但也希望妳能讓本王陪在妳身邊。如果……如果在兩個月後，妳仍是接受不了，仍想著離開，那麼……本王便會放妳自由。」君昊煬看著她，語氣極淡，異常低沈。

其實，那天在櫻花林中，她說出那些話時，他就知道，她永遠都不可能愛上他。雖然現在她被迫留在他身邊，卻不歸他所擁有。就好像一件寶物，如果是別人的，就算你再怎麼喜歡，也不會屬於你。

他不想再強迫她了。唯一能做的，就是珍惜眼前的時刻，哪怕她以後真的離開了，或者嫁予他人，他也不會再有遺憾。

若靈萱聽到這番話，心中突然泛起一絲酸澀。怎麼說，也是相處了好些日子，雖然彼此

沒有愛情，但感情還是有的，何況他還救過自己，如今看到他這樣落寞，自己也是不好受。

心中波濤起伏，臉上流露出一絲感傷，她淺聲道：「好，我答應你。」就當是報答他曾對自己的恩情吧！

而且，她也希望好聚好散。

第二十六章

隔天，若靈萱一個人悄悄地來到王府的地牢外，她想去看看林詩詩。昨天的媚藥事件，讓她加深了對殷素蓮的懷疑，所以她今天想親自問問，當天滑胎的事到底是怎麼回事？

走進這陰暗潮濕的地牢，她不由自主地就打了個冷顫，想起了自己也曾被關在此處的情形。

那一次，林詩詩和自己也是被人設下了陷阱，那時她想不出是誰要害她們，現在回想起來，若是自己跟林詩詩不在了，那麼最得益的，當然就是殷素蓮……心微微一顫，這是她最不願深究的問題，卻不得不深究。

牢房的一角，林詩詩衣服髒亂、頭髮凌亂地坐在那裡，聽到腳步聲後睜開眼睛，冷冷地看了若靈萱一眼。「妳是來看我的，還是來羞辱我？」

「我來是想問妳，關於那天滑胎的事。妳放心，如果妳真是無辜的，我會還妳清白。」若靈萱站在牢房外看著她，輕聲說道。

「還我清白？妳不恨我嗎？我可是處處跟妳作對的，妳會這麼好心？」林詩詩冷笑一聲，顯然不相信。

「我不是好心，只是想查出事情的真相。再說，我從來都沒有恨妳，只是覺得妳很可

憐。」若靈萱淡淡地道，看著她的眼裡都是憐憫。

「可憐？我做什麼讓妳覺得可憐了？還是妳仗著王爺現在寵愛妳，就在我面前炫耀是不是？」林詩詩怨懟地瞪她。

若靈萱不語，只是靜靜地看著她，好半晌才輕嘆道：「整天不厭其煩地想著算計別人，只為了得到丈夫的專寵，甚至不惜與自己的表妹分享丈夫，愛得如此沒有自我，難道妳不可憐？」

「呵呵……」林詩詩輕笑幾聲，笑容中帶著難以掩飾的苦澀。「若靈萱，妳不是我，怎麼會明白我的心情？皇室子弟，三妻四妾的比比皆是，他們最不缺的就是美人。或許，妳現在很得寵愛，可誰能保證可以受寵多久？王府後院更是一個勾心鬥角、處處有陷阱的地方，若是妳不用手段、不用心計，那麼別說寵愛，命都可能沒了。妳我不是幾次都差點被害了嗎？」

若靈萱聽了靜默下來。的確，對於很多古代的女子而言，利用手段得來的寵愛也算得上愛。雖然這種愛，她無法理解。

「林側妃，我們還是回歸正題吧，若妳想快點被無罪釋放，就把事情全告訴我。」她知道君昊煬可能已審問過她，但她也想自己再問清楚，再分析一下。

「妳不是已經相信妳的姊妹了嗎？怎麼現在又來問我了？」林詩詩冷眼睨她，想起她當天的指責。

「如果妳還是不想說，那就算了。」若靈萱說罷便轉身，不想解釋什麼。

「……邀約的事，是殷素蓮先提的。」就在她要走出地牢時，林詩詩倏然開口。

若靈萱猛地回頭，泉眸定定地凝望著她。果然，自己猜對了！她就猜想，林詩詩怎麼可能會無端端地邀請一向沒什麼瓜葛的小妃呢？何況殷素蓮還懷著孩子，一般為免出差錯，都是避而不見的。

「林側妃，請繼續說下去。」

於是，林詩詩便將當天的經過，全部說了出來……

轉眼，已是三天。

若靈萱這三天來一直關在清漪苑裡，吃飯、睡覺以外的時間，她都沈浸在自己的思緒中。

除了想自己和昊宇的事情，還有就是在想殷素蓮。一個曾經天真單純的女子，卻因為她而走上了權力鬥爭這條路。她不知道殷素蓮為什麼會變成這樣，也許是權力慾望使她鬼迷心竅，也許是因為落茗雪曾經的迫害，讓她不得不使用心計，以求自保。無論是這兩種的哪一樣，自己都脫不了關係。

想著，若靈萱心中一嘆，轉過身，走回軟榻坐下。

「小姐，妳還坐在這裡？知道今天是什麼日子嗎？」清晨，多多小跑著走了進來，身上

穿著紫色的新衣，滿臉急切地說道。

若靈萱這才從自己的思緒中回過神來，朝她一笑。「我當然知道，不就是王爺的母妃從紫竹山莊回來嗎？」

紫竹山莊是避寒的地方，是順武帝特地為皇貴妃而起建的，因她身子畏寒，一到秋初，就必須離開皇宮前去紫竹山莊住，每到春分才回京。

而今天，就是皇貴妃回宮的日子。

只聽多多又道：「小姐，妳既然知道，那就趕快梳妝吧，一會兒我們得進宮向皇貴妃請安去。」

若靈萱連忙站起來，臉色因這幾天心事重重又睡得不安穩而顯得有些難看。「我不去了。」

「啥？小姐，妳不去？」多多驚詫地瞪大眼睛。小姐是皇貴妃的兒媳婦，自己婆婆回來這麼大的事，她怎麼可以不去呢？

「我現在不能去，等到了晚上，宴會開始的時候，我再去。」

「可是小姐，皇貴妃回宮，妳不去迎接，這是大不敬啊！」說到這裡，多多頗為擔憂了起來。

「我一會兒出府，有事情要做。」若靈萱若有所思地開口。聽昊宇說，皇貴妃是通情達理之人，應該不會怪罪才是。

「出府？小姐，妳出府幹麼？」多多驚訝極了。

若靈萱卻笑笑地走到她身邊，然後纖手搭在她的肩上，道：「當然是有事嘍！」第一次見皇貴妃，她肯定得準備一些與眾不同的禮物，讓皇貴妃對自己留下一個好的印象。

「可是……今天皇貴妃回宮……」

多多以為小姐不明白，想再解釋一番，可是話還沒說完，就被若靈萱打斷了。「我知道。」

「那小姐還要出府幹麼？」

「我要讓皇貴妃的宴會別開生面，所以要準備一些不一樣的節目，讓皇貴妃她老人家高興高興，也讓大家徹底盡興。」

聽到小姐的解釋，多多頓時來了興趣。「對喔！那小姐，妳要準備些什麼啊？」

若靈萱神秘地一笑。「這個嘛，暫時不告訴妳。反正，到了晚上妳就能看到了。」

「喔……」多多失望地鼓起腮幫子，但隨即像想到什麼似的，眼睛立刻亮了起來。「對了，小姐，上次的表演，今晚還會有嗎？」

那次讓人熱血沸騰的歌曲表演，要是還能再看到，那就太令人興奮了。

若靈萱笑了笑。「有有有，今晚妳肯定看得到。」

「哇！太棒了，小姐！」

「妳現在進宮去，向王爺說一聲吧。」

「嗯！小姐，妳要快去快回喔！」

「得啦！」

於是，多多一臉歡喜地跑開，進宮去了。

若靈萱看著她遠去的背影，輕笑著搖了搖頭。

隨後，正準備梳洗時，窗子突然飛進一隻白鴿，落在她的桌面上。若靈萱抬眸，那鴿子正是這幾天來，專門替她跟昊宇傳信的，也是她整天當中唯一的樂趣。

滿心歡喜地走過去，捉住鴿子，拿出牠腳上的紙條，打開。

首先，幾個龍飛鳳舞的大字就映入她的眼簾——

靈萱，人家說一日不見，如隔三秋，可是我一天不見妳，就好像隔了三千個秋那麼久。現在已經是第三天了，對於我來說，就是九千個秋，真是漫長啊漫長……靈萱，我真的好想好想好想妳！妳呢？有沒有好想好想好想我？

若靈萱輕輕笑了起來，這傢伙，就是喜歡肉麻當有趣，這性子真是永遠也改不了。

小心翼翼地收起信放好後，她就開始喚人來梳妝打扮。不一會兒，一切妥當後，她吩咐下人準備馬車。

沒多久，一輛馬車停在王府大門前，車伕堅叔一見到若靈萱出門後，便上前拱手道：

「王妃，請上車吧！」

若靈萱輕點著頭，坐上了馬車。

他們一行人，來到了繁華的街市，許多小巷小弄縱橫其間。叫賣聲、雜技表演聲、鼓掌聲，顯得十分之熱鬧。

不知是不是好幾天都睡不好的關係，漸漸地，若靈萱覺得有些睏意，她揉了揉太陽穴，再拍拍臉龐，想讓自己清醒些，然而到最後卻是越來越睏，似乎還有種頭暈目眩的感覺，極不舒服，甚至覺得離熱鬧的大街越來越遠了。

最後，若靈萱終於擋不住睏意，雙眸一閉，沈入了黑暗之中……

不知過了多久，陷入沈睡中的若靈萱終於睜開了眼睛，一時間，腦子一片空白。這裡是哪裡？剛想動一下身子，卻發現自己全身上下都被捆綁著，動彈不得！這是怎麼一回事？

閉了閉眼，待暈眩感消退後，才倏然憶起——對了，她坐馬車出府的時候，坐著坐著突然感到很不舒服，當時還以為是自己最近睡眠不好所致，但依現在的情況看來，一定是有人在馬車裡做了手腳，擄走自己。

只是，這到底是誰幹的？對方又有什麼目的？

若靈萱心中焦急，但還是勉強自己冷靜下來，細細打量著眼前的一切。

是間廟，應該是間破廢的廟，不過很大很寬，十足就是一間屋子的規模。四周很靜，外面透進了絲絲陽光……

對了，堅叔呢？他又在哪裡？

「堅叔！堅叔——」喚了幾聲，依然沒有回應，難道他沒被捉嗎？

若靈萱輕咬著唇，斂眉思索。到底是誰要對自己不利？知道自己出府的只有王府中的人，跟自己不和的林側妃已經被關進大牢了，玉珍和麗蓉早就安分守己，站在了她這邊，那麼剩下來的就是……

一個名字閃過了腦海，泉眸微瞇，莫非……是她嗎？

像是回應她的想法似的，一道纖細的身影緩緩出現，明眸皓齒，黑衣勁裝，長髮高綰，纖手負於身後，正朝她微笑走來。

這正是王府的小妃——殷素蓮。

看到她的出現，若靈萱微微一怔，黛眉輕蹙，清水泉眸定定地望著她，好半晌，才低聲道：「果然，真的是妳。」

「姊姊真聰明，就想到是我了！」殷素蓮背負著手，邊說邊得意地盯著她看，嘴角扯出一絲冷酷的笑意。「不過已經太遲了，今天就是妳的葬身之日！」

若靈萱沒有說話，只是冷冷地看著她，看著這個自己一手撐起、曾是最好姊妹的女人。說不難受是騙人的，離你最近的人，往往也是傷你最深的人。她從來沒有想過，自己跟殷素蓮會走到今天的地步。或許，自己從未真正認識過她吧……

「我想知道，妳究竟是從什麼時候，就想著要害我？是從君昊煬懷疑妳時？還是，從一進府，我代替妳表演，讓妳有機會接近君昊煬開始，妳就已經有了要向上爬的野心？」

聽罷，殷素蓮輕輕一笑，搖了搖頭。「我剛進府的時候，只是想著過些平凡的日子，因為我清楚自己的身分，卑微的我，哪敢奢望榮華富貴？可沒想到有一天，會因為妳，而讓我嘗到了從來沒有過的榮耀。當上王府的小妃、得到王爺的寵愛，我作夢都想不到會得到這些我想都不敢想的恩賜。那時，我真的很感謝姊姊妳，也把妳當作了我最好的親人。」

「是嗎？聽起來真感動。那為什麼後來妳卻屢次地算計我，想要我的命？最好的親人？這句話此刻聽起來，是多麼大的諷刺。」若靈萱冷眼看她。就算自己今天將喪命於此，她也絕不在這女人面前屈服！

殷素蓮依然是輕輕笑著，目光卻是寒冽如冰。「姊姊，我不想這樣對妳的，要怪就怪，妳為什麼要讓王爺喜歡妳？為什麼？為什麼妳要讓他喜歡妳？」說到這兒，她的表情變得猙獰，清麗的五官扭曲，恨意十足。

「因為這樣，妳就恩將仇報，不但對我下蠱，還派人追殺我，想剷除我這個妳最好的親人？」若靈萱望著她，還是冷笑，眼中卻有著痛心和失望。

「沒錯，當青兒告訴我，自從王爺出征回來後，幾乎每天都在妳的房間留宿，我就開始害怕，害怕他會喜歡上妳，更怕自己的身分會受到威脅。以王爺對姊姊的寵愛，很快就會知道當初才藝雙全的是妳而不是我，到了那個時候，我還會有立足之地嗎？」

若靈萱泉眸一閃，嘴唇微勾，訕笑道：「所以，妳就勾結陳大夫，假裝懷孕，想借此來重新得到王爺的重視？」

聽到「假裝懷孕」這幾個字時，殷素蓮的臉色驀地一變，眸中寒氣更甚。「妳怎麼會知道的？」

「若要人不知，除非己莫為！」若靈萱說到這裡，眼神變得有些犀利起來。「妳之所以陷害林詩詩，就是因為她懷疑妳，妳怕真相被查出，所以聯合青兒，在適當的時機讓她帶我和王爺去看妳演一場戲。」

殷素蓮目光駭人地盯了她一會兒後，才冷冷地開口。「姊姊，妳知不知道，太聰明的人通常都沒有好下場。」

「妳想幹什麼？」

殷素蓮幾乎扭曲的臉上，露出了狠毒的笑容。「念在我們姊妹一場，我不會親自殺妳的。離這裡不遠處有條河，如果妳掉下去後還能活命的話，我就放妳一條生路。」

「這麼說，妳還真仁慈呢，居然有活路讓我選。」

「姊妹嘛，怎麼會不留點餘地給妳呢！」

「是麼？妳還真是我的好姊妹啊……」說到這裡，若靈萱目露譏誚，冰冷的眸子面無表情地直射向她，臉上流露出視死如歸的表情。

這模樣，可惹惱了殷素蓮，她想看到她慌亂、害怕，可為什麼她沒有？正常人面臨著死亡危險時，不是應該這樣嗎？她是真的不在乎，還是只是在裝？

「姊姊，這樣吧，要是妳肯求我，我也可以考慮考慮放過妳。」她就是要若靈萱求自

己！

若靈萱卻是冷然一笑。「別叫我姊姊，我不是妳姊姊。妳以為今天殺了我，就保住自己的地位麼，殷素蓮，人在做天在看，小心最後引火自焚。」

「死到臨頭，還大言不慚！」

殷素蓮怒目相瞪，再也不跟她廢話了，轉頭喝道：「來人，把她給我扔到河裡去！」

兩名蒙面男子迅速進來，分別抬起若靈萱，走出破廟。

若靈萱想掙扎，無奈雙手雙腳被捆綁，只能眼睜睜地看著這些人將自己帶到了河邊。

她看了看眼前湍急的河流，聽著那河水的沖擊聲，就如一頭發狂的獸般，咆哮得讓她心悸，她的身子不禁微微發顫，臉蒼白得無一絲血色。面對死亡，她當然是害怕的，現在自己被綁得嚴實，要是掉下去，只有死路一條。

「若靈萱，看這次還有誰能救得了妳！」殷素蓮站在那裡，嘴角含著諷笑，嬌顏扭曲。

「殷素蓮，難道妳一定要置我於死地才甘心？」若靈萱驚惶的眼神漸漸變得憤怒，還摻雜著一絲無奈的痛心。

曾經對她的種種好、姊妹之間的溫馨回憶，難道，她全忘了嗎？

殷素蓮淡淡地看了她一眼，輕笑著搖頭。「若靈萱，如果不殺妳，我就會失去一切，所以，妳必須得死。」

她知道若靈萱不會容忍王爺有三妻四妾的存在，而王爺那麼喜歡若靈萱，她們其他人又

沒有孩子傍身，遲早會被趕出王府的。所以，若靈萱必須得死！當下，視線朝兩名蒙面男子凜去。「動手！」

兩名男子點頭，朝河裡走去。

若靈萱知道，自己再也不能存活了，但她仍然不甘心，不甘心放過這個口蜜腹劍、心如蛇蠍的女人，因此在即將落河的那一刻，她轉頭凜然冷傲的視線投向殷素蓮，撂下最後一句厲言——

「殷素蓮，我一定會回來找妳算帳的——」

殷素蓮微瞇著水眸，看著那纖細的身影直落湍急的河流，然後再無蹤影，嬌柔的臉上不禁露出歹毒之色。

若靈萱，這下妳還能不死嗎？枉妳自認聰明，到最後還不是栽在了我手上？很不甘心是吧？我就是要妳不甘心的死去，我要妳死也死得不瞑目！

「走！」冷勾唇角，隨即招呼兩名蒙面男子，揚長而去。

好難受，好痛苦……

這是若靈萱墜入河中的第一個感覺。

手腳都被捆綁的她，掙扎不開，只能任由身子往下沈，水不住地嗆進嘴裡，嗆進耳鼻處……漸漸地，她感到前方一片迷茫，身子越來越沈、越來越重，她甚至嗅到了……死亡的

氣息……

不！她不要死！不要！

昊宇還在等著我，我不能認輸，我一定要活著……昊宇……昊宇……

驀地，一抹高大的身影似流星般疾奔而來，躍進水中，出手快如閃電，一下子便撈起了在急流中沈溺的女子，身形一躍，飛身回到岸邊。

男子一襲鵝黃色的銀絲龍紋錦袍，白皙如玉的俊顏，明亮深邃的鳳眸，舉手投足都透著無法掩飾的尊貴氣質。

「燕子。」

「屬下在。」黑衣女子隨後趕到，立刻應道。

「去找一個跟她相似的女人，把屍體放在西山道懸崖下，再在山崖上佈置一番，然後派人通知君昊煬。」君狩霆沈聲吩咐道，鳳眸緊盯著懷中已陷入昏迷的女子，眼神複雜。

「是，王爺！」

皇宮裡，此時熱鬧非凡。

今天不但是皇貴妃回宮的日子，而且還是她的生辰，因此順武帝便大擺宴席，邀請朝中大臣。那些侯門千金、夫人們，也打扮得花枝招展，盛裝出席。

宮女、太監們不時地跑來跑去，為皇貴妃祝壽，又為那些官員們端茶遞水，十分忙碌。

遠處，鑼鼓的敲打以及舞龍舞獅聲，足以響徹整個天際。

皇貴妃身著九鳳華服，淺笑盈盈地看著表演，那迷人而嫻靜的笑意，顯得端莊典雅至極，哪怕年過半百了，仍顯風華。

身旁的順武帝，不時地與她說說笑笑，討論著台下的表演，氣氛十分溫馨融洽。

君昊煬和君昊宇坐在皇貴妃座下右側，兩人的心都不在宴會上，眼睛不住地四處打量，四處張望，似乎在等待什麼人的到來。

不知為何，君昊宇莫名地感到心中不安，神色也略帶急躁之意。都快晌午了，靈萱怎麼還沒有出現？多日不見她，他早已迫不及待，就等今日了。

「煬兒，怎麼靈萱還不來？」這時，皇貴妃看向兒子，臉上依舊帶笑，嘴邊卻凝著似有若無的質問。

迎接沒有出現，她沒想著去計較，但現在宴會都開始了，仍是沒有見其人影，心中難免有些不樂意。

「回母妃的話，靈萱說過要準備一些小禮物，給母妃您驚喜。」看出母親的不快，君昊煬連忙解釋道。

「是呀，母妃，靈萱的新奇玩意兒很多，包準您見了，一定會大開眼界的。」君昊宇也趕緊出聲附和，不想皇貴妃對靈萱有任何微詞。

見兩個兒子爭先恐後的解釋，皇貴妃有些詫異，也有些好笑，不禁搖搖頭。「瞧你們緊

張的，本宮只是問問罷了。」

君昊煬正想再說什麼，突然，一名侍衛裝束的青年奔進御花園，向順武帝等人行禮後，便急急稟道：「皇上，睿王妃出事了！」

眾人驚詫，一片譁然，四周頓時靜寂下來。

「靈萱怎麼了？」君昊煬和君昊宇聞言大驚，急不可待地衝上前喝問。

「回兩位王爺，卑職在回宮途中，經過西山道，發現有一輛翻倒的馬車、受重傷的車伕及死亡的侍衛們，於是就過去詢問，這才知道原來是睿王妃的車隊被洗劫了，而且她還——」

君昊宇心頭大震，還沒等侍衛把話說完，就不顧一切地衝了出去。

「張沖，立刻召集兵馬到西山道來！」拋下一句話給張沖後，心急如焚的君昊煬也顧不得向順武帝說一聲，就緊隨著君昊宇而去。

「怎麼會這樣？靈萱不會有事吧？」皇貴妃也有些不安地絞著錦帕，與順武帝相視一眼，兩人眸中都有擔憂之色。

順武帝臉色凝重，略略想了一會兒後，就對著身後的嚴公公下令。「嚴泰，立即叫上禁衛隊，跟著張沖到西山道去。」

「遵旨！」

君昊宇風馳電掣地趕到西山道，看著眼前的一切，心瞬間被疼痛緊緊掐住。滿地黏稠的鮮血，光禿禿、已經被劈成殘塊的馬車板塊和數具屍首。

躍下馬，急步奔向前面的懸崖，目光巡視四周，最後定格在崖邊那個閃亮的東西。他認得，那是靈萱經常戴的那支蝴蝶釵。

難道……不，不會的！她絕不會有事！君昊宇命令自己不許多想，壓抑著心慌。他的靈萱，是絕對不會棄他而去的！

這時君昊煬領著一群侍衛趕到。

「昊煬，我們下山去找，一定要找到靈萱！」君昊宇說完，就飛身上馬，疾馳而去。

「張沖，你們兵分三路，到山下去搜尋王妃，記得，每個地方、每個角落都要搜仔細。」君昊煬立刻下令。

「是，屬下這就去。」大隊的人馬趕忙下山而去。

從山頂到山下，馬足足跑了半個時辰，才到了那山崖下。眾人躍下馬，認真而又焦急地在四周仔細尋找著。

突然，有人高聲喊道——

「找到了！找到了！」

君昊宇一個箭步衝了過去，就看到地上躺著一個嬌小的人。大腦一片空白，腳步也似麻木，他僵在那裡，身子微微發顫。

地上的人兒，早已停止了呼吸，一張臉面目全非，根本辨不清模樣，但從體型、輪廓，大致上能辨別應該是若靈萱沒錯。

「……不可能，她不可能是靈萱，是不是?!昊煬？你看清楚，她不是對吧？」君昊宇緊捉住也聞聲趕到的君昊煬的手臂，似要捏碎般，明明是試圖平靜的表情，卻難掩悲痛。

君昊煬一臉沈重，仔細端詳眼前的屍體，她周身上下體無完膚，根本無法辨認，只是身上穿著的衣服，隱隱約約可以看出，是若靈萱曾穿過的衣物……

君昊宇突然笑了，卻是那麼的苦澀、絕望。「不可能，她怎麼可能是靈萱？我不相信，我不相信——」

他一步步朝後退，卻在踩到一個硬物時停下腳步。

低頭看去，是一個銀製的手鐲，在殘陽的餘暉下映著淡淡的刺眼的光。手顫抖著撿起來，擦去上面的血跡，只見銀鐲的邊緣上，刻著小小的一個字——萱。

心劇痛到像被挖空般，銀鐲咚的一聲，掉到了地上……

寧王府。

處於南面的一棟樓閣裡，傳來陣陣騷動，丫鬟們不停地進進出出，十分忙碌。

一名美麗的女子正躺在床上，緊閉雙眸，臉色異常慘白，似乎失去了生命的氣息。

此時，一個大夫正低頭為她診治著。

「喬大夫，她醒來了沒有？」這時，君狩霆走進樓閣裡。

「見過王爺！」一干人趕緊行禮。

診治的喬大夫恭敬地道：「回王爺，這位姑娘由於沈入河中時吸進了大量的水，傷到了腦袋，所以還會昏迷個兩、三天，才能完全清醒過來。」

君狩霆點了點頭，踱步走到床邊，凝視著眼前昏睡的嬌顏。她此刻是蒼白的、荏弱的，卻依然是美麗的，緞面的白衣裹在清瘦的身子上，益發顯出一種病態的美。

眸中似稍縱即逝一抹憐惜，隨後，他面無表情地移開腳步，在一旁的軟椅上坐下。

「喬大夫，你是神醫，有沒有一種藥，可以讓她失去以前所有的記憶？」他聲音淡漠地詢問，眸中深沈難測。

喬大夫顯然感到詫異，看了一眼君狩霆才道：「這……王爺，這樣的藥有是有，但對身體有一定的傷害。」

雖然奇怪為什麼寧王要這樣做，但他不說，自己又豈敢去問？

君狩霆沈默半晌，似在猶豫，隨後冷聲吩咐。「那就給她傷害最小的藥。記住，本王要她醒來後，只記得現在的事情。」

「是，王爺，小的立刻製藥。」喬大夫恭敬地應道。

晉王府。

昏暗的房間裡，死一樣的寂靜，厚厚的紗簾阻止了陽光進入。桌上散落著無數的酒壺，男子面容憔悴，萎靡不振地坐在地上，新生的鬍渣遍布下巴，那雙邪魅深邃的鳳眸，再也無一絲亮光。

也許，在失去她的那一刻，他的人生就墜進了地獄，永遠也看不見陽光了。

靈萱已經離開七天了，他每天都這樣，將自己投入酒的世界裡，在這個房間裡醉生夢死。

「昊宇……」

迷迷糊糊中，君昊宇似乎聽到了女子嬌柔的呼喚，像極了……眼睛倏地一亮，想也不想就起身，向門口衝去。

「靈萱——」狂喜猛地襲上心頭，然而當看清楚眼前的人時，臉上的表情驀地轉為更深切的痛楚與絕望，眸中的亮光再度被黑暗吞噬。

「昊宇？」拓拔瑩微微一怔，他仍對若靈萱的生還抱有希望？

可是，她的確是不在了呀！多多和當天見過若靈萱的人，都證實了崖下女子身上穿的衣服，就是她出府時穿的。除了外表傷得面目全非外，所有的一切無不證實那就是若靈萱本人。

而那個來稟報的侍衛，也道出了睿王府的車伕曾說若靈萱墜崖一事，原本他們還想再進一步問車伕的，只可惜去到時，車伕早已斷了氣。

比。

君昊宇失魂落魄地轉回房間，繼續喝酒。

拓拔瑩卻上前搶過他的酒壺，扔向一旁。

「妳幹什麼？」君昊宇厲眸一瞪，戾氣直衝眉梢，原本俊魅的面容此刻看來卻是駭人無比。

「你振作一點好不好？她已經死了，你再這麼作踐自己又有什麼用？」拓拔瑩看不過去了，不怕死地出聲斥道。

「這是我的事，輪不到妳管！馬上滾出去！」他怒吼著，眸中更為陰鷙冰冷。

「我是你的未婚妻，我就要管！」

「那好，我們解除婚約！從今天開始，妳是妳，我是我！」沒心思再想什麼聯姻了，誰愛聯就聯吧！父皇怪罪也好，就算要他一死謝罪，他也無所謂了，反正他現在已生不如死。

他居然要解除婚約?!

拓拔瑩心中一抽，抬起頭，目光幽怨地看著他。「你從來都沒有把心思放在我們的婚約上，是吧？在你心中，愛的一直都是她，對不對？」

剛開始看到他們親密的樣子時，她就猜到兩人之間的關係絕對不尋常。只是後來她打聽到，原來若靈萱就是睿王妃，是他的大嫂，那時，她才放下心。再後來，就是他答應聯姻了。可如今看到他這副樣子，她終於知道，原來真的不是她多心，他對若靈萱的感情，甚至已經超過她的想像。

君昊宇抿著薄唇，隨後苦笑一聲。「是，我是愛她，除了她，我不會再愛上任何人了，所以妳走吧，別再來煩我了。」他揮了揮手，聲音平靜無力，可誰又知道，在平靜的外表下藏著多麼巨大的痛楚。每次酒醉醒來，面對失去愛人的殘酷事實，那種椎心刺骨的痛，還有什麼能夠緩解？也只有酒了吧？再次拿起另一個酒壺，閉眼仰頭猛灌，眼角隱約泛出晶瑩的閃光。

拓拔瑩又氣又痛，想再奪過他的酒壺，君昊宇卻一躲，讓她撲了個空。「昊宇，你不要這樣，皇上、皇貴妃，還有睿王爺，他們都很擔心你！」

君昊宇閉上眼睛，眸中都是悲澀。他也不想這樣，可如果不灌醉自己，他真不知日子要怎麼過？

「妳走吧，讓我靜一靜。」他再次對著她下逐客令。

「昊宇，你別趕我走好嗎？就當是一個朋友，關心你的朋友，就讓我陪伴在你身邊吧？」拓拔瑩放軟了語氣。她真的不想看到他這副了無生趣的樣子！

「我不需要陪伴，出去。」他只想獨自思念靈萱。

「不。」拓拔瑩堅決地搖頭。

君昊宇倏然起身，冷眸中透著一絲不耐煩，拽著她的手臂就將她拖出門口。

「昊宇，我不要離開！讓我陪著你！」拓拔瑩急了，掙扎大叫，卻仍被無情地推了出去。砰的一聲，大門在她眼前闔上。

「昊宇！昊宇你開門啊！昊宇——」

君昊宇躺在軟榻上，蓋上被子，自動將聲音隔絕。

睿王府。

整個王府都籠罩在一片愁雲慘霧中，所有下人都小心翼翼地伺候著。王妃墜崖身亡後，王爺變得比以前更冷酷了，雖然沒有懲罰過任何一個奴僕，但整天都陰沈著一張臉，眼神也極駭人，因此他們還是感到很害怕。

瓏月園的小角落裡，幾個下人偷偷地聚在一起談論著。

「現在人人自危，都不敢在王爺面前說話了。」

「是呀，大家都知道，王爺現在最愛的是王妃，她突然就這麼去了，甭提王爺有多難過了。」

「可不是嘛！唉，王爺真可憐呀！」

「王妃也可憐，好不容易熬到頭，得到王爺的寵愛了，卻又……」說著，已有丫鬟哭了起來。

「唉，王妃那麼好的人，為什麼就這麼去了呢？」

「好啦，都別說了，免得讓王爺聽到，又勾起他的傷心事，那就不好了。」

「那趕緊散開吧……」

他們誰也沒有發現，站在柱子後面的君昊煬，一直默默地聽著，又默默地離開。

不知不覺地，他又來到了清漪苑。暖閣裡，依舊被多多、草草打掃得乾乾淨淨，就像她還在一樣。

推開門走進去，把手中捧著的千年古木琴放在案几上。這是他親自挑選的，他知道，琴棋書畫樣樣精的才女就是她，雖然不曾問過，不曾調查過，但不知為何，在與日俱增的相處裡，心中肯定那人就是她。

原本還想著，若是她兩個月後決定離開，他便送上這把古琴，讓她往後彈奏的時候，起碼能想起自己，可她卻……眼底陡然一痛，靈萱……

「睿王爺——睿王爺！」

呼喚聲由遠而近地傳來，不一會兒，拓拔瑩已衝到他跟前。

「三公主。」君昊煬淡淡地看向她。

「睿王爺，你快去勸勸昊宇吧！我真擔心他再這樣下去，會把自己搞垮的！」拓拔瑩紅著眼眶，憂心忡忡地道。

君昊煬眉頭打了個結。「他還是在喝酒嗎？」自從靈萱出事後，昊宇就整天把自己關在王府裡大門不出，一天到晚喝得酩酊大醉，早朝也不上，誰也不肯見，父皇和母妃為此都十分掛心。

原以為他只是鬧個一、兩天，可如今十天快過去了，他仍是那副樣子。沒有了靈萱，已

經讓他痛不欲生了嗎？君昊煬閉了閉眼，心中無比沈重，最後化為一聲嘆息……

寧王府。

床上的人已經昏迷了將近半個月，喬大夫每天都來給她餵藥、扎針，君狩霆一有時間，就會到樓閣裡，陪伴著她。

原本，早幾天她就能清醒了，可是因為服用了喬大夫研製的忘魂湯，所以就昏迷到了現在。

「嗯……」若靈萱低吟了一聲，才緩緩地睜開雙眸，映入眼簾的，是極為精緻華麗的臥房，可對她來說，一切都很陌生。

驀然，頭部的疼痛傳入感官，讓她皺了皺眉。

這是什麼地方？自己怎麼會在這裡？努力回想，卻頭痛得更厲害，腦中一片空白。

緩緩地撐著身子坐起，才感覺口乾舌燥，眼睛看向床邊桌上的杯子，全身卻虛軟無力。

「妳醒了？」君狩霆剛走進來，就看到她努力伸手想拿杯子，便走上前，將她抱回床上坐好。

清澈的泉眸沒有了以往的靈動，而是添了一抹茫然，看他的眼神很陌生，醒來的反應也很平靜。

看來喬大夫的藥，開始起效果了！想罷，他不禁輕聲問：「妳知道自己是誰嗎？」

「誰……」她喃喃地重複著。「我是誰呢?對了,我怎麼會在這裡?為什麼都想不起來?為什麼想不起來……」若靈萱閉上眼睛,試圖陷入回憶裡,但頭痛欲裂的感覺卻再次襲來。「好痛,頭好痛……」她抱著頭,眉心緊蹙。

「好了,不要再想了。」君狩霆坐在床榻上,溫聲拍撫著她。「妳想知道什麼,以後我會告訴妳,現在最重要的是養好身體。想喝水是不是?我倒給妳,先躺著。」

他正要斟水,卻被她拉住了衣袖。「可以告訴我,我是誰嗎?你又是誰?」總要知道他的身分,才好和他相處。

君狩霆靜靜地凝視她半晌,唇角彎起,語氣溫和地開口。「妳叫晴兒,是我的未婚妻。」輕輕掙脫她的手,起身走向茶几。

若靈萱怔怔出神。「未婚妻?」她喃喃地唸著這三個字。

「來,喝水。」君狩霆回轉身,將手中的茶水遞給她。

若靈萱接過,輕抿了幾口後,就放在一旁,望向他,再次詢問:「我……我真的是你的未婚妻嗎?」

「當然。」看到她眼中的疑惑,君狩霆輕輕將她擁入懷裡。「晴兒,妳不需要懷疑,妳是我從小訂親的未婚妻。好好地調養身體吧,別想太多了,會傷腦子的。」

沒錯,他要取代她所有的記憶,要她對自己死心塌地,這樣一來,要對付君昊煬和君昊宇,就容易得多了。

人一失憶，對第一眼見到的人，是相當有依賴性的，要攻占她的心房，也不是難事。想罷，君狩霆黑眸深處閃過一抹鋒利而狡詐的光芒。

若靈萱沒有說話，只是靜靜依偎在他懷中，耳畔的心跳猶如不相識的陌生人，絲毫引不起她心底的悸動。

這人……真的是自己的未婚夫嗎？

若靈萱輕蹙黛眉，小手輕輕放在心房上，「怦怦——怦怦——怦怦——」，心臟規律且有節奏地跳動著，然而，她卻覺得這顆心不屬於自己……

靈萱，回來！妳給我回來！妳不能離開我！

是誰？是誰在說話？若靈萱陡然睜大眼睛。沒有，那聲音的主人不在這裡。

靈萱……靈萱……靈萱……

若靈萱頭痛欲裂地閉上眼睛。到底是誰在呼喚？到底誰是靈萱？為什麼只要一聽到這個聲音，她就會心緒不寧，痛苦難受？

顫抖著身子，若靈萱抱住自己，縮在君狩霆懷裡。不要想了，不要想了……

晉王府樓閣外，站著幾個戰戰兢兢的奴僕，他們的神情緊張至極。

只聽見屋內傳來乒乒乓乓的瓷器破碎聲，以及君昊宇的怒斥聲——

「走！不要煩我，全都走！我誰都不想再看見——」

驀地，一個老御醫和兩個丫鬟連滾帶爬地逃出來，還未來得及關門，就傳來瓷碗砸碎在門板上的尖銳聲。御醫、丫鬟心有餘悸，直拍胸口，擦了擦額頭上的冷汗。

拓拔瑩匆匆趕過來。「怎麼了？」

御醫苦著臉嘆氣。「不行啊！晉王爺昨天泡在水中一夜，已惹風邪入侵，再加上思慮抑鬱，心脾氣結，實在難醫。更糟的是，他藥也不吃，根本就是一心求死啊！」

拓拔瑩聽得怔住，一心求死？若靈萱的離去，真對他打擊那麼大？這究竟是一種什麼樣的情感？能有這麼大的魔力，讓人可以不顧一切，甚至連生死都能置之度外？

「三公主，您快勸勸王爺吧，奴婢真怕再這樣下去，小病就會拖成大病了。」一個丫鬟懇求道，他們都十分擔心王爺的身體。

「我去看看。」拓拔瑩應了一聲，正要走進去。

「昊宇怎麼了？是不是生病了？」剛好趕到這裡的君昊煬，聽到丫鬟後面的話，不禁關心地上前。

一見他到來，所有人都十分欣喜。「睿王爺！」太好了，睿王爺來了，王爺說不定就肯吃藥了。

「睿王爺，昊宇病了不肯吃藥。」拓拔瑩像見到救星一樣，忙對他說道。

君昊煬皺起眉頭，眉宇間勾勒出兩道深刻的厲紋，沈嘆一聲，推門走了進去。

屋內，一片漆黑。

拓拔瑩小心翼翼地摸黑走進房間，點燃了燭火，屋內頓時明亮起來。君昊煬環顧四周，只見屋內一片空蕩蕩，能砸的東西全被砸了，滿地狼藉。

君昊宇靠在長榻上，臉色蒼白，衰弱而憔悴，怔怔地喝著酒。

「昊宇，你生病了，不要喝了。」君昊煬走到弟弟身邊，輕聲勸慰道。

君昊宇沒理會，依然灌著酒。

君昊煬眉皺得更緊，忍不住一把奪過他的酒壺，砰地一聲摔碎在地。「你還要折磨自己到什麼時候？別再喝了！」

君昊宇睨了他一眼，神色沈鬱。「我不喝醉，就會瘋掉。」

「你這麼個喝法，還沒瘋掉，就已經死掉了！」

「我不在乎。」死了更好，這樣說不定就能見到靈萱了。

靈萱……心中再次絞痛，君昊宇撫著胸口，爬起身取過另一壺酒，再次猛灌起來，似乎只有這樣，才能麻痺所有痛的知覺。

君昊煬氣得上前去搶酒壺，惱怒吼道：「你還喝！真想把自己弄死嗎？你不在乎，那麼父皇和母妃，你也不在乎了？你知不知道，他們有多擔心你？」

君昊宇抿著唇，原本掙扎著想奪回酒壺的動作停下，唇角牽起一絲苦澀的笑。「若不是為了他們，我早已隨靈萱去了。」沒有靈萱的日子，他覺得活得好累、好累……

「你──」君昊煬見他那副沒志氣的樣子，想怒斥又忍住，最後喟然長嘆，神情像燃盡

的蠟燭，慢慢黯淡。「你只知道自己的痛，可你又知不知道，大家也是跟你一樣的心情？你這樣不停地折磨自己，靈萱在天之靈若是知道，她會安心嗎？」

君昊宇閉上眼睛，覺得心力交瘁。

正在這時，外面傳來一陣急促的腳步聲，跟著張沖的聲音響起——

「啟稟王爺，宮中嚴公公來傳旨，請您和晉王爺立刻進宮議事。」

君昊煬聽罷，立刻起身上前，沈聲問：「知道什麼事嗎？」

「聽說是溪蘭又開始舉兵犯境了。」張沖如實稟道。

「又是赫連胤嗎？」君昊煬拳頭一握，怒上眉梢。該死，都已經敗了三次了，卻還是不見棺材不掉淚。

「砰」的一聲，原本頹廢至極的君昊宇，突然摔掉手上正準備灌下的酒壺，倏地起身，踉蹌著上前，布滿血絲的眼眸燃燒著冷冽的光芒。

「這次，由我掛帥！」要是能殺敵死在戰場，也算是得償所願，一舉兩得！

第二十七章

寧王府。

天地連成一片的空間裡，若靈萱拚命地奔跑著，可任憑她怎麼追趕，就是追不上前頭面容模糊的男人。

「靈萱！過來！快過來！」

男人的聲音很焦急，她拚了命地追，但無論她怎麼使勁的跑，兩人的距離卻是越拉越大。

「靈萱，快過來，快過來呀！」

「不要走！不要離開我！」眼看男人的身影就要消失，若靈萱痛心地嘶喊。「不——」

一聲驚叫後，若靈萱猛地睜開眼睛，胸口劇烈的起伏喘氣，冷汗沾濕了她的衣衫。

「小姐！」守在外面的婢女小小聽到驚呼，立刻衝了進來。「小姐妳沒事吧？」

若靈萱回神，遂坐起身回答：「沒事，只是作了一個夢。」

小小上前扶著她走下床，一邊靈巧地替她梳洗打扮，一邊說道：「王爺交代過，小姐醒來後，要趁熱把雞湯喝了。」

「嗯。」若靈萱應了一聲，失神地望著銅鏡中臉色蒼白的自己。一想起剛才的夢，她的心就狠狠地揪痛。

不是第一次了，她已經不是第一次作這樣的夢，但不管她怎樣努力，始終都看不清那男人的模樣。

只知道，她好想跟著他走，好想好想……

「小小，我的名字真的叫晴兒嗎？」若靈萱幽幽地盯著銅鏡中婢女忙碌的身影，低聲問道。

聞言，小小為她梳髻的動作一滯，旋即回答：「當然了，大家都知道晴兒小姐是王爺的未婚妻、我們未來的王妃呀！」

「是嗎？」若靈萱茫然地眨了眨眼。「可我怎麼覺得他是那樣的陌生？如果我是他的未婚妻，為什麼我對他沒有心動的感覺？」

「那是因為小姐失憶了，等小姐恢復記憶，自然就會想起跟王爺在一起的日子。」小小竭力地解釋，試圖讓若靈萱別胡思亂想。

若靈萱敏銳地捕捉到小小眼底一閃而過的心虛，心裡越發肯定她在說謊。「不，妳騙我，我知道我不叫晴兒，我也不是你們王爺的未婚妻。小小，求求妳告訴我真相吧！」

「小……小姐，王爺待妳那麼好，小姐怎能懷疑呢？」小小的聲音開始有些哆嗦。「請小姐相信王爺，妳是他的未婚妻，晴兒小姐。」

「不！我不是！」

若靈萱抱住頭，痛苦地低吼：「我的心告訴我，妳在撒謊，而且在我的腦海裡，老是有一個背影閃過，每次他出現在我的回憶裡，我的心就……就好疼、好難受，我甚至有種感覺，他正癡癡地在等我回去，但為什麼我就是想不起來？」

「難受就不要去想了。」冷不防地，一個冰冷低沈的聲音在門口響起。

正想安慰她的小小，聽到這聲音嚇得差點跪下來。

「王……王爺？」

他高大的身子斜倚著門，俊美無儔的臉上沒有任何表情，眼底寒冽如冰，顯然是將方才的話聽進去了。

「王爺……奴婢、奴婢什麼都沒說……」小小抖著身子道。

「下去！」他冷聲下令。

「是。」

君狩霆緩緩地邁步而進，神色複雜地凝視著她，深邃如潭的眸中閃著一絲隱隱的怒氣。吃了這麼久的忘魂散，記憶是沒了，但卻能記住君昊宇，他對她就這麼重要？

該死！他絕不能讓這小小的記憶破壞了他的計劃。

倏然一個箭步走到她身邊，將她摟進懷中，儘管心中有氣，動作卻是十分輕柔。

若靈萱任他抱著，好半晌都沒有反應，良久才開口。「告訴我好嗎？我是誰？給我一個

真正的答案！」

「晴兒，不是告訴過妳，別胡思亂想了嗎？」君狩霆緊抱著她，依然是溫聲軟語的口吻。「我所說的全都是真話，妳的確是我的王妃，是寧王府的女主人。晴兒，我們是夫妻，妳是我的，不要讓我失去妳，不要離開我，好嗎？」

若靈萱怔怔地望著他。

她不是不知道這個男人對自己的好，他真的很關心、愛護自己……但是，為什麼她對他就是無法產生一絲一毫的相同感覺？為什麼呢？

「留在我身邊，別再懷疑了。」君狩霆低下頭，給她安撫的一吻，在她耳畔喃喃訴說著動人的情話。「晴兒，從來沒有女子讓我如此的動心，就只有妳，只有妳讓我想永遠地留在身邊，一輩子都不放開。」

他醇柔的嗓音緩緩飄蕩著，凝視她的瞳眸專注而深情，只是其中的真心有幾分，就只有他自己才知道。

或許，他是喜歡她的，畢竟，她是他第一個知音。他也是想留住她的，因為她是他的最佳王牌，還有她的聰明才智，都是他所欣賞的。

無論是哪一種原因，他都不想放開她。

從現在開始，她的身分只能有一種，唯一的一種——就是寧王妃！

溪蘭大軍侵境，晉陵軍再次出征討伐。

只是這次，由晉王君昊宇掛帥。君昊煬和順武帝一開始是極力反對的，但在他的堅持之下，只能無奈答應，不過得要君昊煬從旁協助。

戰場上，刀光劍影，吶喊衝殺聲響徹雲霄。銀騎、鐵騎兩大軍旗在陽光下迎風飄揚，耀眼奪目。

君昊宇一馬當先，猛衝狠殺，手中的寶劍閃著森冷的青光，身披黑色盔甲披風的他，全身沐在陰鷙森冷的氣魄中，有如地獄來的死神。

那股不要命的狠勁，彷彿要與敵人同歸於盡般的拚死衝鋒舉動，直殺得敵兵手忙腳亂，節節敗退。君昊煬和楊軒、先鋒們並肩作戰，和兩騎將士奮勇拚殺。

將帥銳不可當，士兵們更是拚死衝鋒。

沒多久，溪蘭軍隊被一舉擊潰，晉陵軍歡聲雷動！

「靈萱、靈萱……回到我身邊來！靈萱……」

「等我！你等等我——」

若靈萱再次由夢中驚醒。

她坐起身，斜靠在床頭上，輕輕喘著氣。又是這樣的夢，看不清長相的男人，卻給她一種熟悉的感覺，彷彿她天生就該跟著他。

不能再等下去了！她一定要弄清楚，自己到底是誰？不如就出府走走吧，或許這樣她能找到自己想要的答案。

而且，不知怎的，她好想見到出現在她夢中的男人，真的好想好想……

若靈萱立刻下床，略略梳妝一番，就推門而出。

三天前，君狩霆突然帶著她離開王府，來到這個盛州的離宮。

宮殿的規模並不宏大，但也有五殿、三樓、兩園。曲廊水亭、假山奇石一樣不少，各樓各院都雕樑畫棟。

若靈萱走出了自己居住的雙飛園，快步穿過曲廊水亭，向著宮殿大門而去。

「晴兒小姐，您要去哪裡？」駐守的侍衛見她到來，立刻上前攔住她，有禮地問道。

「我想出去走走。」若靈萱輕聲說。

兩個侍衛相視一眼，然後道：「晴兒小姐想出去可以，但王爺吩咐過，得讓侍衛隨侯在身邊，以保護您的安全。」

「這……好吧。」若靈萱遲疑了一下，便點點頭，只要能出去就行了。

大街上，若靈萱興奮地走著，春日的陽光溫暖入肺，一切都是那麼新鮮和美好。

不知為何，心中總有一股奇異的悸動，她感覺到這次出門，一定可以得到她所想要的答案。

瞧了瞧身後，沒有任何人跟來，不禁得意地勾起唇角。她只是用了一個小小的計謀，就將那些煩人的侍衛甩掉了，真不知是她太聰明了，還是那些侍衛太笨了呢？呵呵……

管他的，反正她現在是自由了！

街上很熱鬧，兩旁都擺滿了小攤子，吃的玩的，還有許多小飾品，她興致勃勃地看著，每到一個攤子都流連一番……

遠處的酒館三樓窗戶裡，男子眼如鷹般，緊盯著大街中間那個嬌小的身影，下一刻，身形已迅速移動，施展輕功飛躍而出。

不會錯的，一定是她！她還活著，還活著！狂喜充斥全身，腳下步伐加快。

若靈萱漫無目的地逛著，經過楊柳湖畔，轉入一個小森林。那裡碧草如茵、景色宜人、清新秀麗。

身後的男子快速地追尋著她的蹤影，卻在快要接近她的時候，突然放慢了腳步。他很怕，怕希望被毀滅，怕自己只是一時眼花。若從天堂掉入地獄，不知他能否承受得了？

可就算這樣，他也不想回頭。

心跳極快，似要跳出胸膛般，那樣的背影，夢中出現無數次的女人，如今死而復生，出現在自己眼前。

「靈萱……」

男子緩緩開口，帶著欣喜和一絲不確定。

身後突然傳來的聲音，讓若靈萱怔了一下，她猛地轉過頭，映入眼簾的是一張陌生面孔。眼中的身影與夢中的影像重合，熟悉但又陌生。

是她，果然是她！他的靈萱！

不去細想她為什麼會在這裡，男子一個箭步上前，將她緊緊抱住，似乎想把她完全嵌入自己體內一般，臉深深埋入她的秀髮內，心中的空虛得到填補，懷裡的充實證明了這不是一場夢！

「你是誰？放開我！」若靈萱大驚，用力想掙脫開他，卻換來他更深的禁錮。清新好聞的男性氣息縈繞在她的鼻端，是那麼的熟悉，熟悉得讓人沈醉……

「我是誰？」男子震愕地看著她，不敢置信自己聽到的。「靈萱，妳怎麼了？我是君昊宇啊！妳怎麼不認識我了？」

大手依然緊緊扣住她，無絲毫鬆懈，生怕一鬆手，她就會飛走。

「君昊宇……」似曾相識的名字，讓若靈萱心弦一震，想抬頭看清他的面容。那麼好聽的聲音，像聽過了千百回，還有他溫暖堅實的胸膛，給她一種熟悉信賴的感覺，一時之間，她竟不想離開這個懷抱。

還有，他也叫自己「靈萱」！

「不……」她喃喃自語：「我不叫靈萱，我叫晴兒……」

「妳在說什麼？」君昊宇更加抓緊她的手，激動地喊著。「靈萱，到底發生什麼事了？

妳為什麼裝作不認識我？妳到底是怎麼了？妳知不知道我想妳想得快瘋掉了？別再折磨我了靈萱……」

他的話她根本聽不懂！若靈萱覺得昏昏沈沈的，像有什麼東西在腦中聚積，痛楚的感覺漸次清晰。

「不，我不認——」話未說完，櫻唇便被君昊宇迅猛地封緘，靈巧的舌頭撬開她的貝齒，霸道又不失溫柔地反覆吸吮，如飢似渴地探尋著、糾纏著，她的甜美足以讓他瘋狂，欲罷不能。

一個多月來思念的痛苦，終於在這一刻得到了紓解。

「唔……」若靈萱泉眸圓瞪，看著眼前放大的俊顏，小手用力地推阻著他。

可她的掙扎卻換來他更深的渴求、更深的糾纏。

為什麼要抗拒他？為什麼不認識他？他接受不了，一定要喚回她的記憶！

漸漸地，掙扎之力越發薄弱，男子溫情的吮吻勾人心魂，似乎在潛意識裡，她並不討厭他的親吻，甚至還有些眷戀，這是君狩霆都不曾帶給她的。

不自覺地，她閉上雙眼，在他纏綿的擁吻下陷入了短暫的意亂情迷，身體竟因他點燃了冰封的渴望，一時心酥體軟，不由自主地沈淪了……

君昊宇高大的身軀緊緊貼住她，將她牢牢地壓在樹上，濃烈的氣息帶著灼人的高溫，噴灑在她細緻的臉上，耳畔響起他沙啞而性感的聲音——

「靈萱，我的靈萱，知不知道我有多想妳？我瘋狂地想妳……」

他的懷抱、他的親吻、他的雙手，彷彿帶著烈焰般，熊熊地燃燒著她，她感覺自己快要被吞噬了，甚至不害怕他越來越大膽的動作……他的侵犯……

為什麼？意識還在昏沈中的若靈萱不停地問著自己。他可是陌生人呀！為什麼她沒有拒絕，反而還輕啟雙唇迎合他、回吻他、熱切地投入他所製造的漩渦中？

激昂的熱情蔓延著，他的吻越來越狂野激烈，在她朱唇間恣意呵憐、輾轉後，大手將領口扯開，滾燙的唇落於那凝脂般細膩雪白的鎖骨上，啃吮著，再到圓潤的香肩，一寸寸烙下愛的痕跡。

「不，不要！」

當他情不自禁地低首，薄唇含住她胸前的紅櫻時，若靈萱倒抽口冷氣，本能地推開他，慌亂失措地拉好衣服，退後幾步，與他保持距離。

「靈萱……」

「不要過來！」她驚慌地再後退，心中想著自己真是瘋了，竟然和一個陌生男子毫不顧忌地親熱起來！天啊……

「對不起……」君昊宇甩了甩頭，強迫自己甩掉該死的狂情慾念，輕聲道：「對不起……我一時控制不住自己，我向妳道歉。」

該死，自己真是太混帳了，竟忘了這是白天，隨時都會有人來的！

她粉頰酡紅，好半晌才敢抬眸看他，他眼中的情慾已消失，只剩溫柔而令人信任的關愛眼神。只是他不懂，為何她看自己的目光，竟帶著幾分陌生？

伸手靠近她，正待要問清楚，卻在這時，十多名蒙面黑衣人陸陸續續走進小森林，在他們跟前停下，手中，均握著明晃晃的利劍。

君昊宇眸光一沈，退後幾步，將靈萱護在身後。他看得出，這些人來者不善！

若靈萱大驚失色，緊攀著他的手臂。

為首的是名黑衣女子，她明亮的眸掃了兩人一眼後，便向同伴揮手，黑衣人迅速分散於各個方向，將他們圍在中間。

君昊宇冷冷地掃視黑衣人一眼。「你們是誰？想幹什麼？」

「奉主人的命令，前來取你首級。」黑衣女子也不多說，拔出長劍，直接擊向他。

「靈萱，快躲起來！」君昊宇急忙對旁邊的女子吩咐著，隨後腰間軟劍出手，迎上黑衣女子的招式，兩人糾纏了起來。

若靈萱驚駭地點點頭，連忙躲到不遠處的草叢裡。

奇怪的是，黑衣人對她的逃開不甚在意，只是虎視眈眈地緊盯著與黑衣女子交鋒的君昊宇，準備隨時上前聯攻。

黑衣女子的武功不敵君昊宇，交鋒十多招已處於下風，猝不及防地，黑衣女子由指尖射出一排煨過毒的暗器。

君昊宇身形輕閃，翩若飛鴻地往上一掠，漂亮地躲過暗器，同時腰間軟劍抽出，凌厲一揮，頗有石破天驚、風雨大至之勢。

黑衣女子連連往後退，其他黑衣人見勢不妙，紛紛舉劍上前。

若靈萱盯著前方打鬥的高大身影，心緊緊糾結著，莫名的擔憂遍布全身。那個男子，他到底是誰？為什麼叫她靈萱？他認識她嗎？抑或是，她也認識他？

昊宇！他說他叫昊宇……腦中似有什麼東西閃過，漸漸清晰起來。昊宇、昊宇，你到底是誰？頭好疼、好疼，記憶中的那個背影轉過身，與眼前的人重合……

若靈萱蹲下身子，痛苦地抱住頭，臉色蒼白。

「晴兒小姐！」

一個聲音倏地在她身邊響起，記憶硬生生被打斷，她抬眸，映入眼簾的是兩張熟悉的臉龐——寧王府的侍衛。

「晴兒小姐，您可真會跑，讓屬下好難找啊！」侍衛擦擦頭上的汗，略帶抱怨地道。

「對不起……」若靈萱小聲地道，因為的確是自己不對。

「好了，晴兒小姐，我們出來也夠久了，快回去吧。」另一個侍衛說道。

回去……若靈萱不由得轉過頭，看著仍在與黑衣人交鋒的君昊宇。不知為何，她突然不想離開，不想離開有他的地方，而且他剛才在保護自己，此刻她又怎能拋下他一走了之呢？

侍衛看出了她的心思，便勸道：「晴兒小姐，別人的恩怨我們就不要管了，走吧！」

「可是……」

「別可是了，晴兒小姐，再不回去，王爺可是會怪罪我們的。」兩個侍衛不由分說，硬拉著她進入一旁的馬車，然後雙雙坐上前頭駕車，飛馳而去。

「靈萱！」君昊宇一聲厲喊，身如白鶴，驟然沖天而起，向著前方的馬車追去。他不知道那些是什麼人，他只知道，自己絕不能讓靈萱再在他面前消失一次！

黑衣女子怔了怔，正想上前追趕，卻見一道人影如箭般自眼前掠過，一下子便追上了君昊宇，瞬間擋住了他的去路，同時一掌拍出，宛如狂風怒浪，君昊宇立刻舉掌相迎，砰的一聲，雙雙都為對方深厚的內力而微訝，隨後降落在地面。

「你是誰？」君昊宇怒盯著眼前突然出現的男子。

他一身黑色錦衣，臉上戴著金色的面具，遮住了他的真實容貌。

「你不需要知道。」男子的聲音刻意壓得很低。

「那你讓開，別擋我的去路！」君昊宇心急如焚地低吼，恨不得一劍劈暈眼前礙事的傢伙。

「要讓開，可以，先贏了我手中的劍再說！」金面男子低低一笑，寶劍出手，鋒利的劍在陽光的映照下，發出駭人的寒芒。

可以看出，男子深厚的內力灌注在劍上。

君昊宇冷著臉，也不再多說廢話，劍如狂風般掃向他，噹的一聲，刀光劍影再次展開。

君昊宇急著在幾招內速決，招式十分凌厲，殺氣騰騰，而金面男子卻矯若遊龍地持劍應敵，並沒有出手反擊，而是一逕敏捷地閃避著。

二十多招過後，君昊宇也發覺不對勁，對方一味地閃躲不出手，是想消耗他的內力，還是……拖延時間？

不管了，現在找到靈萱要緊，他得想辦法脫身。

倏地，他看準了金面男子移形換影閃躲的那一瞬間，虛晃一招，假裝刺向他左肩，然後趁他閃開的時候，足尖陡然一點，閃電般往另一個方向飛躍而去。

金面男子微怔了一下，隨後冷然一笑。「還真讓他跑了呢！」

「王爺，要追嗎？」這時，黑衣女子領著黑衣人趕到，上前問道。

「不用，反正現在若靈萱也應該快回到離宮了。」男子搖頭說著，收劍入鞘，然後緩緩脫下臉上的金色面具，露出一張俊美絕倫的男性臉龐。

此人正是君狩霆。

他這次帶著若靈萱來到盛州，目的就是要讓君昊宇看到她，從而一步步地掉進他所設好的陷阱之中……

雙飛園。

若靈萱靠在床榻上，怔怔地望著窗外出神。小森林遇見的那名叫昊宇的陌生男子，自己

為何會覺得如此熟悉？他的眼神熾烈而痛苦，他的嗓音溫暖而深情，他的出現讓她幾乎無法思考。

一句「靈萱」，緊緊牽動住她的心，牢牢鎖扣住她的弦。

她好恨自己失憶，忘記了一切。那個男人，他和她之間究竟經歷過什麼？究竟有著怎樣千絲萬縷的關係？

她不想要遺忘，這種對自己身世一無所知的徬徨感就像心被人硬生生掏空了一般。

若靈萱無助地抱著頭，為什麼她就是什麼也想不起來呢？她多渴望想起以前的事啊！至少，她不願遺忘自己與他共有的回憶，她相信，那一定是自己生命中最重要且永恆的一頁，可她就是想不起來……

「靈萱。」君狩霆推門進來時，發現她又抱住頭，一臉痛苦。「怎麼了？不舒服嗎？」

若靈萱輕推開他的手，淚霧迷濛的雙眸乞求地望著他。「君大哥，為什麼我想不起來以前的事？你告訴我為什麼？」

君狩霆一聽，俊顏微沈，眸底像結了冰，好半晌，神色陡然又恢復了溫柔，輕嘆道：「如果妳恢復記憶，就要離開我了，是嗎？」

「君大哥……」

「晴兒，不要想了。」君狩霆猛地抱住她，輕柔地拭去她臉上的淚痕。「一切就順其自然吧，該想起來的，一定會想起來。君大哥不想再看到妳每天這麼痛苦、這麼不快樂，這樣

子，我的心裡也好難受。晴兒，別讓我擔心，好嗎？」

他的聲音甜膩而溫柔，黑色的眸中也滿是對她的憐愛。

「君大哥，我……」面對著這麼溫柔對待自己的男人，她並非完全不感動，但她知道，自己永遠不可能愛上他，因為她的心早已屬於別人，只為那個人而跳動……

「晴兒，別離開我，好嗎？」君狩霆捧著她的小臉，溫柔地笑著，帶著淡淡的懇求。

若靈萱咬著唇，不忍心拒絕這個真心待她的救命恩人，但她也不能昧著良心答應他的懇求。緊緊地回抱，這是她此時唯一能做的事情……

三天後，君狩霆突然告訴若靈萱，今日她便會見到那個她想見的人。

「真的嗎？他今天會來？」若靈萱十分驚訝。「為什麼你肯讓我見他了？」她記得……就在三天前，自己曾懇求過，想再次出門見那個叫君昊宇的男人，他卻以她的安全為由，拒絕了。而且她也知道，他不想自己記起所有的事情，怕自己會離開。

君狩霆凝視她的眼睛，緩緩地道：「我想過了，既然妳那麼希望恢復記憶，那我只好請他來，看能不能幫助到妳？」

恢復記憶？這四個字如石子般直直投入靈萱的心湖內，漾起一波波的浪，原本已平靜的心湖再度騷動沸騰。恢復記憶力，解開自己的身世之謎！

君狩霆將她的反應全看在眼底，眸裡閃過一抹不易察覺的詭意。

他知道她很想見君昊宇，而他這幾天也一直在拖延，目的就是加強她心底的渴望和思念，這樣一來，她必定會為了心中的渴望而按他的計劃行事。

正好，今天便是最佳時機。

「不過，晴兒，妳必須要照我的話去做，妳能答應我嗎？」突然，他輕握著她的手，低聲說道。

「我答應你！」若靈萱幾乎是毫不猶豫地點頭。

只要能讓她見到那個男人，有機會恢復記憶，無論他要自己做什麼，她都會答應的。

「好，乖晴兒。」君狩霆滿意地勾起唇角，親暱地撫弄著她柔順的長髮，隱晦沈鬱的鳳眸中，卻透露出陰狠的殺機。

君昊宇，這次，你在劫難逃了！

再說上次，君昊宇追蹤不了若靈萱後，便急如星火地回到都護府，將事情跟府裡的將領解說了一遍後，便召集百名兵將，全城搜索靈萱的下落。

只是，三天過去了，她卻像是人間蒸發一樣，毫無蹤跡可尋。

君昊宇心情陰沈煩躁、焦灼難安，一天沒有靈萱的消息，他的心就一刻都不得安寧，也恨自己怎麼這麼沒用，竟再次讓她在自己眼前消失！

靈萱！靈萱……他整個人、整顆心，全在呼喚這個名字。

妳在哪裡？妳究竟在哪裡？

「報——」這時，一名士兵奔進來，大聲道：「啟稟王爺，寧王的侍衛求見。」

「寧王？」君昊宇單手撐著頭，看了他一眼，眉宇間滿是深深的疲憊，好半晌後才淡漠地道：「讓他進來吧。」

沒多久，一個穿著寧王府侍衛裝的中年人彎腰弓背地走進來，單膝跪地行禮。「卑職參見晉王爺！」

「起來，你有什麼事？」君昊宇直接問道。

中年侍衛恭敬地回道：「回晉王爺，卑職奉寧王之命，前來邀請王爺到離宮一趟。」

「寧王請我？」君昊宇蹙起眉，一時搞不清對方的來意。他與君狩霆雖是叔姪，但平時並無交集，無端端的為什麼突然邀請他？

「是的，請晉王爺務必賞臉。」中年侍衛不疾不徐地說著。

「這……」君昊宇猶豫了，不知該不該去。「你知道寧王有什麼事嗎？」思索再三後，他還是決定問清楚。

中年侍衛看了他一眼，知道不說原因，恐怕很難請動他，便如實道：「是這樣的，昨天我家王爺在城郊遇到了中毒昏迷的睿王妃——」

他話還沒有說完，君昊宇就已經衝上前，大手猛地揪起他的衣領，惶急地吼著。「你說什麼？靈萱中毒了？」

他沒去細想其他，所有的注意力全被「中毒」這兩個字吸引去了。

中年侍衛被勒得脖子生痛，但卻不敢怠慢，努力地擠出話道：「晉……晉王爺，您不用擔心，睿王妃已經沒事了，現正在璟瑄離宮休養呢！卑職就是奉寧王之命，前來稟報晉王爺一聲，好讓你們安心。」

「真的？」君昊宇這才略微鬆口氣，但內心仍有著擔憂，還有著狂喜。他終於找到靈萱的行蹤了，這次，他不會再讓她離開他的身邊！

將事情與李清和楊軒商議了一番後，君昊宇決定帶著楊軒和二十名菁英兵士前往璟瑄離宮，而李清則去前線軍營告知君昊煬。

很快地，人就集合完畢，君昊宇率先騎上白馬，凝望著遠方的一抹夕陽，大手緊握成拳，心中熱烘烘的，思念和憂急燃燒著。

靈萱，我來了，希望妳真的沒事！

寧王離宮。

君狩霆斜靠在華貴的躺椅上，明亮深邃的鳳眸深不可測，隱隱透著一絲寒光。

「屬下白龍，見過九千歲。」中年侍衛走進來，單膝跪下。

「君昊宇來了？」君狩霆淡淡地看了他一眼，直接問道。

「是，已向離宮而來。」

「帶了多少人？」

「兵將二十多個，連他自己和副帥楊軒。君昊煬還在前線軍營。」白龍如實答道。

「好，你立刻去安排一切，叫上若靈萱，準備好戲上場。」

白龍應了聲，轉身走出大殿。

君狩霆旋即站起身，揚聲喚來一干侍衛，唇邊泛著蝕骨的冷笑，下令。「走，一起去迎接晉王爺。」

君昊宇，本王要你有來無回！

君昊宇心急如焚地趕到了寧王離宮。

望著面前緊閉的宮殿大門，心湖掠過一陣陣的波動。靈萱，他的靈萱，她就在這裡面！她真的沒事了嗎？最近幾天過得怎麼樣？他真的好想念她，瘋狂地想見她！靈萱！靈萱！

這時，宮殿大門緩緩打開，身穿明黃錦繡外袍的君狩霆緩緩地走了出來，他頭戴金色髮冠，渾身散發著尊貴威嚴的氣息。

他的背後，侍立著兩排帶刀的侍衛隊。

「姪兒見過皇叔！」

「末將參見九千歲！」

君昊宇與楊軒等人，拱手行了個禮。

「各位有禮了。」君狩霆絕美的唇角勾起似有若無的笑，也回禮道：「昊宇，聽說你這次親自掛帥，大敗溪蘭軍，真是可喜可賀啊！」

「皇叔謬讚了！」君昊宇微微一笑，極力掩飾住自己焦躁不安的心。

君狩霆當然看得出他的焦急，暗暗冷笑，表面仍是一派溫和，關懷地道：「大家一路來辛苦了，先進宮歇息吧，本王已經為你們安排了酒宴。」

「慢著，皇叔！」君昊宇還是忍不住出聲，語氣急切地道：「靈萱是不是在你宮中？她真的沒事了嗎？」

「放心，她十分安好，你不用掛心。」君狩霆輕笑著，隨後率先踏進宮門。

君昊宇稍稍鬆了口氣，跟著踏進了離宮，身後的將士也緊緊跟上前。

宮殿大門再次關上。

雙飛園裡，若靈萱的心情也很緊張期待，想到待會兒就能見到那個男人，有可能會對她的記憶有幫助，她就激動得不能自已。

昊宇……無論什麼時候，即使是現在記憶一片空白，這個名字在腦海裡一湧現，她的心就難以抑制地悸動起來。

她今天還特地打扮了一番呢！

「晴兒小姐，王爺請妳到花廳一趟。」外面響起了白龍的聲音。

他來了嗎？若靈萱喜上眉梢，立刻揚聲應道：「好的，我馬上就到。」說著，再次在銅鏡前照了一下，確定沒問題了，才提著裙襬走出了房間。

出了雙飛園，繞過層層垂柳，又經過中庭，穿過白玉拱橋，最後沿著鋪滿花磚的甬道一路快步走著，好一會兒，終於來到花廳。

君昊宇緊緊盯著眼前日思夜想的絕美倩影，只覺得自己全身的血液直往上衝，無法遏止想要衝過去的慾望……靈萱！真的是他的靈萱！

若靈萱也目不轉睛地凝望著他，雙腿微微地發抖，突然有股衝動，想撲入他懷裡，她想撲入他溫暖的懷抱中。

兩人四目相接，不需任何言語和舉止，奇異又濃烈的情焰在他們眼波之中默默流動。他的眼中只有她，而她也是。

櫻唇微動，正要開口說什麼時，卻被猛力擁入一個寬闊溫暖的胸膛內。

「靈萱！」君昊宇激動地抱著她，一顆提著的心終於回歸原位。「聽說妳中毒了，我真是快被嚇死了，幸虧妳沒事，幸虧……」

若靈萱垂下頭，沒有出聲。她不懂君大哥為什麼要這樣說，不過自己答應了，就只能沈默。

「妳失去記憶了是不是？」君昊宇捧起她的小臉，痛苦地自責。「對不起，我沒能在妳

身邊保護妳，害妳吃了這麼多的苦，對不起，靈萱。」

怪不得她明明沒事了，卻不回睿王府，怪不得見到他，眼神這麼陌生，原來竟是喪失了記憶。天，他真的無法想像，也不敢想像，這一個月來她是怎麼過的……

憶起她可能受到的苦，心就泛起一陣劇烈的痛，恨不得揍自己一頓。

若靈萱凝望著他，美麗的泉眸中閃著盈盈淚光，語帶淒楚地道：「我不知道自己是誰，關於以前的一切，我全都忘記了……不過，我卻好渴望見到你，好渴望留在你身邊，但為什麼我就是想不起來你是誰呢？」她痛苦地抱住頭，好想找回記憶。

「靈萱！」她的眼淚深深灼痛了他的心，他萬分不捨地摟緊她道：「沒關係的，想不起來也沒關係，一切有我！不管妳有沒有記憶，我都會永遠永遠地守護在妳身邊，絕不離開妳。所以不要再強逼自己了，好嗎？」

滾燙的淚水揉碎在兩人的頰間，是喜、是感動，還是酸楚？她分不清了，她只知道，有這麼一個全心全意、深情地珍愛著自己的男人，她還有什麼可求的？就算沒有記憶又何妨？只要有他在，她便是世上最幸福的女人。

一旁的君狩霆，冷眼看著相擁的兩人，胸口莫名地充塞著沈重複雜的情緒。

突然，他開口了。「昊宇，現在你見到靈萱平安無事，可以放心了吧？」

君昊宇稍稍放開若靈萱，誠摯地看向他，拱手道：「皇叔，這次真是謝謝你，謝謝你救了靈萱。」不管君狩霆以往如何，他是靈萱的救命恩人，所以現在他心中只有感激。

君狩霆微彎唇角，眼中光芒一閃而逝，揚起淺笑道：「昊宇，自家人幹麼這麼見外？靈萱也是我的親人，救她是應該的。」

這時，一名小廝走了過來，恭敬地對著君狩霆說：「王爺，酒席已經準備好了，隨時可以入座。」

「好，本王這就來。」君狩霆朝他點了下頭後，跟著轉眸道：「昊宇，讓大家進宴會廳吧，本王為你們準備了酒宴，為將士們接風洗塵的。」

君昊宇略微猶豫一下，才道：「那姪兒就恭敬不如從命了。」

雖然他不想參加什麼宴會，但既然皇叔邀請了，不去似乎不妥，何況他還是靈萱的恩人呢，於情於理，他也只能赴宴了。

「走吧！」君狩霆單手一揮，笑得燦爛迷人。

富麗堂皇的大廳，奴僕川流不息，不斷地送上美酒和佳餚，白玉燈籠光芒四射，照得整個大廳光亮無比，恍如白晝。

君狩霆坐在主位上，君昊宇和若靈萱、楊軒等兵將則分別在左右兩側羅列而座，面前擺滿了珍饈美味。

「昊宇，來！皇叔敬你一杯！」君狩霆從旁邊的侍衛手中接過銀製的酒杯，向他舉杯示意。

楊軒卻警惕地碰碰君昊宇，附耳道：「晉王爺，小心有詐。」自從上次睿王爺對君狩霆有所懷疑後，他就一直沒放下警戒。而且此人的目光太過深沈，好像時時刻刻都在算計什麼，如今這麼巧合地再次救了睿王妃，必定有異，說不定是故意引他們前來的。

君昊宇又何嘗沒有想到？但此刻已騎虎難下，他似乎沒得選擇。

君狩霆看出他的猶豫，微微瞇眼，隨即仰頭一飲而盡，唇邊依然帶笑道：「昊宇，皇叔已經先乾為敬，輪到你了。」

君昊宇抿著薄唇，看看杯中清醇的酒，又看向君狩霆含笑溫和的臉，略一思索，只好跟著舉杯道：「姪兒敬皇叔一杯。」

說著，便一口喝乾，但為防萬一，他已暗中運功將酒水排出體外。

君狩霆哈哈一笑，笑容越發高深莫測。「好，昊宇，夠爽快！」

楊軒暗驚，輕問：「晉王爺，沒事吧？」

君昊宇搖搖頭，擺手讓他放心。楊軒見沒有異樣，才放下心。

君狩霆依然舉著再次斟滿的酒杯。「來，昊宇，咱們繼續喝！」跟著又向其他人道：「還有各位將士，本王也敬你們一杯！這次能打敗敵軍，全靠諸位，你們真是勞苦功高。」

「九千歲過獎！」

「敬九千歲一杯！」

所有的將士均激動地歡呼著，陣陣碰杯聲響起，眾人也同時一飲而盡。楊軒雖不安，但

也只得舉起酒杯，淺嚐了幾口。至於若靈萱，她不會喝，只能以茶代酒。

沒有多久，大家已經你一口、我一口的大吃大喝了起來，酒杯交錯聲、談話聲，響遍了整個宴會廳。

君昊宇的眼睛一刻也沒有離開過身旁的女子，一直凝望向她，胸中湧動著激情。靈萱，靈萱，我終於又能看到妳了！一個多月不見，妳似乎削瘦了不少，臉色蒼白得令人心疼。靈萱，在以為妳離開的這些日子，我生不如死，天天以酒麻痺心裡的痛……日也想妳，夜也想妳，夢裡全都是妳，我幾乎要被這股烈火焚盡了……

驀地，一陣暈眩感襲來，君昊宇手撐著額頭。怎麼回事？他明明沒有把酒喝下肚，為什麼會覺得暈暈沈沈的？

「你怎麼了？」若靈萱細心地發現他的異狀，急忙放下茶杯，關切地問。

「沒、沒什麼……」君昊宇輕甩著頭，努力想令自己清醒，卻是越來越迷糊，甚至覺得全身發軟，手都忍不住輕顫起來，濃濃的睡意襲向他，連若靈萱都看不真切了。

「昊宇，你——」若靈萱說著，卻陡然感到頭痛欲裂，她緊蹙眉，痛苦地抱著頭。「好疼……」

君昊宇大駭，顧不得暈眩，焦急地輕攬著她。「靈萱，妳怎麼了？」難道她喝醉了嗎？不可能，她喝的是茶呀！而且她的樣子，也不像喝醉……

一股不安湧上心頭，君昊宇下意識地看向君狩霆，卻發現，他也是一副搖搖欲墜的樣

子，更是大驚。

楊軒也察覺不對勁，雖然他只是喝了一點點，但也感到了暈眩，其他將士早已紛紛倒下了。

「該死！這到底是怎麼回事？你們不要緊吧？」君狩霆看到了眼前的狀況，眼眸染上焦怒，巧妙地掩飾住眼底深處的詭光，擔憂地問著。

「皇叔，我們……可能中毒了！」君昊宇咬著牙，極力支撐著自己。到底是誰暗中下毒？而自己又是如何中毒的？

沒多久，君狩霆合上眼睛，倒在了地上。

若靈萱這時也倒在君昊宇懷裡，眉依然蹙得緊緊的，她感覺頭部異常疼痛，可是意識卻很清醒，腦中竟莫名地閃現一些畫面，縱橫交錯著……她閉上眼睛，想緩解一些痛感，也想努力捉住某些畫面……但這樣子在旁人看來，卻像是昏迷過去一樣。

「靈萱……」君昊宇心一揪，想攙扶起她，誰知卻感到手腳發軟，連抬手的力氣都沒有了。

「哈哈哈……」

驀然之間，一陣得意的笑聲自宴會廳門口傳來，隨即，一個身穿黑色錦袍的男人走了出來。「君昊宇，你們插翅也難飛了！」

君昊宇扶著額，努力忍住暈眩感，瞪視著眼前的男人，又怒又困惑。「赫連胤？怎麼又

是你？」

奇怪，赫連胤為什麼會出現在離宮？難道他早知道我會來，因此事先埋伏在這裡？

赫連胤高高在上地笑著。「你們的酒杯上，有我特製的軟筋散，它無色無味，就算是像你這樣的高手，也是察覺不出來的。」

他知道君昊宇警覺性極高，因此沒有在酒中下藥，而是塗在杯子裡，這樣就算不喝酒，只是輕觸一下杯緣，都會中毒。

「卑鄙的傢伙！」楊軒憤怒地瞪著他。「有本事就在戰場上一決生死，這樣暗中使小人伎倆，算什麼英雄好漢？」

赫連胤不以為然地笑道：「我可不是什麼英雄好漢，任何能對付你們的方法，我都不會放過。」

「該死的！」君昊宇低咒一聲，他真是太大意了。軟筋散的毒不比其他，越運功就會擴散得越快，因此他現在只能坐以待斃，真是可恨。而且，暈眩感也越來越重，眼皮快睜不開了……

楊軒伸長手臂護住漸入昏迷的君昊宇，右手緊握住佩劍。四周都是不省人事的兵將，他俯在地上，保護著君昊宇，只可惜他自己全身也開始發軟了，眼前已是一片迷濛，神志漸漸模糊。

為了睿王爺，他一定要好好保護晉王爺，他不能睡著，絕對不能睡……只是，睏倦如潮

水般衝擊著他最後一道理智的防線，楊軒雖然極力支撐，但最終也抵不住睡神的召喚，倒在了地上。對不起，睿王爺……

就在這時，君狩霆猛然睜開眼睛，慢條斯理地站起身，順手輕拍了幾下身上的灰塵，看了一眼地上的君昊宇，優美的唇角再度彎起迷人的弧度。

君昊宇，你終於也栽在本王的手上了！

突然，赫連胤手一揚，將臉上製作精緻的人皮面具掀開，露出一張俏麗的女子臉龐。

「王爺！」她朝君狩霆一拱手，微笑行禮。

「飛雪，做得好。」君狩霆輕微頷首，唇角勾起狡詐的弧度。「這下子，他們一定會認為自己是中了赫連胤的計謀。來人啊，把這些人全都押下去，好好看守！」

「是！」一旁的侍衛應聲，紛紛上前押起了地上昏迷的人。

殊不知，這一幕，全落在一雙清澈的泉眸中……

第二十八章

若靈萱杯子裡的是迷藥。

君狩霆以為，迷藥可以讓若靈萱昏睡一個時辰，這樣既不用讓她看到自己捉拿君昊宇的經過，又能讓君昊宇等人上鉤。

但是，他卻忽略了一件事：喬大夫特製的忘魂散，為了不讓其他藥物破壞其藥性，因此忘魂散有自動抵抗藥物的效力，也因為這樣，當若靈萱中了迷藥後，與忘魂散的藥力相沖，才會使她頭痛異常，原本模糊的畫面也因為疼痛而變得更加清晰。

記憶，如排山倒海般湧來，如倒放的帶子，一一在腦海中重現——

「原來，彈琴的女人這麼有魅力……」

「靈萱，以後私底下，我就這樣叫妳吧！」第一次，他喚她的名字。

「自從聽了妳的琴曲後，我對其他歌姬都提不起興趣了，這樣對喜歡曲藝的我來說，真是一件折磨的事兒，所以啊，妳要對我負責喔！」

「妳不用叫我晉王爺，叫我昊宇吧，或許再加個哥哥，我也不會介意的。」

「昊煬，我相信靈萱不可能會毒殺林詩詩，你還是先放了她吧？」無論何時，他都會相信她。

「妳照顧我，可是卻不會照顧自己，萬一累壞了怎麼辦？」重傷醒來的他，卻只關心她。

「靈萱，我不會娶公主的。」他語氣認真。

「靈萱，別擔心，我會想出個兩全其美的方法，無論是昊煬還是天域國，都不能再讓我們分開。」他承諾著她。

她說會等他，無論多久都等，可那次一別，卻是最後一面。

出府遭遇擄劫、被害溺水……雙眸倏地睜開，恍如隔世，映入眼簾的是昏迷倒地的他。她引誘了他，將他的生命置於危險之中。

手指尖深深陷入皮肉中，卻緩解不了心裡的痛。移眸看向高高在上的君狩霆，他笑得冷血變態。

是，變態！現在只有這兩個字足以形容自己對他的厭惡。

眸中的淚水逼了又逼，不能讓它掉下來。眼睛也再度閉上，她不能讓敵人發現自己已然清醒。

昊宇，你放心，我一定會救你的，不惜任何代價！你等我……

若靈萱一直佯裝昏迷，她知道，昊宇已經被那些侍衛隊押了下去。

強迫自己不要睜開眼，她怕，僅需一眼，眼中的情緒就會洩漏，此時此刻，她不能露出

馬腳。現在她需要的是鎮定、冷靜，然後想辦法救出昊宇。

現在君狩霆已經帶著他的手下，押著昊宇和將士們進入秘道，悄悄離開了宮殿，來到這個深山莊院中。不得不說，他的確很狡猾，只要他們全不在宮殿裡，然後再跟溪蘭串通一氣，就可以讓君昊煬不去懷疑他。

此刻，她被安置在一處閣房中。

「小姐醒了沒有？」門外傳來了君狩霆的聲音。

「回王爺，奴婢方才進去看她的時候，她還未醒過來呢。」婢女小小答道。

沒有醒？君狩霆清冷的眉眼閃過困惑。奇怪了，這迷藥雖然厲害，但中毒後兩個時辰也應該醒過來了吧？難道因為她是女子，所以藥力持久些？

「我知道了，你們下去吧！」君狩霆遣走廂房外的婢女和守衛，悄聲進入房內。

若靈萱感覺到他推門進來，趕緊集中精神，佯裝出一副將醒未醒的樣子，睫毛輕輕顫著，螓首微動。

君狩霆見狀，邁步走近她，冰鑄般的臉龐出現一瞬如水般的柔和，嗓音低沈道：「晴兒，醒了嗎？」

他坐到床榻上，拉住她冰冷的小手。

若靈萱緩緩睜開眼睛，直視著眼前溫潤如玉的臉龐，難以想像這麼一個外表看來溫文爾雅的男人，內心竟這麼狡詐、狠毒，連自己的親姪兒都要傷害，簡直沒人性！

「怎麼了，晴兒？是不是還不舒服？」莫不是藥下多了，她虛弱的身體受不了？鳳眸閃過一抹憂心，不禁輕撫向她的粉頰。

若靈萱收回視線，別過臉，不動聲色地躲開他的碰觸，隨後現出一臉茫然，輕聲道：「君大哥，我怎麼會睡在這兒的？到底發生了什麼事？其他人呢？」

聞言，君狩霆嘆了一口氣，臉上呈現自責之色。「都怪我大意，讓敵人混了進來，在酒宴裡下迷藥。幸虧昊宇他們武功高強，將敵人殺退了，不然，我真是難辭其咎。」

難辭其咎？還真會裝呢！內心掠過一抹譏諷，神色卻一副驚訝、震愕的模樣，迫不及待地追問：「那，他們都沒事吧？」

「沒事，妳放心，他們現在已返回都護府了。」他微笑地安撫道。

「那就好。」她鬆了一口氣，心思卻是千迴百轉。

昊宇和將士們應該是被關在這莊院裡的某個隱蔽地方，要是她猜得沒錯，君狩霆不會立刻殺了他們，而是會利用他們來引君昊煬上鈎，這麼看來，昊宇和將士們暫時是不會有危險的，而她得要在這段時間裡，想辦法救出昊宇，讓他去通知大軍。

陰暗潮濕，散發著一股腐臭味的地牢裡，君昊宇的手腳都被銬上了鐵鏈，身上已傷痕累累，俊美的臉龐因失血過多而顯得蒼白，此刻正陷入昏迷中。

「晉王爺！醒醒！」

「快醒過來，晉王爺！振作一點，我們不能認輸！」

「嗯……」在眾人頻頻呼喚下，君昊宇終於張開了沈重的眼皮，一時之間，他頭腦有些空白。這是怎麼了？我在什麼地方？暈眩迷惑的目光掃過楊軒和眾將士，記憶忽然浮現在眼前——

赫連胤狂妄地大笑道：「君昊宇，你們插翅也難飛了！」

他不但將自己和將士們關押，而且還讓人用鞭刑和烙刑，意圖逼自己簽下降書。

「晉王爺醒了！醒了！」

「王爺！太好了，你終於醒過來了！」

楊軒和所有將士們頓時歡天喜地地呼叫著，七手八腳地將君昊宇扶起身坐著。

君昊宇輕咳數聲，感到渾身都如刀剜一樣的痛，他看了看四周的將士們，關切地道：

「你們沒事吧？有沒有受刑？」

「晉王爺，我們沒事，您不用擔心。」

眾將士心一暖，感動晉王爺在重傷之餘仍記掛著他們。

「那就好……咳咳——」胸口的灼痛感仍在折磨著他，那個烙印更在提醒著他，自己曾受到的恥辱。一股怒火直衝腦門，他咬牙切齒地低吼。「赫連胤那個卑鄙小人，我一定要將他碎屍萬段！」

楊軒單膝跪著，滿臉愧意。「晉王爺，末將該死，保護不了王爺！」

「不，你已經盡責了，誰也不會想到他竟會把主意打到皇叔頭上，令我們防不勝防。」

君昊宇憤怒地打量著這狹小的牢房和銅柵鐵欄，邪魅的雙眸泛起如冰般的殺氣。「赫連胤，既然你沒有殺我，那我就要讓你嚐嚐後悔的滋味！」

「沒錯，可惡的赫連胤，一定要殺了他！」

「用這種卑劣的手段陷害我們，太可恨了！」

將士們個個握緊拳頭，激憤地吼叫著。

「各位冷靜點，我們現在不能衝動，還是想個辦法看看該怎麼逃出去吧！」楊軒安撫眾人，壓低聲音說著。

將士們聽他這麼一說，覺得有道理，便安靜下來。

君昊宇這時想到了靈萱，冷怒的神情變得憂急起來。不知她現在怎麼樣？是不是也被捉住了？有沒有受傷呢？還有皇叔，他是否平安？

現在自己不僅受了傷，還中了毒，功力暫失，如何才能逃出去，聯絡昊煬和外面的軍兵呢？

他到底該怎麼做？

若靈萱住的地方名喚「靈妍閣」。

閣內佈置得清雅絕俗，窗明几淨，香氣襲人。此刻她正坐在軟榻上，斂眉深思。

這幾天，君狩霆經常都來陪伴她用膳，對她也是體貼入微，要不是自己陰差陽錯地突然恢復了記憶，真的會被這樣溫柔的他騙了過去。

為了不讓他起疑，她也表現得很乖巧柔順，而且還藉故讓他陪著自己逛山莊，暗中熟悉地形，以便將來能安全逃離。

只是都三天了，她仍是想不出辦法，無法得知昊宇他們到底被關在哪裡？

「睿王妃！」

「誰？」若靈萱微愣，下意識地轉過身，只見一名小廝裝束的青年站在面前，臉上帶著真誠的笑意看著她。

「你是……」有點眼熟，好像在哪裡見過。

「睿王妃，我是雷拓，妳不認得了？」青年微笑提醒著。

雷拓？若靈萱蹙著眉，困惑地上下打量著，越看越熟悉，倏然，她像想起什麼似的大叫。「你是燕王的貼身侍衛？」

「噓！」雷拓趕緊將食指放在唇上，壓低聲音道：「小聲點，外面還有守衛的。」

若靈萱明瞭地點頭，也壓低聲音。「那你怎麼會在這裡？」她怎麼也沒想到會在這裡見到燕王的侍衛，他是如何混進來的？

「實不相瞞，我是奉燕王之命，暗中來到盛州調查寧王，因為王爺懷疑他通敵叛國。我也是前幾天才知道妳在這裡，還看到晉王被捉，於是，我就悄悄扮作小廝，混進了這個莊

院。」雷拓解釋道。

若靈萱聽得驚奇。「你說……燕王早就知道寧王串通外敵了？」

「沒錯，只是沒有證據，才讓我暗中調查。」

「可……這個地方這麼隱蔽，你是怎麼發現的？」若靈萱依然是滿目困惑。

「這就得靠我們的密探了。」雷拓一臉的得意，然後看了看窗外，在她耳邊低聲道：「睿王妃，妳再忍耐一下，等到適當時機，我會帶妳逃出去的。」

若靈萱笑開了臉，但隨後想到昊宇，又蹙起了眉，搖頭道：「不，我要留下來救昊宇他們。只有他們平安了，我才會離開這裡。」

「睿王妃妳放心，我混進來，就是要救出晉王爺。」

「那你有辦法嗎？」她期待地問。

「有是有，不過妳得要犧牲一下。」雷拓想了想，說道。

「什麼意思？」

「將計就計，取得寧王信任……小心，他來了！」雷拓聽到外面傳來沈穩的腳步聲，慌忙停住話題，朝她使了個眼色。

果然沒多久，君狩霆就推門走了進來。

「王爺！」雷拓低著頭，恭敬地行了個禮，退到一旁。

「晴兒。」君狩霆來到她身旁，握住她的肩膀。「我剛才好像聽到妳的房間傳來談話

聲，你們在談些什麼呢？」

他說著，一雙銳利的眼睛上下掃視著雷拓。

若靈萱的心不由自主地微微一跳，臉色有些蒼白，但她仍強作鎮定。「沒什麼，我剛才肚子餓了，就喊這位小哥進來，想讓他去廚房弄點吃的給我。」

「喔？」君狩霆微瞇著鳳眸，在兩人身上來回巡視。不知是不是他多心，總覺得兩人好像早已認識一樣。

若靈萱心驚了一下，不能讓他起疑心，否則雷拓會有危險！

「我……我……」突然，她的喘息急促了起來，身體也微微顫抖著。

「怎麼了？」君狩霆一怔，急忙地扶住她。「妳在發抖，身體不舒服嗎？」他有些擔憂地出聲，剛才的疑慮已經拋諸腦後了。

「不知道……只是覺得好難受。」見成功轉移了他的注意力，她暗喜。

君狩霆立刻將她抱了起來，大聲叫道：「來人，去叫喬大夫！」

若靈萱極力忍住將他推開的衝動，反手摟住他的頸項，乖乖伏在他懷裡，閉上眼睛，表現出一副完全依賴的樣子。

獨特的馨香竄入鼻息間，他不由得低下頭，凝望著眼前的如花嬌顏，只見那櫻桃般的唇瓣浮起了一絲微笑，兩縷髮絲隨風輕撫臉頰，增添幾分誘人的風情。君狩霆心弦微動，更加擁緊她，向床榻走去。

雷拓看在眼裡，唇邊勾起若有似無的笑痕。

喬大夫很快就來了，觀察一番她的氣色後，便對君狩霆說道：「王爺請放心，晴兒小姐現在還很虛弱，想必是身體剛剛復原的緣故，一些小病小痛在所難免，待小的開些藥方給她服下，多作休息，很快就會沒事了。」

「好，你去開藥吧。」君狩霆淡淡地點頭說道。

「是。」喬大夫應聲而去。

待所有人退下後，他走到床沿輕輕坐下，凝望著她，關心地問：「晴兒，妳現在覺得怎麼樣，好些了嗎？」

「還是有點暈，心口也好不舒服。」她按著胸口，語氣帶著輕喘，蒼白虛弱的神色讓人心疼。

君狩霆輕擁著她，似乎想一併攫住她的蒼白與柔弱。

「對不起，是我沒照顧好妳，還將妳置於危險之中。」低沈的聲音隱隱有著歉意。一定是那些迷藥的毒性讓她這麼不舒服，早知道，他就應該再過幾天，等她身子好些再安排，是他太心急了。

生平第一次，他真心感到自責和愧疚。

然而在若靈萱看來，他就是在演戲，假惺惺。心底的厭惡更深了，不想跟他虛與委蛇，就連呼吸著他的氣息都讓她覺得噁心。

「我想休息一下，可以嗎？」她垂下眼簾，小聲請求道。

「當然可以，那妳睡吧，我等會兒再來看妳。」親吻著她的額頭，君狩霆輕柔地替她蓋上被子，然後離開了房間。

在他離去後，若靈萱的唇角勾起一絲冷冽的微笑。

清晨醒來，若靈萱吃過早膳，便在山莊裡閒逛，一如以往的在暗地裡仔細觀察地形，並且牢牢地記在心中。

不知不覺地，她來到了後花園。

突然，她停住了腳步，眼睛直盯著前面的花壇，發現那裡竟有曼陀羅花和醉仙桃花，心中不禁訝然。曼陀羅的花冠能作迷藥，而醉仙桃花則可作蒙汗藥，要是兩者加在一起的話，就會變成特級迷藥了。這是她與芸惜在閒談中，無意間聽她提起過的事情。

得到這個認知，若靈萱開心極了，說不定，這藥草會對她有用處。

但是，她並沒有著急地將這兩樣東西採回去，畢竟四周都是侍衛，而且能在這莊院的，全都是君狩霆的心腹，必須要小心謹慎才行。於是，她狀似不經意地走到花壇邊坐著，偷偷伸手摘下兩片，然後返回房間，仔細收妥。

將這事與雷拓商議，他也點頭贊成。

三天後，若靈萱終於弄好了足夠迷昏一個人的藥量。

然後，她又開始思索著該如何才能讓君狩霆喝下這迷藥？他武功高，警惕性也高，人又精明，恐怕沒那麼容易上當。而且就算弄暈了他，外面的侍衛呢？還有那個什麼燕子和飛雪的，都是些厲害人物，自己能順利地救出昊宇他們嗎？而且，她還不知道昊宇被關在哪裡？好複雜，但她等不下去了，無論如何都要一試。

聯想到這些日子以來他對自己的態度，一個冒險的念頭驀地閃現。她必定還有利用價值，因此君狩霆才會這麼在乎她，或許有個方法可以試……

最近幾天，君狩霆覺得她似乎變了，不再捧著腦袋強迫自己回憶，而是經常看著他發呆，像是在思索什麼。對於她這樣的轉變，他心底很是詫異，不過也有些欣悅，她不想以前的事更好，對他更有利。

最好，她能夠對自己產生感情，那麼他的計劃就能更加順利的進行，而且心裡隱隱的，還有著一絲期待——她真的喜歡上自己，心甘情願地留在他身邊……倏然，意識到自己莫名的心境變化，君狩霆不由得蹙眉，將心底這份異樣揮走。

不再多想了，直接推開她房間的門進入。

床榻上的女子甜甜地睡著，柔美的小臉如窗外皎潔的月，櫻唇噙著一抹微笑，像是正在作一場幸福甜蜜的好夢。

她夢見什麼了？夢裡，可有他的存在？

他凝望著眼前美麗的睡顏，幾乎忘了時間的流逝，就連他自己也沒有發覺，在他的黑眸深處，隱隱閃動著一抹溫柔的波光……

突然，她睫毛顫了顫，接著緩緩睜開眼睛，看到他的時候，有些訝然，隨後露出一個甜美燦爛的笑容。「君大哥，你來啦！」

君狩霆怔了一下，這是她失憶後，第一次對自己露出這樣的笑容……沒等他反應過來，她先一步拉過他的手，緊緊地握著，好像握住珍寶似的，繼而閉上眼睛，緩緩睡去。

「晴兒……」他想喚她，可發現她已經再次進入了夢鄉，只好作罷。

看著她睡顏上洋溢著幸福滿足的微笑，從指間傳來的溫暖彷彿要將他融化般，他的心也漸漸暖了起來。

薄唇不禁勾勒出一條微笑的溫和弧度，沒有譏諷和冷淡，也沒有算計，只是單純地感到愉快。

「晴兒，或許，我是喜歡上妳了。」俯下身，輕吻著她的額頭。

從她失憶開始，她就注定是他的人了！他一生都以取得皇位為己志，從未想過會有女伴，也不需要有，但一旦認定了，就是一輩子的事。晴兒從今以後只屬於他一個人的。

沈浸在自己思緒中的他沒有發現，在他俯著的那一瞬間，落在錦被側的小手緊握成拳……

翌日，若靈萱起了個大早，披著婢女為她換上的貂氅，靜靜地站在水亭裡，看著底下暢游的魚兒，笑容一直沒停過。

通過綠林小徑，君狩霆走進了清流涓滴、落英飄香的靈妍閣，立刻被她燦爛的笑容震撼住。好美！她的笑猶如天邊渲染的雲彩一樣，炫目奪人……

「君大哥！」突然，若靈萱發現了他，立刻綻開笑顏喚道。

君狩霆回過神，輕咳一聲，邁步來到她身邊，柔聲道：「不要在這裡站太久，這種天氣很容易會著涼的，進去吧！」

不等她回應，他便伸臂打橫抱起她，邁步朝屋裡走去。

「你……你放我下來，我自己走吧！」她小聲地道。

看出她的羞赧，君狩霆微微一笑。「可是，我不想放開。」

將她輕輕放在軟榻上，自己則坐在她身旁，再次將她抱入懷中。這陣子，他已經習慣了這個動作。

若靈萱沒有拒絕，靜靜地依偎著他，唇角始終漾著淡淡的笑容。

「晴兒，我們成親吧。」君狩霆溫柔地拉起她的手，輕聲道。

「成親？」她驚訝地重複了一遍。

「沒錯。這個月的十五是難得的好日子，我想早點把婚事定下來，妳覺得怎麼樣？」他低沈的聲音裡滿是認真。

他已經花太多時間在她的身上，為了早日除掉君昊煬和君昊宇，他決定盡早讓她成為自己的人。而且他也怕，怕日子久了，她會恢復記憶。

只要她成了他的人，得到她的心也是遲早的事，到時，她必定會死心塌地跟著自己。

「這……這會不會太快了？」若靈萱有些心慌地低垂螓首，在他的灼灼注視下，俏臉似乎也微微發熱。

「反正我們是未婚夫妻，成親只是遲早的事。」君狩霆撫著她的粉頰，誘哄地道：「晴兒，嫁給我吧，我一定會好好地待妳。」

「我……」她羞赧地咬著唇，最後終於很輕、很輕地點了點頭。

「太好了！」他揚起一抹滿意的笑，低下頭，憐惜地印上她的紅唇，溫柔地吻著她。

若靈萱閉上眼，強迫自己承受他的吻，心中如同水深火熱地煎熬著。她緊緊攥著拳頭，把憤怒壓進了她顫抖的拳中。快了，再忍忍吧，她的機會很快就要來了！

昊宇……

只可惜，她還沒有等到機會，就發生了另一件讓她措手不及的事。

一連數天，若靈萱都沒什麼胃口，而且只要一聞到魚腥味，就會噁心得想嘔吐，她隱約察覺出情況不對，算了算日子，跟昊宇的那天的確是她易受孕的日期，難道……天啊，不會那麼巧吧？

可是她的月事也的確是遲了十多天了，以前一向是很準時的。

從種種跡象看來，毫無疑問的——她懷孕了！

若靈萱怔怔地坐在那裡，一時不知該如何是好。小小在一旁喊了她幾聲都沒反應，直到感覺身體被人搖晃，她才猛地回神。

要冷靜，現在最重要的是冷靜，不能露出一丁點蛛絲馬跡讓小小看到。

於是，她舉起筷子，勉強吃了幾口飯菜，待小小退下後，她緊繃的情緒才放鬆下來。輕輕地撫上小腹，真不敢相信，她居然有孩子了，一個她和昊宇的孩子……

若靈萱不知道應該高興還是難過，這是她跟心愛的男人的孩子，心情當然喜悅無比，但現在四周充滿了危機，這個孩子的到來顯然不是時候，如果被君狩霆發現了，她不敢保證孩子會不會有危險……

不行，她一定要保護孩子，不能讓他受到傷害！別無選擇了，計劃一定要盡快進行，救出昊宇和大家，然後離開這裡。

主意一定，她便想個辦法找來雷拓，和他商議自己的計劃。

這天晚上，君狩霆照例來到若靈萱的房間。自從表明心意，確定婚期後，他便天天過來陪她，並不是要同床共枕，單單坐在一旁，看著她入睡，就已經覺得是一件很愉快的事情。

原來喜歡一個人的感覺，是這樣的美好……

踏進房間，看到她已經躺下，便輕輕地來到床榻邊，她卻在這時睜開眼睛，直直地望著他。

「怎麼還不睡？」君狩霆坐在她身邊，柔聲問道。

她低垂眼簾，有些羞澀困窘，躊躇了半天才道：「……想你。」然後拉過被子蒙著頭，不敢看他。

雖然聲音幾不可聞，但他還是聽見了。清磊的俊容漾出一抹笑，眸底也帶著一絲柔和。伸出手，拉開她蒙臉的被子，看著眼前害羞的嬌美芙顏，他情難自禁地俯身吻住了她，輾轉而纏綿地吮吻她的紅唇。

好機會！

泉眸閃過一絲詭光，她不想再與他虛與委蛇下去了，今天一定要得手！趁那火熱的舌頭滑進她口中的瞬間，她將藏在口中的一顆迷藥推出，在唇舌糾纏間送進了他的口中。

漸漸地，君狩霆似乎覺得有些不對勁，全身麻麻的，神志也逐漸模糊不清。昏倒前的最後一眼，他看到她計謀得逞的笑顏。

勝利了！若靈萱心中狂喜，但也不敢怠慢地快速走下床，猛灌茶水漱口，把殘存的藥全數吐出。

一切妥當後，她重重地吁出一口氣。現在暫時安全了。

為了讓君狩霆完全相信自己，她無時無刻都在催眠自己是愛他的，一舉一動她都經過深

思熟慮，甚至有時，強迫自己將他當成了昊宇……如今，終於是大功告成了。

不再浪費時間，迅速從他身上掏出金牌，只要有了它，就有機會見到昊宇。必須得快，否則迷藥的效力一過，他們就功虧一簣了。

雷拓看準時機，在她走出房間關上門後，他就出現了。走上前壓低聲音道：「睿王妃，我探查了一番，覺得關押晉王爺的地方，應該就在後花園的一棟舊樓裡。」

「真的？那我們快去！」若靈萱大喜，但看了看前方的侍衛，不敢表現出心底的喜悅，只是輕輕點頭，小聲說道。

於是，兩人鎮定著自己，一前一後，很自然地踏著輕鬆的步伐，向著後花園而去。

幸好，君狩霆向山莊所有人宣佈了自己的身分，一路上有人看到她，也只是恭敬地行了個禮，就各忙各的去了。

很快地，若靈萱和雷拓出現在後花園，在一處偏僻的舊樓前停了下來。

守門的侍衛見到她，詫異地對視一眼，但還是上前行禮，然後問：「晴兒小姐，到這裡來，有事嗎？」

「是王爺讓我來的。」若靈萱拿出通行無阻的金牌，淡淡地說道。

兩名侍衛又是一愣，幾乎懷疑自己聽錯或看錯了。王爺居然讓她前來？裡面關的可是重犯呀！

看出他們的懷疑，雷拓便解釋道：「這是王爺的計劃，讓晴兒小姐來自有原因，你們帶路就是。」

「這……」兩名侍衛遲疑了一下，雖然仍是感到奇怪，但王爺的金牌又確實在她手中，見牌如見王爺，他們當然得聽令行事了。「晴兒小姐，跟屬下來吧！」說著，走在前面帶路。

「嗯。」若靈萱暗鬆口氣，快步走進去。

雷拓也緊跟上前。

裡面的擺設簡單極了，只有幾張桌子和木椅，牆上掛著幾幅山水畫，茶几上零零散散地擺放著水壺和幾只杯子。

侍衛走上前，熟練地摸向杯子，驀地，地板緩緩地打開了，露出一道長長的階梯。

若靈萱和雷拓睜大了眼睛，沒想到一個不起眼的杯子，竟是機關的按鈕！

「晴兒小姐，下面就是牢房了，您請吧！」侍衛指了指階梯，說道。

雷拓更是驚奇，原來牢房是在這麼隱蔽的地方。

若靈萱心中激動不已，她快要見到昊宇了！她的昊宇，就在下面……

「小姐，我們快下去吧！」雷拓拉了拉她。兩人步下階梯，向地下室的深處走去。

雷拓舉著油燈，把四周照得亮亮的，引著若靈萱攀著牆壁小心翼翼地往下走，不過在越過走廊的時候，卻有兩名守衛佇立在兩旁。

若靈萱再次拿出金牌讓他們查看，守衛檢查過後，就放行了，倒沒有再多問。兩人繼續向前走，沒幾步，又看到一道直通向下的階梯。

兩人沒有多作猶豫，三步併作兩步地走了下去，兩旁冰冷的牆上映著微亮的燈光，難道下面就是地牢？

「昊宇？昊宇！」若靈萱忍不住大聲呼叫。「我來了！昊宇——」

被鐵鏈鎖在石柱上，正在閉目養神的君昊宇聽見這熟悉的呼喚，先是愕然，隨即抬起頭，不敢置信地看著近在咫尺的倩影。「靈萱……是妳嗎？」語氣因激動而帶著顫抖。

鐵鏈、血跡、傷痕，像刀子一樣刮痛了若靈萱的心，那張從來都是神采飛揚的臉龐，此刻卻是這麼的憔悴，還有身上破爛、髒亂的衣服……她心中的絞痛難以形容，淚水迅速盈滿眼眶。

君昊宇貪婪地緊緊盯著眼前日思夜想的人兒，眸中有著無限的溫柔和熱切。

「昊宇！」若靈萱歡叫著撲了過去，緊緊地抱著他，埋首在他傷痕交錯的胸膛上，喜悅的淚水也跟著奔洩而下。「太好了，你果然在這裡，我終於又見到你了！我真的好想你啊，昊宇……」

晶瑩的淚珠滴落在他的傷口上，一陣微微的疼痛，他的心更是刺痛。想抬起手觸碰她，卻想起鐵鏈緊緊鎖住他的手，絲毫動彈不得，因此只能柔聲安慰道：「靈萱，別再哭了，妳哭得我心都痛了。」

雖然見到她很高興，但他可不願見到她落淚的樣子呀！

「昊宇，你痛不痛？他們到底是怎樣對你的？」若靈萱抬起淚眼，慌忙地檢查著他身上的傷口。

「靈萱，我沒事。區區小傷，我根本不放在眼裡。」君昊宇搖搖頭，輕笑著安慰道。

牢裡的將士見到若靈萱也很高興，只是看到兩人如此親密的態度，又有些納悶，不明所以的面面相覷了一番。

雷拓則是仔細地摸索著四周，對著牆壁、地板敲敲打打，看看有沒有暗道之類的。

君昊宇任她抱著自己，感受著她的體溫、她的香氣，焦躁不安的心終於平靜了下來。不過，他突然又想起了一件事，那就是——靈萱怎麼會來到這裡？難道她沒有被捉嗎？還是……背著赫連胤偷偷跑來這裡？

想罷，他急急問道：「靈萱，妳為什麼能來這裡？赫連胤知道嗎？」

經他這一問，若靈萱才想起大家還不知道事情的真相，全都以為是赫連胤主謀。現在，她必須要說清楚了。

「靈萱，快說呀！」見她不語，他更急了。

「昊宇，我要告訴你們一件事。」若靈萱看著他，再看了看其他將士，壓低聲音極輕地道：「設下陷阱要對付你們的不是赫連胤，是君狩霆。」

此話一出，君昊宇頓時怔住，其他人更是驚愕不已。

「到底怎麼回事?靈萱，妳說清楚。」君昊宇震驚過後，臉色凝重地問道。

於是，若靈萱將事情經過說了一遍，然後道：「可能是那些迷藥的毒性，刺激到我的大腦，所以在宴會廳的時候，我已經恢復了記憶，才看到這一切。」

眾人聽了後，神情極度憤慨。

楊軒恨恨地罵道：「該死的君狩霆，我就知道他不是好人，可沒想到他會這麼卑鄙！」

「靈萱，既然妳說君狩霆昏迷了，那現在是最好的時機，妳快跟雷拓逃出去吧！」君昊宇聽後，急急催促著她。君狩霆的內功深厚，不出半個時辰就會清醒過來，到時靈萱就有危險了。

「不，我不會丟下你一個人逃的！」若靈萱抱著他的腰，拚命搖頭。「我再也不想離開你了，不管有什麼危險，我都不離開你，即使是死路絕境，我都要陪著你，一直陪著你！」

一次的生離死別，已經足夠了。

君昊宇急得雙眸冒火，弄得鐵鏈叮噹響著。「不行，妳不能待在這裡，快逃！趁沒人發現，快逃出去！」

「我一定要救你！救不了你，我絕不出山莊！」若靈萱抬起淚眼，一臉堅決地道。

「王妃，妳還是快逃吧，晉王被鐵鏈鎖著，妳根本救不了他的。」楊軒也勸道。

「鐵鏈？」若靈萱看了看那手腕粗的烏黑大鐵鏈，再看了看四周，當瞥到角落處的一根鐵棒時，眼一亮，起身跑了過去。

君昊宇急著想要她走，大喊：「靈萱，妳聽我的快走！妳還在磨蹭什麼？快走聽到沒有？」

若靈萱手握鐵棒奔了回來，俯下身子拉直一段鐵鏈，狠力地捶打著，卻一個不小心，差點捶在自己腳上，嚇了君昊宇一大跳。

「啊，小心！」

若靈萱卻不氣餒，兩隻腳踩著鐵鏈，使盡吃奶的力氣，再次使勁地猛力捶打著。

看著忙忙碌碌的她，君昊宇又是心疼又是擔心，更恨自己竟無法阻止她。眼見危險一步步逼近，他暴躁地對她吼：「夠了，不要捶了！妳的力氣是弄不斷的，就算弄斷了，我們也逃不出重重包圍，妳快逃吧！」

「要是你出不去，我一個人逃有什麼意思？你別擔心，我一定救得了你。」若靈萱丟開鐵棒，跑到牢外取來一把鋼刀，對準鐵鏈一陣猛砍猛劈。「快斷，拜託你了，快斷啊……」

「靈萱，沒用的，妳別管我了，快出去通知昊煬——」

「雷拓已經讓人去通知了。」若靈萱打斷了他的話。

「真的？」君昊宇眼一亮。「那昊煬很快就會知道我們的狀況了。」

「沒錯，所以你現在要逃，不然君昊煬就算來了，也會有顧慮的。」若靈萱見怎麼也弄不斷鐵鏈，便放下鋼刀，想跑去找雷拓。

誰知，雷拓似乎是在另一頭找著了暗道，待她看到欲喊時，他已閃身進入暗門裡面，再

無蹤影。

若靈萱正疑惑雷拓為何走得那般匆忙時，上面通往地牢的階梯驀然亮起了一片火光，一道冰冷刺骨的聲音驟然響起，瞬間讓所有人如墜冰窟——

「若靈萱，妳騙得本王很慘啊！」

君狩霆臉色鐵青地站在樓梯口，似乎怒極，渾身散發著駭人的凌厲氣息。

假的，假的，全是假的！這些天來的溫馴乖巧，對他露出甜蜜幸福的笑容，都是為了救君昊宇而做的欺騙。原來，她早就恢復記憶了，一切都是裝出來的！呵，想他一向謹慎，居然也被她所欺騙。看我掉入妳的陷阱很得意是吧？若靈萱，妳會後悔的，我要妳為自己所做的一切付出代價！

「你……」若靈萱渾身僵住，猛地抬頭，對上一雙狠冽的眸子，心微微發顫。下意識地，她轉身緊緊貼在君昊宇身旁。

此時，君狩霆的眼底一片冰冷，目光深沈幽靜。

「怎麼，看到我這麼快無事，很失望是不是？」他邊說邊緩緩朝她靠近，表情冷漠得讓人生冷，像是從地獄中鑽出的魔鬼一樣。

君昊宇看到他，想到自己和將士們的遭難，怒火猛升。「君狩霆，你這個卑鄙小人！原來一切都是你主使的，你為什麼要這樣做？」

「將死之人，不需要知道太多。」君狩霆寒冽地掃他一眼，隨後一個箭步上前，捉住正

欲後退的若靈萱，將她拽到自己身前。

他居然被一個女人耍得團團轉，還想著要娶她，真是可笑、譏諷極了！

「妳竟然敢欺騙我？」陰沈冰冷的語氣，如臘月寒霜，無一絲溫度。

「放手！」若靈萱掙扎著想甩開他。

「君狩霆，你敢對她動粗，我絕不饒你！」君昊宇怒極，額上青筋暴跳，鐵鏈再次發出叮噹聲響。

君狩霆緊箍住懷裡的女人，嘴角勾起輕蔑的諷笑。「你還能怎麼樣？君昊宇，現在你已經是我的階下囚，自身都難保了。這個女人如今在我手上，我想怎麼樣就怎麼樣！」

「你敢！」君昊宇氣得渾身顫抖，指關節握得「喀喀」響。

「君狩霆，你通敵叛國，不會有好下場的！」楊軒憤怒地朝他吼道，其他將士也個個怒氣沖沖地叫道。

君狩霆不屑理會，只是緊緊箍住若靈萱，轉身就走向階梯。「回去！」

「放開我！放開我！我不要跟你走，我要留下來！」若靈萱使勁掙扎，用拳頭狠狠地捶打他，卻換來他更大的力道，手腕幾乎碎裂般的劇痛著。

看著靈萱被強行拖上樓梯，一股難耐的怒火在君昊宇胸臆竄動，他怒不可遏地吼道：「君狩霆，你放開靈萱！有什麼衝著我來，為難一個弱女子，你算什麼男人？」

「放心，本王很快就會讓你死個痛快！」君狩霆冷冷放話，事到如今，他是絕不會讓這

些人有活命的機會。

「君狩霆——」

砰的一聲，地牢階梯的大門關上，君昊宇只能眼睜睜地看著心愛的女子被帶走，無計可施。憤懣至極的他，黑眸迸出一串噬人的火焰，鐵鏈再次磨擦出巨大的響聲。

一定要出去，一定要救靈萱……靈萱……

君狩霆一臉陰霾，俊逸的臉龐繃得死緊，發狠地緊扣著那個掙扎不休的女人，連拖帶拉地往靈妍閣走去。

「好痛！你放手……放開我……」若靈萱感到自己的手腕如同火燒般，一邊踢打著他，一邊大叫。

他毫無反應，依然狠狠地拽著她，不顧她磕磕絆絆，幾度摔倒，硬是將她拖回了房間。

砰的一聲，門被撞開，若靈萱被狠狠一推，整個人撞向圓桌。

「啊——」她驚呼，下意識地用手護住小腹。幸好，沒有撞到。

可這個動作，卻讓君狩霆雙眸一瞇，若有所思地緊盯著她。

「我真的很佩服妳，居然能騙我這麼久，妳是第一個能把我騙倒的人，我該如何懲罰妳？嗯？」好半晌，寒澈刺骨的聲音緩緩響起。

若靈萱雖然害怕，但仍挺直腰桿，倔強地迎視著他。既然現在被拆穿了，她也不用再費

盡心思掩飾，不用再跟他虛與委蛇，現在，她只要做回自己就行。還有，他憑什麼懲罰她？明明是他要對付睿王府，還卑鄙地設下陷阱害他們，讓昊宇受盡了折磨，現在居然還惡人先告狀？

「君狩霆，這就叫做『以其人之道還治其人之身』，我沒殺你，你就該慶幸了！」

「呵呵！」看著滿是恨意的眼神，君狩霆冷冷地勾起唇角。「很好，終於承認了！本王現在就要讓妳嘗嘗膽敢欺騙我的後果。」

「你想怎麼樣？」若靈萱趕緊站遠一些，心中十分恐懼。他要怎麼對付自己？

君狩霆卻是漠然地掃了她一眼，隨後走出房間，沒多久，一個熟悉的老者跟著他走了進來。

喬大夫？若靈萱面色一變，心裡莫名的更加不安了。

他要大夫進來幹什麼？難道……難道知道她懷孕了？不可能，她也是前幾天才發現的，自己沒有說，他怎麼可能知道？拚命鎮定著自己，她不能亂了方寸。

君狩霆敏銳地捕捉到她看見喬大夫時，眼中閃過的驚詫和慌亂，他知道，他是猜對了！面無表情地走到一旁坐下，眼睛緊緊盯著她，開口命令。「喬大夫，給她把脈。」

「是。」喬大夫立刻上前。「小姐，請把手伸出來。」

若靈萱卻將雙手背於身後，退開數步，與喬大夫拉開距離。「好端端的，把什麼脈？我又沒病。」她才不給他看呢，懷孕的事絕對不能讓君狩霆知道！

見她如此抗拒，君狩霆更加肯定了心中的猜想，眼睛危險地一瞇。「是妳自己伸手，還是要我動手？」

若靈萱不理會他，反而站得更遠，神色戒備。

突然，君狩霆以迅雷不及掩耳的速度出手，若靈萱還沒有反應過來，就已經被他緊扣在懷裡，雙手被箝制住，動彈不得。

若靈萱掙扎不開，只能眼睜睜地看著喬大夫給她把脈。

沒多久，喬大夫如實稟道：「王爺猜得沒錯，晴兒小姐的喜脈已經很明顯了。」

話落，若靈萱感到環繞在她纖腰上的手突然一緊，然後一陣天旋地轉，她已經被放到了床上。

「出去！」他冷喝一聲。

喬大夫迅速地消失，並關上門。

若靈萱看著罩在她身軀上方的君狩霆，那深邃的鳳眸中溢滿風暴，不禁心中惶然。雖然從來沒見過他發火，但能想像是多麼駭人。現在他知道了，會怎麼對付自己和孩子？她又該如何自救？

倏地，脖頸處被一隻大手緊緊掐住，差點讓她窒息！他打算掐死她嗎？不，她不可以死，她還有孩子呢！她還沒告訴昊宇，她有了他的孩子……

若靈萱開始掙扎，手腳並用地踢打著他，但脖頸的力道卻越來越緊，呼吸越來越因難，

她是不是要死了？沒料到下一刻，頸處的手卻突然鬆開，空氣立即灌入喉嚨，她開始猛烈地咳嗽起來。

君狩霆冷冷地看著她，冷笑出聲，五指使勁扳過她的臉，沒有絲毫憐惜。「怎麼，原來妳也怕死呀？我還以為妳膽大包天呢！居然敢欺騙我、愚弄我？妳這個該死的女人！」說著，再次扼緊她纖弱的粉頸，神情陰戾。「說，誰讓妳懷孕了？君昊宇？還是君昊煬？」

她緊咬紅唇，不屑回答他。

「不說是嗎？那就別怪我無情了！」她的態度激怒了他，倏地揚聲喝道：「來人，把藥端進來！」

藥？什麼藥？若靈萱心中突然有了不好的預感。

很快地，小小推門而進，手上端著一碗藥，上前遞給君狩霆。他接過後，就要往她嘴裡灌去！

若靈萱緊閉著唇，拚命搖著頭。她不要喝，這一定是墮胎藥！

君狩霆用力捏住她的下巴，迫使她張開嘴。他絕不容許自己的女人懷著別的男人的孩子！她是他的，無論她是真心還是假意，既然招惹了他，就別想輕易抽身。

找了個空隙，她大喊：「不要！不要打掉我的孩子！求求你，不要打掉他……」為了寶寶，她不惜放下身段哀求。

君狩霆冷冷一笑。「現在知道害怕了？欺騙我的時候怎麼就不知道害怕？妳沒資格跟我

談條件！不想死的話，就把孩子拿掉！」

不——她不會死，也不會拿掉孩子，她絕不服輸！

若靈萱心一橫，陡然低下頭，對著他的手臂狠狠咬下去——

只聞「嘶」的一聲，手下的力道鬆開了些。若靈萱見機不可失，立刻重重踢向他身下某個部位，君狩霆躲閃不及，硬生生挨了一腳，悶哼著倒在旁邊。

若靈萱快速跳下床，飛也似地逃出房間。但，就在她快要跑出庭院的時候，面前突然衝出了一大群侍衛，擋住了她的去路。

君狩霆緩緩向她走來，神色異常的忿怒，就像是從地獄中鑽出的魔鬼一樣！

若靈萱下意識地不斷後退，緊張和恐懼讓她渾身發顫，淚水幾乎奪眶而出。看著四周的侍衛，她根本不可能逃走……怎麼辦？一旦被抓，就意味著她和她肚子中的孩子都有危險。

誰來救救她？

第二十九章

像是在回應她的呼喚似的，一群身穿盔甲的將兵突然降至她面前，將她護在中央。沒等若靈萱反應過來，她就落入一個溫暖熟悉的懷抱裡。

「靈萱！妳怎麼樣？有沒有受傷？」君昊煬心急如焚地看著她，眼底盈滿憂心和憐惜。

「君昊煬?!」若靈萱驚喜得如獲救星，終於鬆了口氣。太好了！他及時趕到，自己現在應該是安全的了。

君狩霆看著突然出現的君昊煬，眸中一絲震驚掠過，冷沈的臉更加陰鷙。他怎麼會出現在這裡？這個山莊是極其隱蔽的，除了他和幾個心腹，根本沒有人知道，莫非……有人背叛了他？思及此，黑眸閃過一絲暴戾。無論是誰，他絕不能讓這些人活著出去！

「兩位真是恩愛，可惜啊，只能當同命鴛鴦了。」說著，他一拍手掌，頓時湧出了無數弓箭手。

君昊煬迅速將靈萱護在身後，臉色寒冽地迎視著他。其他兵將緊緊圍在兩人身旁，握緊兵器，蓄勢待發。

「王爺，等一下末將來對付他們，你趁亂帶王妃先行離開。」李清在主子耳邊低語道。

「好，那你們要小心。」君昊煬點點頭，現在最重要的是讓靈萱平安脫險，然後才能放

開手腳大幹一場。

若靈萱看著四周的弓箭手，心再次提了起來，他們能有勝算嗎？會不會有危險？

看出她的擔憂，君昊煬安撫地輕聲道：「不必擔心，我們一定會沒事的。」他的語氣裡充滿自信。

見他如此有把握，若靈萱略微放下了心，她要相信大家才是。

君狩霆這時輕輕舉起手，弓箭手立刻舉箭瞄準，齊齊對著君昊煬等人。

「若靈萱，只要妳回心轉意，本王可以當什麼事都沒發生過。」他的語氣雲淡風輕，甚至連語調都沒有提高，暗瞳卻泛著讓人不寒而慄的煞氣。

若靈萱別開臉，沒有理會。君昊煬則在她耳畔低聲叮囑，再朝其他將士比了個手勢，便帶著她欲飛身而起。

「放箭！」君狩霆見狀，怒氣上湧，大聲喝令。

頓時，千百枝箭齊齊朝他們射來。

這時，李清突然上前，扯出一塊巨大的布，再轉動手腕，呼啦一聲，將所有的弓箭全部擋了下來。

君昊煬乘機抱起若靈萱，飛身一躍，快速掠過屋頂，就在要闖出去時，突然一張大網迎面投來，兩人大驚，慌忙避開，不得已又躍回地面。

這時，又一批侍衛湧來，君昊煬不得已拔出軟劍迎戰，邊回頭道：「靈萱，快躲起

來！」

為了不讓自己成為負擔，若靈萱點點頭，連忙躲向一旁。可是還未等她喘過一口氣，一條人影就倏然襲上前，伸手向她捉去。

「靈萱！」君昊煬眼明手快，閃電般躍到若靈萱面前，出劍反擊，恨恨地道：「君狩霆！你這個卑鄙小人，休想再傷害靈萱！。」

他已經從二弟的屬下口中，知道了事情的經過。

君狩霆陰鷙的黑眸一瞇，冷哼道：「好，既然你已經知道，本王也不需要演戲了。君昊煬，今天不是你死就是我亡，看招！」說著，寶劍咻地出鞘，直擊向他。

君昊煬也不再答話，立刻舉劍迎戰，兩人陷入了激鬥。

若靈萱在一旁緊張地看著，李清舉劍橫在胸前，保護著她。銀、鐵將士則在全力應敵拚殺。

在另一邊，君昊宇已破牢而出，與雷拓裡應外合，殺出重圍，直衝到靈妍閣。

「靈萱！靈萱！」他一邊揮劍砍殺侍衛，一邊焦急地大喊。「妳在哪裡？」

啊！是昊宇！若靈萱驚喜極了，連忙揚手應道：「昊宇！這裡，我在這裡啊！」邊尋著聲音來源奔去。

君昊宇大喜，身形一躍來到她身邊，一把將她抱住，緊得不能再緊。「靈萱！妳真的沒事，太好了……太好了！」再次抱著她柔軟的身體，他惶恐不安的心才終於安定了下來。

「昊宇，你終於出來了！終於平安了！」若靈萱也緊緊摟住他，狂喜中還帶著數不盡的思念。

君昊宇滿足地擁著心愛的女子，心中的喜悅和激動難以形容。

見此，君昊煬的黑眸中閃過一絲苦澀，即刻別開眼去，不願多看這一幕，全心全意地應戰。

君狩霆臉色鐵青，臉上的表情已全部被陰狠的恨意取代，如暗夜修羅一般，心中只有毀滅一切的衝動，手中的招式也越發狠毒。

一時間，君昊煬居然處於下風。

「李清，快帶靈萱先走！」君昊宇看出兄長漸漸不敵，果斷地朝李清下令。

「是！」李清點頭，與一些將士護著若靈萱，殺出重圍。

「昊宇，你們要小心！」若靈萱不放心地頻頻回頭，但也知道自己不能再留在這裡，免得給人造成負擔。

「別想逃！」君狩霆下意識地閃身，想捉回若靈萱，但被早有準備的君昊煬出劍擋開，兩人再次交鋒起來。

這時，又一批兵將從天而降，那是張沖帶領的菁英將士，身上穿的都是刀劍不入的盔甲，不一會兒，便放倒了十幾名侍衛。

君昊宇也跟著加入戰圈，與君昊煬聯手，兄弟兩人配合得天衣無縫。

「君狩霆，你這個通敵叛國的亂臣賊子，今天我非拿下你不可！」君昊煬攜帶著一股強大的氣流，劍招凌厲萬分。

「還有我受的恥辱、靈萱受的苦，今天就加倍還給你！」君昊宇寶劍揮出，劍氣如排山倒海地向君狩霆湧去。

「哼！你們兩個少在這裡大言不慚，誰勝誰負還不知道！」君狩霆冷冷一笑，以柔和內力化解他們的凌厲，跟著招式一變，劍氣變幻萬千，直湧向兩人。

旗鼓相當的龍爭虎鬥持續著，那頭卻已見勝負。

楊軒和張沖指揮著將士，殺得侍衛節節敗退，連燕子也失手被擒，飛雪見勢不妙，飛身逃跑。

君狩霆看著己方兵敗如山倒，又氣又恨，一雙冷眸更是冷得駭人。

該死！他不能輸，絕不能輸給兩個晚輩！

猛地，他舉起右手，雙針插入太陽穴，功力立即增了一倍，隨後躍身而起，速如飛魂，直砍向君昊煬，另一掌掌力如風地劈向君昊宇胸前。

「昊宇小心，不要和他掌對掌！」君昊煬邊閃避邊出聲提醒。

君昊宇也從君狩霆拍來的掌風之中，感受到非比尋常的深厚掌力，早已閃身躍開。隨後在揮掠的掌影中，招招快捷地攻向君狩霆，式式繁複緊密，迅速地轉守為攻，並默契地配合著君昊煬的招式，從而破解敵手更加狠辣的攻擊。

龍爭虎鬥，劍勢連綿不絕，打得驚心動魄。

君狩霆仗著雙針插穴，功力驟增一倍，不惜丟掉武器，雙掌翻飛，齊攻君昊煬和君昊宇，掌勁宛若狂風怒浪，擊得兄弟倆幾乎喘不過氣。

「大哥、七弟，我來助你們！」

驀然，一條白影如流光閃電般飛來，人到掌出，不但接住了君狩霆的掌力，更將其凌厲的掌風化解得乾乾淨淨。

此人正是燕王君奕楓！

君昊煬和君昊宇顧不得打招呼，趁著掌勁化解的那一瞬間，雙劍合璧，連續幾招下來，君狩霆應得手忙腳亂，有些支持不住了。

君奕楓更是快若旋風，雙掌向前狠撲，直攻向他頭上的百會穴。

君狩霆閃身避開，君昊煬猛烈的掌勁和君昊宇鋒利無比的劍氣直襲向他，攻得君狩霆連連後退，毫無招架餘地。

沒多久，背後狠挨了君奕楓凌厲的掌功，君狩霆頓覺胸口氣血翻湧，忍不住嘔出一口血，踉蹌幾步後倒下。雙針刺穴雖然能讓人倍增功力，但如果失敗了，就會氣血逆流，真氣大散，形同廢人。

楊軒和將士們立刻上前，將劍架在他的脖子上。

君昊煬和君昊宇同時吁出一口氣。他們第一次見到君狩霆展現武功，沒想到竟是如此的

厲害，要不是君奕楓突然出現幫助了他們，恐怕現在躺在地上的便是他們了吧！

「二弟，你又一次救了我們！」

「二哥，你來得太及時了！」

君昊煬和君昊宇收劍入鞘，雙雙感激地拍拍他的肩膀。

君奕楓笑了笑，隨後看向地上動彈不得的君狩霆，不禁心下感嘆。「沒想到，皇叔他會做出這種事，還狠心對我們下殺手。」幸虧他早有察覺，命暗衛徹查，才誤打誤撞得知皇叔居然捉了七弟和大嫂到這個山莊，之後他立刻展開救人計劃，並及時趕到山莊。

「我也沒想到，他竟通敵叛國。」君昊煬冷漠出聲。

雖然早知道君狩霆城府極深，但怎麼也不曾想過，他竟會聯合敵國顛覆自己的國家！

君昊宇卻不想再理會，現在靈萱才是他心中最重要的。「昊煬，我們快去找靈萱吧，遲了我怕她又不知會遇到什麼危險。」

一想到這兒，他就心急如焚。

看出他的心思，再憶起剛才相擁的畫面，君昊煬分不清心中是什麼滋味，甜酸苦辣各種都有，只是現在靈萱的安全為要，其他的，以後再說吧！

於是他道：「你去吧，我留在這裡善後。」

「那好。」君昊宇也不再多言，施展輕功就躍出了圍牆。

出了山莊沒多久，就看到上空出現的信號，那是李清放出的，示意他們已平安到達都護

府。君昊宇欣喜至極，立刻快馬加鞭向都護府而去。

若靈萱剛到都護府的時候，突然一陣頭暈目眩，這可把李清等人嚇壞了，趕緊攙扶著她回到房間。

本想把軍醫找來，但若靈萱怕懷孕的事會曝光，連忙拒絕了，只說自己身子虛弱，休息一會兒就好。於是，現在的她，就在房間裡忐忑不安地等待著。

「靈萱——」

驀地，房門「砰」的一聲打開，一抹高大的身影像一陣風似地闖進來。

若靈萱先怔了一下，隨後驚喜地歡呼出聲。「昊宇，你回來了！」太好了，他沒事！

見到眼前平安無恙的人兒，君昊宇終於大大地鬆了口氣，懸著的心也回歸原位。無論怎麼樣，都不及親眼看到她平安來得放心。

忍不住地，他一把抱住她，霸悍地吻向她誘人的紅唇。他要深切地感受著她，確定她真的回到自己懷中了。

若靈萱也大方地回應他，這幾天以來所受的恐懼，全化解在這纏綿的吻裡。

君昊宇在內心的激情排解後，才依依不捨地鬆開她，沙啞低喃。「靈萱，對不起！我來得太遲，令妳受委屈了。對不起……」

「別自責……」

「幸好妳平安無事，幸好……」君昊宇使勁抱緊她。

自從君狩霆強行帶走她之後，他就擔心得幾欲發狂，深怕她有什麼不測。

「昊宇，你別這樣，你看我現在不是沒事了嗎？」若靈萱輕撫他的臉，微笑安慰道。雖然是受了很多屈辱，但能看到他平安，一切都是值得的。

君昊宇再次深情狂熾地吻住她的小嘴，囂張跋扈地攻城掠地。

若靈萱心中悸動連連，閉上眼睛迎向他的溫柔親吻，心中無限甜蜜。昊宇，我愛你，經過磨難，闖過艱難後，我更加愛你了。無論今後發生什麼事，我都絕不離開你！

兩人擁吻了許久，君昊宇才依依不捨地離開她甜美的唇，以額貼著她的額，漸漸緩和激動的情緒，修長的手指仍眷戀地輕撫她紅腫的唇瓣。若非理智告訴他，再這樣下去兩人會因為透不過氣而窒息，他真想這樣吻著她到天荒地老。

天知道，在分開的這段時日，他有多麼想她，想得都快發瘋了……

若靈萱依靠著他，尋找失去的力氣，正想說什麼時，卻倏地感到一股噁心感從胃往上湧，她急忙捂住嘴，眉心痛苦地緊蹙。

「怎麼了？」君昊宇見狀嚇了一跳，俊眸憂急地看著她。

若靈萱卻是飛快地衝到盆架前，欲嘔卻什麼都嘔不出，十分難受，小臉也倏地刷白。

「靈萱，妳到底怎麼了？」君昊宇疾步走到她身邊，伸手為她撫拏後背。「是不是生病了，身體不舒服？我叫軍醫來給妳看看。」

說著便想喊人，若靈萱連忙拉住他。「不不，千萬別去！我不要緊的！」

「妳都這樣了還說不要緊？」

「我、我只是……」她支支吾吾的，想起自己懷有身孕，臉色微紅，有些彆扭著不知該如何告訴他。

「到底怎麼了？妳快說呀！」見她欲言又止，他更擔心了，聲音不由得提高。

若靈萱嗔瞪了他一眼，臉色更是酡紅。扭扭捏捏了半晌後，終於還是鼓起勇氣，湊到他耳邊，嘀嘀咕咕了一陣。

霎時，君昊宇如同石化一樣，呆住了，黑眸閃動著震驚的微光。

「靈萱……」他輕輕地喚道，激動地凝望著眼前嬌羞的女子，有些手足無措。靈萱有了他的孩子了?!

猛地，君昊宇將她擁入懷中，緊緊的。「怎麼不早點告訴我？」

「我也是前幾天才知道的，都來不及告訴你。」見到他的時候，驚喜得什麼都忘了。

「那妳現在身子怎麼樣？還有沒有不舒服的？」君昊宇急急問道，語氣溫柔中帶著關心。

若靈萱淺淺一笑，溫順地依偎在他懷中，享受著他的關懷。「沒有什麼，只是有時頭會有點暈，也沒什麼胃口。」

「那現在暈不暈？膳食吃了沒有？不如躺到床上休息一下吧。」君昊宇一聽更緊張了，

趕忙抱起她走向床榻，輕輕放下。

「我沒事的。」看他如此緊張的樣子，讓她有些好笑，更感到十分窩心。

「孩子好不好？」君昊宇坐在她身邊，用手輕輕地撫摸著她的小腹，似乎在感覺孩子，甚至俯下身去，將耳貼靠上頭，好奇地傾聽著。

「你在幹什麼呀？能聽到嗎？」若靈萱忍不住笑出聲。

「在聽我兒子的動靜啊！」他一本正經地道，貼得更緊了。

「什麼兒子？你就知道一定是嗎？難道女兒你就不愛？」她一聽可不高興了，推開他，沒想到他也這麼世俗。

君昊宇微愣，這個問題他沒注意，只是隨口說說，不過見她生氣了，連忙改口。

「當然不是！女兒、兒子我都喜歡。」他們的孩子，他當然都愛。

「那還差不多。」若靈萱這才滿意的一笑，要是他敢說只愛兒子，她肯定跟他沒完。

驀地，她突然間想起了什麼，又淺嘆了口氣，憂聲道：「昊宇，怎麼辦？我現在的身分還是睿王妃，你也沒有跟公主解除婚約，我怕……懷孕的事情瞞不住，到時會……」

她不敢想像後果，畢竟紙是包不住火的。

君昊宇輕輕擁著她，沈默不語，心情複雜難言。

他不想傷害昊煬，不想兩國關係因他而有隔閡，因此才決定用一段時間，想個兩全其美的辦法，可是現在這樣的情況，已不容許他慢慢想了，解除婚約的事必須盡快進行，而昊

煬，跟靈萱兩個月的期限雖然快到了，可是他肯輕易放手嗎？

還有拓拔律，他的為人他很清楚，不達目的誓不甘休，就算拓拔瑩答應解除婚約，拓拔律也不會允許的……

「別擔心了，一定會有辦法解決的，妳先休息吧。」良久，君昊宇才抬眸看著她。雖然事情有些棘手，但他絕不會放棄的。

「嗯。」若靈萱明白地應了聲。有些事情是急不來的，但他們會盡力而為，要相信天無絕人之路。

「睡吧，我陪妳，等妳睡了我再走。」看出她的疲憊，他體貼地柔聲道。

若靈萱點點頭，打了個哈欠。她的確是太累了，這陣子都沒怎麼睡過好覺，便輕輕靠在他胸前，找了個舒服的睡姿，閉上眼睛。

很快地，就聽到她均勻的呼吸聲。

君昊宇輕輕地將她放平在榻上，起身幫她蓋好被子，凝望了她一會兒，才俯身在她的額頭上輕吻了一下，隨後，依依不捨地轉身離去。

清晨一早，若靈萱起身沒多久，就有人來報，王爺讓她過去書房一趟。

此刻，君昊煬靜靜地佇立在窗前，陷入凝思，淡漠的瞳眸顯得幽深暗沈，直到身後傳來輕輕的腳步聲，他才斂下神色，轉過身面對來人。

「靈萱，妳身子怎麼樣？有沒有不舒服？」他一開口，就是關心的話。

「好多了，謝謝關心。也謝謝你，昨天及時趕到救了我。」若靈萱微笑地看向他，語氣充滿感激。

君昊煬淡扯唇角，自嘲輕笑。「怎麼對我這般客氣？真不像妳。」此刻，他很懷念跟她鬥嘴的那些日子，只可惜，以後都不會有了吧？

若靈萱聳肩淡笑，轉了話題。「王爺，你找我來，有事嗎？」

君昊煬臉色沈凝著，心情複雜地凝視她半晌，才緩緩開口。「本王問妳一個問題，希望妳能如實回答。」

「什麼？」她感到奇怪。

「妳是因為喜歡昊宇，才要提出和離的嗎？」說著，他目光緊緊盯著她，等待她的回答。

沒想到他會問這個，若靈萱怔愣了好一會兒，才抬眸，認真地看向他。「王爺，事到如今，我也不想隱瞞了。沒錯，我是喜歡昊宇，但並不是因為這樣，才要和離。」

「那是為什麼？」君昊煬的身子一頓。雖然早就知道了答案，但如今親耳聽她說出，還是感到心痛，她果然是愛上了昊宇。

「王爺，該說的我上次在皇宮裡已經說了。我們的婚姻，本就是一個錯誤，我無法適應你的生活，你也無法理解我的想法，就算沒有昊宇，我一樣會提出和離。」她要的是兩情相

悅，一世一雙人的婚姻，這些，是他無法給的。

「可是本王也說過，會盡能力給妳想要的，妳難道真的一次機會都不能給嗎？」

若靈萱凝望著君昊煬深情而冷峻的容顏，那充滿期待的眼神，以及先前找到她時的憂急表情，都讓她心中微微一動。

最終，她淺淺一笑，如夜間綻放的睡蓮。

「王爺，我很感激你對我這般好，只是感情的事……無法勉強。」她語氣真誠，也帶著無奈。

君昊煬緊攢著拳頭，掩飾內心的澎湃，神情恢復冷漠，無一絲情緒外洩。良久，才冷冷地道：「若靈萱，妳說感情無法勉強，難道就能隨意而為，喜歡上別的男人嗎？」

「對不起。」若靈萱輕輕地說道，雖然她的對不起有些牽強。「我只能說，心不由己。」

她也不知道自己會愛上昊宇，等發覺的時候，已經愛得很深，再也抽不開身了。

「心不由己？」君昊煬訕笑一聲，看向她的目光帶著嘲弄。「兩年前，妳費盡心思嫁入睿王府時，也曾說過這句話，如今話仍是同樣的話，可是喜歡的人卻不一樣了。這不知是對我的譏諷，還是對妳？」

若靈萱垂下雙眸，沈默不語。她不是以前的若靈萱，不知該怎麼回答他的話。

「好，本王總算是明白了。這次回京，妳可以不用回睿王府了，本王自會向皇上稟明和

離的事。」淡漠說完後，君昊煬默默轉過身，背對著她，怕自己再多看一眼，好不容易下定的決心就會瓦解。

突如其來的話，讓若靈萱呆怔了半天才反應過來。她幾乎不敢相信自己聽到的。他說什麼？和離？也不用自己回睿王府？這……

「你的意思是……願意和離？」她滿懷期待。

君昊煬蹙眉閉眼，剛毅的下巴微微抽搐著，洩漏出他心中的矛盾掙扎。好半晌，他再張眼時，眼神已透出一抹毅然，淡淡地開口。「本王答應過妳，兩個月後，如果妳仍不想留在睿王府，本王便會放妳自由。」

「王爺……」

「好了，該說的已經說清楚，妳退下吧。」君昊煬的聲音平板，聽不出任何情緒。

若靈萱靜靜凝望著他的背影，心中一陣酸楚。其實，他對她的心意，她懂的，她也知道他下這樣的決定，心中一定很不好受。

對不起，昊煬！

「謝謝你！」除了這句，她不知該說什麼來表達心中的感激。

良久，聽到身後傳來的關門聲，君昊煬才緩緩轉過身，看著她離去的纖纖倩影，胸口就像壓了一塊巨石般，神情難掩痛楚。

太過沈浸在自己情緒中的兩人皆未發現，書房外的一個角落裡，君昊宇神色複雜地佇立

著。

叩叩！

沒多久，又傳來了敲門聲，跟著是張沖的聲音——

「王爺，屬下有事稟報。」

「進來。」深吸口氣，恢復冷靜。他不會在外人面前洩漏自己的情緒，即使是他的心腹侍衛。

張沖推開門，踏步而進，拱手道：「王爺，燕王的護衛雷拓交給屬下一樣東西，讓屬下轉交王爺，是和九千歲有關的。」

「快給本王看看。」一聽和君狩霆有關，君昊煬的臉色便凝重起來。

「是。」張沖立刻從懷中掏出幾疊信件，遞給他。

君昊煬接過一一打開，仔細地展讀起來。沒錯，全是君狩霆的字跡，還有官印！臉色驀地變得難看，手上的青筋也隱隱浮起，到最後，他厲喝一聲。「君狩霆！」手握成拳，重重擊在桌面上，黑眸閃著兩團怒火。這次，有證有據，絕不能再放過他了！

夜幕降臨，銀色的月光清朗皎潔，紗衣一般披落在君昊宇修長的身子上，他靜靜地佇立著，邪魅深邃的鳳眸中透著讓人難懂的情緒。

「昊宇。」

輕柔的呼喚在背後響起，拉回了他的思索。「這麼晚了，妳還不睡？」君昊宇轉過身，關切地上前詢問。

若靈萱抬眸晶亮地看著他，櫻唇動了動，欲言又止了半晌，才緩緩開口。「你是在想昊煬的事嗎？」

「嗯，你們早上在書房的話，我全聽到了。」君昊宇抿唇迸言，幽深的暗眸閃過一絲複雜和糾結。「昊煬選擇不給妳休書，而是答應和離，可以看出他真的很喜歡妳……我對不起他，我太對不起他了……」俊逸的面容微微僵硬，驀然伸拳捶向了一旁的樹木，直到滲出血絲了都未停下。

「你別這樣！」若靈萱的心驀地一疼，不由得從後面抱住了他，慌道：「昊宇，別傷害自己，我會心疼……」

深情的話語一下子撞進他的心房，君昊宇身形一震，旋即轉過身，將她抱進懷中，喃喃低語：「對不起，讓妳擔心了。」

「不要難過。」若靈萱輕撫著他俊魅的容顏，安慰道：「我知道你很苦惱，覺得愧對昊煬，但是你要清楚，就算沒有你，我一樣會跟他和離，所以這並不關你的事。」

君昊宇懷抱著她，閉目埋首在她的秀髮中，眸中仍是複雜愁緒。

雖然他知道靈萱的心思，但怎麼說，他都是愛上了昊煬喜歡的女人，感覺就像是在橫刀奪愛般。除非昊煬能找到自己的幸福，要不然，他一輩子都會活在愧疚當中！

「昊宇，有一件事我想告訴你。」突然，若靈萱握緊了他的手，低聲道。她決定要讓他知道，自己並不真的是他的嫂子。

「什麼？」君昊宇不由得抬起頭，凝眸看向她。

若靈萱直直望進那深邃的眼眸，像下了什麼決心似的，毅然道：「我接下來要說的事，很匪夷所思，你要有心理準備。」

她凝重的神情，不知怎的，讓他沒來由地有些心慌，似乎她接下來的話，不是自己想聽到的。

「還記得你第一次看我彈琴的事嗎？那時你很奇怪，我為什麼會如此多才多藝，跟以前完全不一樣，是吧？」她緩緩開口道。

經她這麼一說，君昊宇不由得點點頭。他的確是覺得奇怪，甚至直到現在，他仍是不明白，為什麼一個人可以前後變化如此之大？

「那妳現在願意告訴我了嗎？」直覺的，他知道她想說的是這件事。

「對。」她點頭。

「那妳說吧。」抱緊她，輕輕地道。

若靈萱沈吟半晌，隨後鼓起勇氣，看著他。「其實，我不是若靈萱，也不是睿王妃，我是另一個時代的靈魂穿越而來的。我知道這很難令人相信，但確實是真的……」她緩緩地道出了經過。

君昊宇怔怔地聽著，好半天都沒有說話。

「是不是覺得很難理解？」她聳聳肩，繼續道：「其實我也不是很清楚，總之就莫名其妙地出現在這裡……也就是我們那兒的人說的古代。」

「……那，妳是怎麼成了若靈萱？」良久，他才吶吶地開口。

「不知道，那時我正準備去拿老師的試卷，可不知誰缺德地在樓梯間丟了香蕉皮，我一不小心踩著，滑下了樓梯，腦袋著地，就不醒人事了。醒了後便發現自己來到這裡，變成了睿王妃。」

君昊宇仍在震驚當中，好一會兒，才小心翼翼地問：「那……妳會不會突然的又離開了？」說著的同時，眼神有著憂慮和隱隱的懼意。

「啊？」她不解。

君昊宇將她抱得更緊，像是怕她突然消失般。「靈萱，不要離開我！不要像突然來這裡那樣，突然又離開了，那我一定會發狂的。」他的聲音壓得很低，還帶著顫抖。

「你信我說的？」她詫異地問出聲。

抱著她的手臂又緊了緊，他輕喃道：「怎麼不相信？妳那麼特別、那麼聰明，性格跟原來的若靈萱更是完全不同的兩個極端，就算是失憶，也不可能相差那麼多，所以……我是絕對相信，妳不是她。」

若靈萱蜷縮在他溫暖的懷中，明顯感受到他身子的顫抖，她心疼極了。

「放心，我不會離開你，永遠也不會。」她溫柔呢喃，安撫著他徬徨的心。

雖然不知道自己會不會突然回去，但既然上天讓她來了這裡，就自有用意，說不定，她跟昊宇是天賜良緣呢！

君昊宇深深呼吸，感覺心仍七上八下的。「真的？妳保證？」

「當然，因為……」說罷，突然揚手，勾抱著他的頸項，將他拉向自己，櫻唇主動吻上他。「我愛你！」

「靈萱！」君昊宇低喊一聲，俯下頭，狂烈地回吻著她，猿臂攬緊她的纖腰貼緊自己，似乎要將她揉進體內似的。

雖然知道她的特別，但沒想到，她竟是另一個時空的人，只是突然來了這裡。現在，他真的被「突然」這兩個字駭住了，心中生出一股前所未有的恐懼，怕她會突然回去，回到她的時空……他所不知道的世界……

靈萱，我也愛妳，記得別離開我！

兩顆心彼此交融，吻得難分難捨，只覺萬籟無聲，世上只剩下他們兩個人似的……

翌日，班師回朝。

若靈萱在動身前，去了書房一趟，告訴君昊煬，自己會再回到睿王府去。

「為什麼？」君昊煬放下手中的帳卷，抬眸看向她，冷峻的容顏不帶一絲表情，沒有因

為她要回睿王府而展現出欣喜，即使內心那麼渴望……

若靈萱走到他面前坐下，直截了當地道：「我上次出府被劫殺的事，凶手就在睿王府。」

「真的?!」君昊煬瞠目，黑眸驀地迸出凜冽的寒芒。「那是誰？」

「殷素蓮。」若靈萱毫不猶豫地將事情經過說了一遍，然後道：「她不但派人追殺我，還陷害林側妃，因為林側妃懷疑她假懷孕，甚至上次下蠱毒的事，也和她有關。」

君昊煬坐在那裡，臉色異常的難看，一陣青一陣白。殷素蓮居然如此的陰毒，還敢騙他？這女人真該死！

「本王要殺了她！」一拳擊在案桌上，他怒火狂燃地道。

「王爺，你先別生氣。」若靈萱忙安撫他。「雖然我們知道是殷素蓮所為，可是暫時還找不到證據，所以必須要想個辦法，誘其說出真相，才能將她定罪。」

君昊煬一聽也是，便強壓著怒意，但臉上仍是鐵青得可怕。過了一會兒，他沈聲問：「那妳有什麼計策？」

「這就是我來找你的原因了，我打算這樣……」若靈萱附耳向他，低聲道出自己的方法……

京都，睿王府。

「小主！小主──」青兒神色焦急地快步穿過迴廊，走進浮月居，推開暖閣的大門，一進去就慌張地大叫起來。

「什麼事？大驚小怪的！」正在修剪盆栽的殷素蓮，抬眸瞪了她一眼。

青兒跑得上氣不接下氣，喘了一會兒才急急地道：「小主！奴婢剛才去市集的時候，看到一個人的背影，好像王妃！她──」

「妳說什麼？」殷素蓮頓時面色大變，倏地上前，一把抓住婢女的手臂，力道大得讓她緊皺眉頭，痛呼出聲。

「小……小主，妳放手，痛……」青兒痛苦地叫道，怎麼小主的手勁這麼大？疼死她了！

「說清楚點，妳見到誰了？」殷素蓮置若罔聞，反倒更加大聲地吼道，清澈的水眸泛起一抹驚慌，捉住青兒的手也微微顫動著。

青兒只好忍著疼痛說：「是王妃，若靈萱啦！可是奴婢只見到背影……不過，王妃已經死了吧？所以奴婢想，應該是看錯人了。」只是一時看到，太震驚了，以為大白天見鬼，便跑了回來。

殷素蓮的呼息變得有些急促，略帶不安地咬了咬唇，半晌後，她鬆開了手，表情恢復了平時的柔弱溫順。

「青兒，妳說……會不會是王妃呢？」她一臉謹慎地問著。

「不是吧，多多都說那天的死人是她了。」青兒困惑地搖搖頭，揉了揉痠痛的手臂。

「應該是長得相似……」

殷素蓮不出聲，低著頭，沈思起來。

那天她明明是將若靈萱扔進了河裡，為何後來聽到的卻是王妃遇殺手墜崖而死？不過這問題她沒去深究，只要若靈萱死了就行，而且大家看過了屍體，都確認是她了，應該不會有假……

水眸狠瞇，目光像刀一樣尖利駭人。還是去確認一下吧……

殷素蓮獨自一人走在大街上，不時地頻頻回頭，總感覺有人在跟著自己，因此不由得加快腳步，轉身走進一個胡同裡。

驀然，一個高大的黑影竄到她面前，下意識地，殷素蓮尖叫一聲，倒退數步。

「你是誰？」她戰戰兢兢地問。果然有人跟著自己！

那人沒有回答，只是一直扯動嘴邊，露出讓人惶恐的笑。

「救——」她還沒有喊完，就感覺後頸一陣劇痛，隨即在那人得意的笑中失去了知覺……

夜深人靜，萬籟俱寂。

殷素蓮幽幽轉醒，映入眼簾的是一片漆黑。揉揉有些發痛的後頸，她爬起身，惶惶地看了看四周。這是什麼地方？我怎麼會在這裡？

她記得自己剛才明明在街上，突然……就看到一個不認識的人來到自己面前，然後覺得頸後一陣劇痛，接著就什麼也不知道了。

驀地，一陣隱隱約約的慘叫傳進她耳中，嚇得她尖叫起來，眼神更顯驚懼。

四周的光線極為昏暗，只能勉強看出個大概輪廓，月光透過窗櫺映射進來，四周的一切，都泛著幽幽白光，再加上空中蔓延的濃濃暗霧，組成一副奇詭的畫面。

她有些害怕地抱著雙臂，小聲呼喚：「有人嗎？有人嗎……」好久，依然是死氣沈沈一片。

不，她不要待在這裡！殷素蓮強迫自己冷靜下來，摸索著向前進，希望能尋到出口。

就在這時，一陣腳步聲傳來，由遠而近，逐漸接近她。

「誰？」她一個驚跳，宛如驚弓之鳥，直瞪向聲音來源處。

沒有回應，只有漸走漸近的腳步聲，不快不慢，很有節奏。一股隱隱約約的血腥氣味，若有似無地飄進她的鼻息間，讓她更加不安。

「素蓮！」

陰沈沙啞的聲音倏地響起，隨後而至的，是一抹再熟悉不過的身影，緩緩地映入殷素蓮驚懼的眼中。

「妳、妳妳……」眼睛瞪得如銅鈴般大，殷素蓮顫著手，吃驚地指著眼前的人，極度的恐慌令她說不出一句話來。若靈萱一身破破爛爛，血跡斑斑，披散著髮，似幽魂般緩緩飄過來，冷冷地望著自己。

「殷素蓮，妳好狠的心啊！」

「妳……是人，還……還……還是鬼……」殷素蓮只差沒嚇得魂飛魄散，牙齒打顫了半天，才勉強擠出話來。

若靈萱覷起眸，陰森森地道：「妳把我扔下河，直落河底，那些石尖刺得我渾身都很痛，還葬身魚腹，血流不止呀，我還能不死嗎？」

「妳、妳妳……妳是……鬼……」殷素蓮更是嚇得雙腿一軟，就這麼跪倒在地，一臉的驚懼。好可怕……她見鬼了……誰來救救她——

若靈萱冷冷輕笑，一步步地逼近她，俯下身，冰冷的氣息噴到她臉上。「素蓮，我死得好慘啊……被魚啃得滿身都是血，血流成河呀……」

最後一句，倏地提高音調，嚇得殷素蓮再次尖叫。

「不不，別過來……妳別過來……」她拚命往後縮，希望能與「鬼」保持距離。

她是來找自己索命的嗎？不，不要，她還不想死呀！

若靈萱「嘿嘿」地怪笑出聲，披頭散髮，一身血淋淋的她，還真的像從地獄裡走來的惡鬼。

「殷——素——蓮——」聲音比剛才更加陰森沙啞，真如惡鬼發音，駭人無比。「妳為什麼要殺我？我對妳這麼好，把妳當成好姊妹來看待，卻沒想到妳居然那樣狠心！不但對我下蠱，派殺手殺我，還把我扔進河裡，處處置我於死地才甘心！」

說到最後，聲音變得尖銳，像針一樣刺入殷素蓮的內心，令她渾身驚悚起來。

「不不，姊姊，我錯了，求、求妳放過我吧！」她顫得十分厲害，爆睜的眼睛寫滿恐懼。「我不想殺妳的，全都是……全都是林詩詩，那該死的賤人，她嫉妒我有孩子，存心找我的碴，還跑去跟妳說我的不是，我才……」

「才想殺我是不是？」若靈萱再次嘶啞出聲，不知是不是太激動，身上的血滴到她臉上。「妳怕我們告訴王爺，妳沒有懷孕，只是和大夫串通，所以就陷害林詩詩，甚至殺我滅口。」

「……是是，我錯了……妳放過我吧……」極度恐懼的她不禁抽泣起來，惶然地抹了抹臉，見到血跡，抽泣得更大聲了。

看著她狼狽的樣子，若靈萱的唇角勾起一絲冷笑。殷素蓮，沒想到妳壞事做盡，膽子卻是這般小，不經嚇，不知這是不是報應？

一抹冷意自眼底閃過，她輕咳了聲，語氣再次變得可怖。「殷——素——蓮——」這一聲，比剛才更加嚇人。

「妳……想怎麼樣？我都承認所有事了，妳就放過我吧？」殷素蓮的身子抖得如風中落

葉，已經害怕到了極點。

「那我問妳，對我下蠱的人是誰？在哪裡？妳老實回答，否則……」若靈萱故意一頓，詭異地怪笑，留給她無限想像的空間。

「好好，我說！只要妳不殺我，我全說！」她忙不迭地點頭，似乎看到了希望。

「快說！」

殷素蓮再次抹了抹淚，又見還是血跡，再度抽泣起來。「……其實我也不知道他的名字，只知道他常在黑木林附近出沒，我也是在一個偶然的機會下才遇到他的……」

黑木林？

據說是一個荒無人煙的森林，有毒物出現，因此無人敢靠近那裡半步，這也是她平時閒來無事八卦得來的消息。若靈萱冥思了一下，現在知道下蠱之人可能的落腳處，要捉他就容易得多了。

「姊姊，我知道的就這麼多了，妳可以走了吧？不要嚇我了……」殷素蓮雙手掩臉，嗚嗚咽咽。

若靈萱冷冷一笑，覺得戲演夠了，便緩緩直起身子，目光不再冰冷，語氣也不再陰森，而是清脆動聽似箏。「殷素蓮，妳抬頭，看看我。」

說著，她除掉頭上的假髮，還有那件血衣。

殷素蓮不敢不聽，只好怯怯地抬頭——映入眼簾的，不再是蓬頭垢面、一身血淋淋的女

子，而是明豔照人、身著正妃宮裝的若靈萱！

頓時，她的眼珠子震驚得快掉出來，脫口驚呼：「怎麼妳變成這副模樣了？」

還未等她反應過來，四周的景物倏地一變，連綿不絕的濃霧已經退去，陰暗的房間也漸漸發亮，跟著是一群侍衛邁步走了進來，在離她不遠的地方站著。

殷素蓮驚詫莫名地看著這一切，小手揪緊衣襟，一時不明白發生了什麼事，直到一名熟悉的身影映入眼簾，她才駭然地僵在那裡，目瞪口呆。

君昊煬緩緩邁步而進，走到主位上坐下，臉上冰冷的表情令人不寒而慄。隨後，林詩詩也跟著走入廳裡，站在若靈萱身邊，目光滿含憤怒地直瞪著她。

其他下人則站在門口，臉上都是鄙夷之色。

「王爺……」殷素蓮怯怯地叫了聲，心中的不安更深。這時她環視四周，才發現，這裡竟是王府花廳。再看看眾人仇視的目光，因驚嚇而後知後覺的她，似乎也明白了是怎麼回事，不由得癱倒在地上。

「很吃驚吧？」若靈萱冷笑，目光寒冽似刀刃。「告訴妳，本宮沒有死，今天設這個局，就是要讓大家知道妳的真面目，讓妳再也無法狡辯！」

殷素蓮這下已驚得面無人色，胸口劇烈起伏著，極度震驚的她，一時不知該說些什麼。惶惑的水眸看向君昊煬，卻在他那雙冷冽的寒眸中，看到了殺意！

她害怕了，跪行上前抱著他的腿，想要求饒，卻被他一腳踹開。

「妳這該死的賤婦，居然敢欺騙本王，還屢次要殺人滅口？不將妳碎屍萬段，難解我心頭之恨！」

要不是因為她，自己不會錯過認識靈萱的機會；要不是因為她下蠱陷害靈萱，才讓自己又一次誤會了，將靈萱推得更遠；也是因為她劫殺靈萱，讓自己從而失去了兩個月相處的機會！所有的一切，都是她的錯！

此時的君昊煬，已將心中所有的不滿、苦痛、鬱積，全發洩到眼前的女人身上，他一定要她死得很慘！

「不，王爺……王爺饒命啊！她胡說八道地嚇唬妾身……妾身都被嚇得不知自己說了什麼，妾身沒做過……」殷素蓮哭喊著，仍想做最後掙扎。

「死到臨頭，還不知悔改！」若靈萱冷眼看著這個曾經喚著自己姊姊的柔弱女子，眼中無一絲同情或憐憫。

她的下場是咎由自取，怨不得別人。

然而她這番話，卻讓惶恐絕望的殷素蓮，驟地點燃心中的火焰，恨意橫生。

她死死地盯著若靈萱，頰邊的肌肉跳動著，充滿血絲的雙眼閃著惡毒的冷光。

這個女人現在還敢說風涼話？當初她沒有美貌，所以設法將自己送到王爺身邊，作為棋子，以為她不知道嗎？現在倒好，容顏恢復了，就來和自己搶王爺，現在還想要自己死！姊妹？什麼姊妹，都是互相利用罷了！

若靈萱，我就算死，也要拉著妳下地獄，我絕不放過妳！

突然，殷素蓮衣袖一揚，袖中飛刀猛地竄出，大吼一聲。「若靈萱，妳去死吧！」

駭然看著朝自己逼近的飛刀，若靈萱反應不過來，眼看就要擊中她的胸口！

「靈萱！」君昊煬想也不想，火速撲上前。在這千鈞一髮之際，沒去思索其他，只是準備以自己的身體替她擋過，讓她不受到傷害。

然而，他感覺不到飛刀穿心的痛苦，只覺有一個身影瘋狂地上前推開他，然後他緊抱住靈萱轉向，回過神來時，驚見林詩詩渾身是血地倒在地上，背後插著一支飛刀，幾乎沒入了背部！

「詩詩?!詩詩！」君昊煬大驚，立刻放開若靈萱，衝過來抱住血淋淋的她，憤怒地嘶吼道：「殷素蓮——」

該死的女人，竟敢一而再地傷害他的人，他要殺了她！

「昊煬。」若靈萱上前安撫狂亂的君昊煬，然後揚聲對外喝喊。「來人，快傳御醫！」

這時，侍衛氣憤地上前捉拿殷素蓮。

殷素蓮當然不能坐以待斃，當即拔出短刀揮向他們。

侍衛沒想到她會武功，一時被逼退。

張沖見狀，立刻飛身與其交鋒，不出十招，便將她制伏。

「放開我，我要殺了若靈萱！我要殺了她……」殷素蓮不甘心地大吼大叫，拚命掙扎。

為什麼自己就是殺不了她？為什麼？

侍衛不顧她的掙扎尖叫，聯手強行將她拖走。

「王爺……」鮮血不斷地自傷口湧出，林詩詩緊攀住君昊煬，斷斷續續地道：「我……我要告訴你……我真的好愛、好愛你……」再不說，怕沒機會說了。

「詩詩！」君昊煬內疚又心痛。「沒事的，我馬上讓御醫替妳醫治，本王絕不讓妳有事！」

話落，抱起她便衝出花廳。

第三十章

王府上下忙得不可開交，眾多婢女奴僕們忙忙碌碌，跑前跑後，宮中幾位御醫匆匆趕來診治。

君昊煬坐在一邊，目光緊盯著床上臉色慘白的林詩詩，神情十分凝重。若靈萱和趕到王府的君昊宇則站在他旁邊，默默看著。

「別擔心，林側妃不會有事的。」君昊宇走到他身邊，輕聲安慰。沒有想到，林詩詩竟會連命都不要地救君昊煬。她，一定很愛他吧？

「如果她有事，我一輩子都不會原諒自己。」君昊煬閉了閉眼睛，沈痛地低喃道。

「放心，她那麼愛你，不會捨得離開你的。」若靈萱也溫聲安撫道。她相信林詩詩一定會撐下去的，因為有君昊煬，她就不會放棄性命。

這時，御醫們也診斷完畢了，站起身。

君昊煬見狀，立刻上前，劈頭就問：「詩詩怎麼了？」

若靈萱和君昊宇也走過去，緊盯著御醫們。

一名御醫語氣凝重地道：「王爺，林側妃的傷口很深，差一分就傷到心臟了，話雖如此，但終究還是傷了要害，以至失血過多。雖然是僥倖保住了性命，不過要昏迷上一段日

子，才會清醒過來。」

聽到他這麼說，君昊煬的手緊了緊，才道：「那你說，大概會昏迷多少天？」

「少則要十多天，多則要一個月。」御醫想了一下道。

「這樣啊……」君昊煬低嘆一聲，不過能保住性命，還是值得慶幸的，便朝御醫吩咐道：「那你們先下去開藥吧。」

「是，王爺！」幾個御醫擦擦汗，相繼走了出去。

君昊煬走到床榻邊坐下，輕握起林詩詩的手，緊貼著自己的臉，聲音低沈且喑啞。「詩詩，妳怎麼這般傻，不顧性命地來救我？這樣的深情厚愛，妳要我怎麼去報答？」

這時，若靈萱輕輕地走到他身邊，語重心長地開口。「王爺，一個女人，肯為了一個男人，連自己的性命都能賠上，那她一定是很愛他。所以王爺，你很幸福。」

他很幸福？君昊煬渾身一顫，不由得看向昏迷中的林詩詩，腦中浮現出這幾年來，與她相處的點點滴滴，兩人曾經的溫馨畫面……直到今天，詩詩不顧性命替他擋刀，不在乎他懷裡抱著的是另一個女人，她只想救他……

「詩詩，對不起……」君昊煬再次內疚至極地低喊。他如此愚昧，多年來一點也沒有體會出她對自己的深情，虧他已經說懂得愛了，卻不知道身邊早已有一個值得他愛的女人。幸好，現在發現應該還不算晚！從此以後，他要好好地珍愛她、呵護她。

「詩詩，我這一輩子只陪在妳身邊，絕不負妳！」

昏迷中的林詩詩，身體微動了一下，只可惜她並未聽到他這份情真意切的表白。

若靈萱微微一笑，與君昊宇相視一眼，兩人悄悄退了出去。

「這次林側妃大難不死，必有後福了。」步行至瓏月園，若靈萱回想起君昊煬剛才許下的承諾，不禁感嘆一笑。

「什麼意思？」君昊宇揚眉問。

「她用自己的性命，換來一個後半輩子都會愛護自己的夫君了，這難道不是後福？」她的唇角勾勒出一絲淡淡的笑痕。真沒想到，林詩詩是那麼的愛君昊煬。

雖然自己不喜歡她，但這次她救了昊煬，也等於是幫了自己，不然若是昊煬再為她受傷，她真是愧疚得不知如何是好了。

君昊宇聽了，也不禁一笑。「希望吧！如果昊煬能愛上林詩詩，那也不錯。」他希望昊煬能得到幸福，這樣他心裡的愧疚會少一些。何況，林詩詩也是真心地愛他。

「為他們加油吧！」

「嗯。」握著她的柔荑，他滿懷期待地笑了起來。

夕陽下，兩人愜意散步，相談甚歡。這陣子以來，頭一次感到這麼幸福。

驀地，若靈萱胸口一陣噁心感湧上，趕忙彎腰嘔吐起來。

「怎麼了？」君昊宇緊張不已，攙扶著她憂急地問。

「沒事。」若靈萱捂著嘴，乾嘔幾口解釋道：「這是正常現象。」

「正常現象？嘔吐還算正常現象？不行，快讓御醫來看看。」君昊宇不放心，轉頭就要喊人傳御醫，卻被若靈萱拉住。

「不要，你想讓大家都知道我……怎麼了嗎？」她瞪他，御醫一來還不穿幫？

君昊宇一想也是，不禁暗罵自己，他真是急糊塗了。

「不用緊張的，我真的沒事。」若靈萱用手絹擦擦唇角，臉色因為嘔吐，也變得有些難看。

君昊宇一把將她抱起，衝向清漪苑，放在床榻上道：「妳給我好好地待著，我去找夏姑娘。」

若靈萱還沒來得及反應，他已經急急忙忙地奔出門去了。

看著他箭一樣地衝出房門，若靈萱笑著搖了搖頭。他這麼緊張的樣子，讓她感到很窩心。

沒多久，夏芸惜就被催著來了。不用看就知道這女人在偷偷地賊笑。沒好氣地瞪了她一眼，伸出手腕。

夏芸惜眉眼都是促狹的笑意，把脈時的神情卻是很認真，好一會兒才說道：「晉王爺放心，靈萱身體無礙，嘔吐是懷孕時期的正常現象，只要吃點酸的東西就會沒事了。」

「真的？她這樣沒事？」君昊宇不放心地追問著。

「是沒事，王爺你放心吧。」夏芸惜很鄭重地又重複了一遍。

「那就好，那就好。」見她說得如此肯定，君昊宇才放下心，輕拍了胸口喃喃道。

「我去摘點梅子給妳。」夏芸惜很識趣地退了出去。

「我就說了這很正常，就你瞎操心。」若靈萱勾唇輕笑。

「小心駛得萬年船。還有，妳從現在開始，做什麼都要小心翼翼的，走路也得要兩個丫鬟攙扶著才行，知道嗎？」君昊宇盯著她的小腹，不放心地叮囑道。

「什麼嘛，你太誇張了吧！」若靈萱覺得好笑。「乾脆讓我躺在床上算啦！」

「那樣更好，為免出差錯，對孩子不利，妳還是什麼都不要做了。」他繼續說教。「以後回到晉王府，妳就乖乖地待在房間，有事叫下人做就行了。」

「你不是說真的吧？」若靈萱瞪大眼睛，天啊，那不悶死她了？

「什麼蒸的煮的？我這是為了妳跟孩子好。」第一次當父親，這種心情讓他既喜悅又緊張，也有壓力，但更多的是自豪。就不知道孩子長得像她，還是像他呢？

若靈萱瞪著他，咕噥了句。「你呀，現在心裡就只有孩子了……」語氣酸不溜丟的。

聞言，君昊宇唇角抽搐，有點啼笑皆非。她這是幹麼？吃孩子的醋嗎？可是他寵孩子不就相當於寵她？這女人……

「昊宇，你跟公主說了嗎？」突然，若靈萱低聲問道。她知道他今天去找拓拔瑩談話，

依她那性格，怕是會鬧事吧？

「沒有，她出宮了，明天才回來，所以我明天還得去找她。」君昊宇坐在她身旁，對於說服拓拔瑩，他一點把握也沒有，但怎麼都要試試。

她頓時蹙起了眉，嘆口氣，原來事情還沒有解決。

看出她的心思，他微笑地安撫道：「放心，公主雖然小事刁蠻，但大事還是明白事理的。」

「希望吧……」若靈萱抿了抿唇，她可不太樂觀。

這時，夏芸惜捧著摘來的梅子進屋，還帶來君昊煬的話。「晉王爺，我剛才經過花廳，睿王爺讓我順道來叫你，要你立刻跟他進宮一趟。」

「好，我知道了。」君昊宇朝她點頭，然後握了握若靈萱的手，又望向夏芸惜。「夏姑娘，靈萱就拜託妳了，有什麼要注意的記得要告訴她。」

「交給我吧！」夏芸惜豪氣地拍了拍心口，笑道。

君昊宇再次鄭重地交代了靈萱幾句，才依依不捨地走了出去。

夏芸惜看著他出門了，才八卦兮兮地走到靈萱身邊。「喲喲，這麼快就有了？手腳挺快的嘛！不聲不響的就給了我這麼一個驚喜。」

若靈萱橫嗔了她一眼，隨後笑了起來，臉上洋溢著幸福的紅雲。「我也沒想到，這麼快就有寶寶了。」

自己現在的年齡，才十八歲多，就當媽媽了，真是快呢！不過在古代，這也算正常的了……昊宇也只是比自己大了五歲。

好期待寶寶出生的日子，只要再等十個月左右，就能見到他了……呵呵！想著想著，她忍不住傻笑起來。

夏芸惜看著她那副幸福的樣子，也替她高興，一屁股坐到床榻上，握著她的手笑嘻嘻地道：「靈萱，恭喜喔！到時寶寶出生，我要做乾媽咪，知道不？」她最喜歡孩子了。

「好好，當然沒問題。」若靈萱歡笑著，連連點頭。

「哇耶，太棒了！」坐沒多久，夏芸惜就興奮得坐不住了，跳下來摸摸她的肚子。「寶寶呀寶寶，快出來快出來，乾媽在這兒等你喲！」

「妳慢慢等吧，呵呵……」兩人笑成一片。

「不過……靈萱，昊宇的事還沒有解決，萬一天域公主不肯解除婚約，那怎麼辦？」夏芸惜收斂了笑意，神情變得凝重起來。

「走一步算一步了，還能怎麼辦？」若靈萱聳聳肩，撇唇嘆氣。無論結果怎麼樣，她都會和昊宇一同面對，不會退縮的。

「那有什麼需要幫忙的，儘管出聲，知道嗎？」夏芸惜伸手攬住她的肩膀，真心誠意地笑道。

「那還用說？妳跑不掉了！」捏了下她的俏鼻，兩人再次哈哈大笑起來……

議政殿裡，順武帝召集了群臣和一干皇子們。

君昊煬把搜集而來的證據呈上前後，稟道：「父皇，這是二弟的護衛雷拓，在璟瑄離宮還有皇叔的秘密山莊裡搜出來的通敵叛國、勾結官員的證據，請父皇過目。」

跟著，雷拓也呈上那件九紋龍袍。

順武帝一一接過，仔細地巡視著，越看臉色越鐵青，最後一掌怒擊桌面，瞪向君狩霆，又驚又悲又怒！

「九弟！沒想到你不只窺伺著朕的皇位，還想出那麼多陰毒的手段對付昊煬和昊宇，那可是你的親姪兒呀！你竟然這麼狠心？」

君狩霆面無表情，也沒有辯解些什麼。如今事情暴露，在這一刻，他知道自己已經走到了絕境。

君昊煬冷冷地看著他。君奕楓星眸淡斂，沒有言語。

其他大臣則是不敢置信地問：「寧王爺，真的是你做的？」

「事到如今，我也不想辯解了。不錯，是我，是我跟赫連胤聯手，刺殺君昊煬，這次設下陷阱關押君昊宇的也是我。」君狩霆一臉平靜，沒有絲毫的驚慌。

順武帝越聽越氣，渾身發抖，沈痛的黑眸燃燒著駭人的火焰。

「皇位在你眼裡，就如此重要？」他怒不可遏地道。

「沒錯，在我心目中，沒有比皇位更重要的東西。」君狩霆臉色陰沈，鳳眸一片森冷。

「你——」順武帝氣恨交加，還有更多的是痛惜。「九弟，你是難得的奇才，就算不當皇帝，將來的前途也是無可限量的，為什麼你非要選擇這麼一條路去走？」

「哈哈哈……」君狩霆突然大笑，目光更為凜冽，還有更多的不甘。「奇才？既然我是奇才，那為什麼父皇不傳位給我？同樣是皇帝之子，可我卻永遠只是個王爺，連個競爭的機會都沒有，你說我能甘心，能服氣嗎？」

「閉嘴！你做錯了事，還有理由？」順武帝見他死不悔改，不禁滿腔怒火，倏地站起身，厲聲道：「父皇當初雖然讓朕當儲君，可是一樣也封你為九千歲，還有你御賜親王的身分，已經是一人之下，萬人之上，這樣你還看不出父皇對你的器重嗎？」

君狩霆卻不以為然地冷笑。「那又怎麼樣？我始終都是屈居人之下！生在帝王家，如果只是當一個普通的王爺，那跟廢人有什麼分別？」

「你簡直就是冥頑不靈！」順武帝氣得呼吸都不暢了，心痛又無奈地道：「算了，朕不想再跟你多說，自己犯的罪自己承擔，你去天牢反省吧！來人啊——」

他倏地厲聲一喝，侍衛匆匆而進。

順武帝指向君狩霆，顫抖良久，最終狠心下令。「將寧王押進天牢，聽候處置！」

「不用。」君狩霆冷聲喝止。「本王要自己走，誰都不准碰我！」

侍衛被他的氣勢震住，不敢再前進一步。

就這樣，君狩霆昂著頭，傲然地轉身，大踏步離開了議政殿。就算成為敗寇，他也不允許自己有絲毫落魄。

事情告一段落後，順武帝坐回龍椅，微微閉目，心情沈重壓抑。

君昊煬與君奕楓相視一眼後，趨前一步道：「父皇，九皇叔走到今天的地步，全是他咎由自取，父皇不必為此難過。」

好久，順武帝才睜開了眼，重重嘆了一口氣，眉頭緊蹙。「朕曾答應過先帝，要好好照顧九弟。朕自問登基這二十年來，都沒虧待過他，但為什麼……」話未完，再次喟然長嘆。

眾人默默不語，都明白皇上此刻的心情，畢竟他一向當君狩霆是最愛的親弟弟般看待，如今被背叛，心裡自然不好受。

「罷了，別再說他。」順武帝揮了揮手，打起精神看向大家。「這次我軍能凱旋歸來，並一舉揭發所有叛臣，睿王和晉王功不可沒，朕要論功行賞！」

話落，君昊煬就道：「啟稟父皇，其實這次大家能平安勝利歸來，並揭發九皇叔等一干叛黨，全靠二弟，兒臣不敢居功。」

聞言，君奕楓淡揚眉眼，輕笑啟言。「大哥，二弟只是碰巧，哪敢談得上功勞。」

「好了，你們都不必推讓，個個都有功，朕自會一一嘉賞。」順武帝動了動袖襬，示意他們安靜。

「謝父皇！」兄弟兩人垂首謝恩。

這時，一名太監匆匆而進，向順武帝行了跪拜禮後，稟道：「皇上，睿王府的侍衛張大人來了，讓奴才給睿王爺帶封信。」說著，將信函呈上。

君昊煬疑惑地接過一看，臉色瞬間一沈，如罩寒霜。

殿上的眾人不明所以地相視一眼。

順武帝見兒子有些異常，不禁困惑地開口。「煬兒，發生何事了？」

君奕楓也奇怪地看向他。

君昊煬斂下情緒，拱手向順武帝回道：「父皇，兒臣有些私事必須處理，請容兒臣和昊宇先行告退。」

「好，你們去吧。」順武帝點頭應允。

「謝父皇！」君昊煬行了個禮，便和一臉瞭然的君昊宇匆匆出宮，策馬而去。

一個時辰後，君昊煬帶著君昊宇，還有張沖等一干侍衛，向鄖國公府而去。

接到通報的鄖國公，快步出來迎接，當看到站立在大廳的數十名侍衛時，不禁愣了下，心底有些惶然，但還是恭敬地行了個禮。「老臣參見兩位王爺！不知王爺駕臨，有何貴幹？」

君昊煬精銳的目光緊緊盯著他，似要把他看穿，鄖國公不禁垂下眸，一時間，竟有些不

敢直視眼前的年輕王爺——自己的女婿。

「來人，將鄖國公拿下！」君昊宇不等兄長開口，就上前下達命令。

「是！」侍衛們抱拳齊應。

沒想到君昊宇開口就是這麼一句命令，鄖國公怔忡半晌，才反應過來。「等等！」他朝靠近的侍衛揮手，轉頭望向君昊宇，僵笑道：「晉王爺，您這是為何？」

「國公大人做了什麼事，自己心裡清楚，不是嗎？」君昊宇輕搖著玉扇，冷然開口。

君昊煬則是邁步至一旁，在椅子上坐下，靜靜旁觀。

「老臣不懂晉王爺的意思？」鄖國公心中雖隱隱感到不安，但臉上卻不動聲色。他做事一向乾淨俐落，不會給人捉到把柄的。

「你說擄劫當朝王妃，該當何罪？」君昊宇冷淡再問。

鄖國公頓時心中一顫，難道上次的事，給查出來了？「不知，難道晉王爺認為是老臣嗎？」

在沒有證據之前，他絕不能自亂陣腳。

君昊宇唰地合上玉扇，指向他，邪魅的雙眸蘊含凜意。「沒錯，就是你！鄖國公，本王勸你最好老實交代，免得到時大家難看！」

「晉王爺，你不要血口噴人！」鄖國公微怒地一拂袖，他當然不會承認。

「鄖國公，你還真以為自己做到萬無一失嗎？本王倒要看看你能撐到什麼時候？」君昊

宇沈怒啟言，看向一邊。「張沖，把人帶上來！」

張沖領命。「是！」

沒多久，一名灰衣青年在兩名侍衛的押解下，走了進來。

看到眼前這人，鄖國公驚瞠雙目，彷彿見鬼一樣，他怎麼……

灰衣青年咧嘴一笑，緊盯著鄖國公，目光隱含怨懟。「國公大人，屬下未死，你很失望是吧？」

此人正是鄖國公府的侍衛，趙彥。

「你是誰？本公不認識你。」鄖國公面無表情，儘量使自己冷靜鎮定些。

君昊宇走到一旁坐下，對灰衣青年趙彥道：「把你知道的說出來！」

「國公大人，您老記性真差，一個月沒見我，就把我給忘了？」趙彥狠盯著鄖國公，繼續全盤托出。「不過也對，你殺我滅口，就是為了不讓別人知道你派我從都護府擄走睿王妃，還想殺她的事。不過可惜啊，我福大命大，雖然你一掌將我打下崖，但剛好有根粗大的樹枝勾住了我，使我不至於墜崖喪命。」

君昊宇微眯俊眸，聲線帶怒。「鄖國公，現在你的屬下已經出來指證你了，你還不承認嗎？」

聞言，鄖國公身子不由得一抖，但仍極力鎮定著自己。「晉王爺，他信口雌黃，誣衊老臣，您千萬不能相信！」

「誣衊你？國公大人，這顛倒黑白的事你也說得出口？我真恨自己跟錯了主子，冒著危險替你做事，到頭來你居然要斬草除根，現在還說我誣衊你！」趙彥氣憤極了，滿臉怒火。

「簡直是一派胡言！」郳國公急言辯駁，神情卻難掩一絲慌亂。

「他沒有胡言！」君昊宇盯視著他，精銳地捕捉到他眼底稍縱即逝的心虛。「趙彥身上有你親手寫給他的密令，上面有你的筆跡，這還能有假嗎？」

話落，郳國公頓時心頭大震，面色刷白，差點站不穩腳跟。密令……

君昊宇冷睨著面色大變的他，對趙彥道：「趙彥，把你收藏好的字條拿出來，給郳國公看看。」

「是！」趙彥應著，從懷中掏出一張小小的字條。「晉王爺、睿王爺，這就是國公大人親手寫的飛鴿傳書的密令。」

君昊宇早就看過密令了，也和郳國公平時上奏的字跡比對過，的確是他。

君昊煬也從弟弟口中得知了這件事。

郳國公瞪著眼前的字條，面色越發蒼白，怔怔地站在那裡。他萬萬沒想到，趙彥居然還藏著這張密令，這對他來說，無疑是最不利的證據……

「林國棟，事到如今，你還有何話可說？」君昊宇這次乾脆直呼其名，瞳眸寒冽，冷鷙的目光直直透進對方心底，讓人悚然。想起他對靈萱所做的一切，他就怒不可遏。

郳國公慌亂至極，無話反駁，也不敢抬頭直視他的眼睛。

君昊宇再也忍不住，突然上前一把揪起他的衣領，揮拳直上。「你好大的膽子！居然敢劫殺王妃，上次還派人混進睿王府裡鞭打她。就憑你這蓄意謀害皇親國戚的罪名，就足以致死了！」

鄖國公一時反應不及，硬生生挨了一拳，心中更因為他的話而驚顫起來。

「王爺息怒，老臣只是一時糊塗，請王爺息怒……」鄖國公頻頻閃避著，可君昊宇快如閃電的動作，又準又狠，他根本無力招架。沒多久，臉上已青一塊、紫一塊，腹部更中了好幾拳。

「夠了昊宇，冷靜點！」君昊煬這時上前，制止了弟弟因憤怒而失去理智的暴打。「他犯的罪，自有國法制裁，將他交給大理院吧！」

經他一勸說，君昊宇終於恢復了些許理智，悻悻然地住了手，隨後揚聲一喝。「來人啊，立刻將林國棟押往大理院審判！」

「是！」眾侍衛抱拳齊應，紛紛上前押解鄖國公。

鄖國公臉色灰白，像鬥敗的公雞，沒有任何掙扎。事到如今，證據確鑿，他已無法再辯駁，只能任侍衛押著走。再說了，在兩位王爺面前，他就算想逃也無法逃得掉……

君昊宇狠狠地瞪著那離去的蒼老身影，咬牙迸言：「昊煬，剛才你不應拉著我，真該讓我再賞他幾拳。」他真的很不解恨。

「算啦，他這麼個年紀了，你已經打得他夠狠的了，還是交給國法處置吧。」君昊煬拍

拍弟弟，雖然他也很生氣，但想想鄖國公是詩詩的爹，而詩詩救過他，他就無法冷眼旁觀。

沒多久，鄖國公派人劫殺若靈萱的事傳遍了朝野上下，順武帝大為震怒，但念在他是兩朝元老，功在朝廷，因此沒有賜死罪，而是判刑十年，並將其官職連降五級。

又過了十天，君奕楓和他的手下雷拓也帶來了消息。

經過一番暗中調查以及守株待兔，他們終於在黑木林的某間小屋捉住了對若靈萱下蠱的那個大師。經過刑部審判，那大師承認了自己曾是奪魂丹教派的弟子，以及跟殷素蓮合作下蠱害睿王妃一事，最終被處於極刑。

皇宮東面的漪瀾小築，是平時皇室人員遊賞之處，遍種奇花異草，奼紫嫣紅，十分鮮豔奪目，此時春分，千萬花朵隨著風動而飄灑落地，甚是清麗。

若靈萱新奇地看著，不時地伸出手，接著飄散的花朵，唇邊的笑容一直沒停過。

驀地，身後一陣腳步聲傳來，她轉過身，看著徐徐而來的英挺身影，眉梢輕揚，笑意更深。「昊煬，你來了。」

沒錯，他們相約在這裡等候，等著她期盼已久的結果。

「靈萱。」君昊煬緩步走到她面前，黑眸微微一瞇，低沈的聲線響起。「妳要的和離書，父皇已經蓋印了。」

「謝謝！」若靈萱接過，帶笑的泉眸感激地看向他。對於他沒有為難自己，而是選擇成

全，她除了感激，還有深深的感動。

君昊煬卻和顏一笑。「其實，說來是我要謝謝妳才對。」

「喔？謝我什麼？」若靈萱眨眸，疑惑萬分。

「妳讓我懂得了什麼是愛。還有妳的堅持，才讓我沒有錯失一份屬於我自己的幸福，難道不該感謝？」君昊煬眉眼輕揚，神情盡是釋然後的愉悅。

若靈萱恍然大悟，隨後呵呵笑了起來。「我還突然變偉大了呢！不過，聽到你說這些話，我真的很開心。」

她和昊宇，終於不用再懷著愧疚過日子了。

君昊煬愜意含笑，坦然地朝她伸出手。「很高興認識妳，若靈萱。」這是他從她那兒學來的動作。昊宇為了讓他心中不再有疙瘩，就告訴他此靈萱非彼靈萱。初聽到時，他真的很震驚，但隨後而來的是釋然，因為眼前的女人，並不真的是他的妻子。

凝著近在咫尺的大手，她微怔半晌，隨即笑逐顏開，小手也同時伸出，語氣歡快地道：

「我也很高興，君昊煬。」

雙手緊緊相握，兩人相視而笑，曾經的愛與被愛，已然昇華成了一份不變的真摯友情。

這時，一道低沈磁性的聲音在前方響起——

「昊煬、靈萱！」

君昊煬和若靈萱同時轉眸，就看到君昊宇背著手，走向他們，唇角洋溢著溫潤笑意。

皇宮裡，除了明孝皇后住的鳳凰宮外，就數皇貴妃住的鳳寰宮最為豪華，就連林貴妃的傾顏宮，都及不上十分之一。

君昊宇與若靈萱相偕來到鳳寰宮，掌管太監福公公早已在外等候，見兩人到來，立刻上前行禮，然後領他們進入殿內。

沒有在正殿，而是在內殿，畢竟是跟自己的兒子見面，皇貴妃自然不會講究這虛禮。

進入內室後，一股好聞的檀香味撲鼻而來，沁人心脾。

「娘娘，晉王爺和睿……若姑娘來了！」福公公想起和離一事，現在若靈萱已經不是睿王妃了，趕忙改口。

皇貴妃靠在玫瑰椅上，手捧佛經細閱，待聽到福公公的話，才放下佛經抬起頭。

看到君昊宇時，臉上的神情十分愉悅，可以看得出，她很疼愛這個小兒子。

「兒臣見過母妃。」

「臣女參見皇貴妃娘娘！」

兩人齊齊行禮，皇貴妃綻開笑顏，語氣慈祥地開口。「無須如此多禮，都起身吧！」

「是！」兩人站起身。

皇貴妃滿臉寵愛地看向君昊宇，柔聲道：「宇兒快過來，讓母妃看看你瘦了沒有？」

「母妃，兒臣不知有多好，怎麼會瘦呢？」面對母親的關心，君昊宇不禁露出孩子氣的

一面，立刻就膩到皇貴妃身邊，撒起嬌來。

皇貴妃輕握他的手，看了又看，才笑道：「你這孩子，回來幾天了都不進宮看看你母妃。」說著，不禁瞥了垂首的若靈萱一眼，又嗔怪道：「是不是有了心愛的人，就跟母妃不親，把母妃也給忘了？」

「哪兒的事，兒臣最愛母妃了！只是剛回京，還有事情得忙嘛！」為怕母親責怪靈萱，君昊宇忙笑嘻嘻地哄著，拉著皇貴妃的手搖了搖。

「油嘴滑舌！」皇貴妃白了他一眼，語氣雖然嗔怪，但臉上卻是藏不住的笑意盈然。

若靈萱站在一旁，看著母子兩人開懷談笑，心中不禁感慨地想，昊宇雖自小喪母，但皇貴妃卻給了他不輸於親生母親的母愛，老天還是眷顧他的。

皇貴妃與君昊宇說了好一會兒的話，才抬頭看向若靈萱，和睦一笑，招呼道：「靈萱，妳也過來吧！」

「是！」若靈萱立刻回神應聲，走上前。這個皇貴妃，慈眉善目的，應該會很好相處吧？

「靈萱，本宮聽聞妳上次被奸人迫害墜崖，還失去了記憶，現在怎麼樣？痊癒了嗎？身體沒有不舒服吧？」皇貴妃關心地問道，神情和藹。

「我很好，已經沒事了，謝謝娘娘。」若靈萱有些受寵若驚，她還以為皇貴妃會因為自己和君昊煬和離一事，而對她有隔閡呢！

皇貴妃溫婉一笑，拉過她的手。「妳跟昊宇的事，本宮和皇上都知道了。事到如今，我們也不想再責怪什麼，兒孫自有兒孫福吧。只要你們大家都幸福快樂，本宮就開心了。」

「娘娘！」若靈萱又驚又喜，小心翼翼地開口。「您……不怪我嗎？」

「說真的，當初剛聽到的時候，的確是很不諒解，可看到宇兒以為妳死了，那副了無生趣的樣子，本宮就無法再去責怪，一心只想著，只要宇兒幸福，本宮什麼都無所謂了。」皇貴妃嘆息著，她一向當宇兒是親生兒子般，見他痛苦，她心如刀割。而現在見兒子終於重拾笑顏和生氣，心中十分欣慰，也不想去多作計較了。

「母妃！」君昊宇激動擁抱著她。「謝謝妳！」沒有什麼比得到皇貴妃的諒解，更讓他高興的了。

「傻孩子，跟母妃有什麼好客氣的。」皇貴妃疼愛地笑笑，然後拉住兩人的手，放在一起，交握著。「母妃祝福你們，永結同心、幸福快樂！」

「謝謝娘娘！」若靈萱眼裡盈滿光彩，不禁看向君昊宇，他也微笑地看向她，眉梢盡是欣喜。

和離一事，皇帝已頒布，因此若靈萱現在的身分不再是睿王妃，而是做回若家千金。

這天，順武帝帶著君昊煬、君昊宇、君奕楓三人走到御花園，雖然心情愉悅，但仍然有些煩惱未解決。

比如——

「昊宇，你跟靈萱的事，既然昊煬放下了，那朕也不追究，而且看你現在恢復了精神，不再鬱鬱寡歡，朕也很欣慰，總算是放下了心頭大石。只不過，你跟天域公主的婚事，就不能再耽擱了。」順武帝認真嚴肅地道。

君昊宇的臉色倏地大變，忙往前一邁步，急促地說：「父皇，您不是已經答應兒臣和靈萱在一起嗎？」

「沒錯，朕是答應，可你也要娶公主。律殿下說了，皇室三妻四妾很平常，只要公主能當正妃，他是不會介意的。」順武帝攤了攤手。

「可是我介意！」君昊宇立刻回絕，惶急懇切地道：「父皇，兒臣這一生只想與靈萱相依相守，心中只容得下她一人，兒臣絕不能娶公主的，請父皇明鑑！」

順武帝看了他一眼，十分無奈地嘆口氣。

「朕對於你的心事，當然是心知肚明。朕也很喜歡靈萱，自然不希望她受到委屈，但是皇上的承諾是一言九鼎的，不能出爾反爾，所以朕和你以及靈萱，都要做一番犧牲，這是身為皇室子弟的責任。站在國家利益的立場上，一定要為大局著想，不能只顧兒女私情。」

君昊宇臉色一沈，心緒大亂。他知道父皇說得對，身為皇室子弟，就要為國家利益著想，但是……

君昊煬不忍了，不禁為昊宇說話。「父皇，您就再想個辦法吧！靈萱說過，她要的是一

世一雙人的婚姻，要是昊宇娶公主，那不是逼她退出嗎？他們經過那麼多艱難才有今天，難道父皇忍心拆散他們？」

順武帝面有難色。「這個朕知道，可是律殿下已經在各國頒發喜帖，所以現在各國都得知晉陵與天域聯姻一事，只怕，無法挽回了。」

聞言，昊煬和昊宇大為震愕，看來拓拔律是鐵了心要聯姻，還通知各國，這樣一來就容不得他們反悔。這下可怎麼辦才好？

「父皇，三公主之所以選定七弟，是因為她不認識其他王公子弟。不如這樣吧，您舉辦一次宴會，讓所有未婚的皇室人員全部參加，或者，三公主和律殿下會發現比七弟更加合適的人選。」君奕楓開口建議道。

「沒錯，父皇，二弟說得對，就試試吧！」君昊煬連忙贊同。

「這……」順武帝頷首沈吟，不禁點點頭。「對，說不定也是一個辦法，讓朕想一想……」

君昊宇也在低頭沈思，無論如何，他一定不會娶公主的！

晉陵皇宮招待貴賓的宮殿，此刻正傳出爭吵聲。

「妳說什麼？妳不嫁了？」

說話的是一名穿著白色金絡雙錦雲褂的高大男子，劍眉幽瞳，極是俊朗不凡，此刻正神

色不悅地瞪著自己的妹妹。

拓拔瑩猛點頭，模樣極為認真。「皇兄，我想過了，既然昊宇已有心上人，那我何必再去湊這個熱鬧？我堂堂公主，難道還要跟別人分享夫君嗎？我才不要！」

更何況，經過這麼多事，她看得出，昊宇很愛靈萱，就算她嫁了，也沒有立足之地。她是聰明人，幹麼要做這種愚蠢的事情？

「這有什麼？哪個皇室子弟沒有三妻四妾？而且妳是正妃，沒有人會動搖到妳的地位。」拓拔律不以為然。

「總之我決定了，我不要嫁！反正父皇說過，我如果選不到駙馬，就回天域。」拓拔瑩還是搖頭。

「不行！聯姻的事我已經公告天下，現在各國都知道我們即將與晉陵結親，要是現在反悔了，我天域顏面何存？」拓拔律冷冷地回絕，這次聯姻，他志在必得。

「那是你的事，反正我不嫁，要嫁你自己嫁！」拓拔瑩說完就要轉身離去。

「妳給我站住！」拓拔律喝斥一聲，見妹妹居然無視他的命令，怒氣橫生，立刻朝外喝道：「來人，將公主押到房間去，沒孤的命令，不准她踏出一步！」

「皇兄，你怎麼可以這樣?!」拓拔瑩不敢相信，皇兄居然要軟禁她！

「這是對妳不聽話的懲戒。帶走！」拓拔律冷聲命令，看也不看她一眼，越過她走了出去。他決定的事，誰也不許更改，即使是他的親妹妹。

「放開我！皇兄你太過分了，我要告訴父皇，放開我——」

侍衛押著掙扎不休的拓拔瑩，將她強行拉走。

清晨一早，君昊宇就進宮接靈萱回晉王府。

「小姐，王爺已經答應了，讓我們跟著妳。」多多、草草開心地跑了過來。太好了，她們終於又可以跟小姐在一起了。

「嗯，那走吧！」若靈萱笑了笑，與她們一同走出了皇宮。

一輛豪華馬車停在宮門前，若靈萱剛要上車，君昊宇就緊張地一把抱住她道：「小心！」

「你太緊張了。」若靈萱輕笑一聲，但是心卻甜極了。

「萬事小心為上，總是好的。」君昊宇把她輕輕地放在馬車上，動作十分溫柔、謹慎。這是他們的孩子，他當然緊張。

晉王府的宅院，光從外面看就是氣勢宏偉，兩尊石獅子佇立在門前，漢白玉臺階，朱漆雕欄，金黃色的琉璃瓦頂。一塊大匾懸掛在正門上，有三個燙金大字「晉王府」，看上去氣勢非凡。

多多、草草領著東西先下了馬車，然後蹦跳著進了王府。

若靈萱站在王府的門前，心中感到有絲緊張。雖然不是第一次來這王府，可是以前只是

以朋友或嫂嫂的身分來玩的，而這一次，卻是以王府未來女主人的身分……

雖然皇上允許他們交往，也有意指婚，可是畢竟剛和離不久，自己就住進晉王府，會不會不太妥當？原本，她是想在皇宮住的，等到大婚那天再回晉王府，可是昊宇卻不願意，非要時時刻刻親自照顧她才安心。而自己，私心裡也不想跟他分開，所以就答應了。

「來，我們進去吧！」君昊宇牽起她的小手，走進王府。

若靈萱斂下思索，微笑點頭。其實，只要跟他在一起，一切都不重要了，何必杞人憂天？

一路上，王府的下人都恭敬地打著招呼。兩天前，王爺已經跟他們說了，睿王妃……喔，不，是若靈萱姑娘會隨他回王府。對於主子的事，下人從不多加議論，只要主子開心，他們的日子好過就行了。

若靈萱一一朝他們點頭示意，臉上始終掛著淺淺的笑意。

錦墨樓，晉王住的地方，在這裡的下人很少，但個個都是最得君昊宇信任的。

「若姑娘懷有身孕，從今天開始你們要好好伺候，不得出任何差錯。」君昊宇召集院子裡所有的丫鬟和奴僕，吩咐道。

眾人一愣，隨後反應過來，若姑娘懷孕，王府很快就有小主人了。眾人立刻匍匐於地。

「恭喜王爺，賀喜王爺！」

雖然心裡覺得奇怪，若姑娘不是才剛和離嗎？但這些話，他們只敢在心裡猜測。

「不過你們要記得守口如瓶，這件事暫時不要說出去。」他鄭重地下令。

「小的明白！」他們都是聰明人，當然知道什麼該說，什麼不該說。

「好，你們都下去吧。」君昊宇擺擺手，然後進了屋。

「又不是什麼大事，你幹麼弄得人盡皆知？」若靈萱有些靦覥，她只是懷孕了嘛，用得著這麼大動靜嗎？

「不是什麼大事？我要做爹了這還不是大事嗎？要不是現在不適宜傳出去，我還想讓整個王府，甚至整個皇宮都知道呢！」君昊宇挑眉看著她。這是他們的孩子，他當然非常重視。

「受不了你！」若靈萱橫了他一眼，唇邊卻是泛起了笑意。

「昊宇，你猜二殿下想的那個方法可行嗎？萬一三公主還是看不中，那你豈不是要……」突然，她想起了這件事，不禁憂慮起來。

君昊宇臉色微沈，他現在也不知該如何解決，但會盡力而為。輕抬起她的下顎，他眸光堅定地盯著她道：「靈萱，妳放心，一世一雙人，我絕對做得到。這輩子，我只有妳一個妻子，絕無二婦！」

若靈萱眸中浮起一層薄薄的水霧，靠在他的胸前。「我知道，我明白的！」只要他有這份心，就足夠了。

屋裡盈滿著淡淡的溫情。

拓拔瑩神情焦急地走來走去，不時地瞧瞧窗戶外面，見到那來來回回的侍衛，心中沮喪又憤懣。該死的，她還真被軟禁了！

突然，門「吱」的一聲推開，以為又是來勸服自己的討厭侍女，頓時俏臉一沈，反手取過桌上的杯子就砸向後方，喝道：「滾出去！別煩我，說了不嫁就不嫁！」

誰知下一刻，一道嬌脆的聲音響起——

「唷，妳喜歡動不動就打人的脾氣，還真是改不了呢！」

這聲音……拓拔瑩怔了一下，猛地抬頭，就看到眼前站著一名宮婢裝束的女子，熟悉的臉讓她大感驚愕，不禁脫口而出。「夏芸惜?!」她怎麼會在這裡？

「噓——」夏芸惜趕緊將食指放在唇上，壓低聲音道：「別大聲嚷嚷，妳想全宮殿的人都知道是我呀！」

拓拔瑩眨了眨眼，聰明的她立刻就反應過來，趕緊上前拉過她，也壓低聲音。「妳搞什麼呀？怎麼打扮成這副鬼樣子？」

「我是為靈萱而來的。」夏芸惜也不隱瞞，索性一股腦兒地道出。「本來想著要說服妳，不要嫁給晉王爺，可現在看來，好像妳也不願意嫁，這到底是怎麼回事呀？」

想起剛才進來時聽到的話，她困惑了。

一提這個，拓拔瑩就火了，聲音稍稍大了些。「還能有什麼事？不就是我不當政治婚姻的工具，皇兄就把我關起來了。真是氣死我——唔！」

夏芸惜立刻捂住她的嘴巴，沒好氣地小聲斥道：「叫妳別嚷！再嚷，我可不幫妳了！」

「幫我？」拓拔瑩拿下她的手，愣愣地看她。「妳的意思是……」

「妳不是不想嫁嗎？現在我就幫妳——逃、婚！」最後兩個字，她說得異常緩慢，笑嘻嘻地慫恿道。

「逃婚……」拓拔瑩喃喃重複，隨後，兩眼發亮。「對呀！我要逃婚！怎麼我就沒想到呢？沒錯，我要逃，我一定要——」但隨即，又垮下了臉，指了指外面的侍衛。「可外面那麼多人守著，怎麼逃呀？」

夏芸惜轉了轉眼珠子，想了會兒，便湊近她耳邊，輕聲說了一些話。

拓拔瑩興奮地連連點頭。「好，就這麼辦！」

「不過咱們要等到子時，守衛沒那麼森嚴的時候，才能動手。」夏芸惜又鄭重地交代。

「得了，沒問題！」兩人一擊掌，笑得賊兮兮的。

就這樣，兩人等呀等的，好不容易終於快盼到子時了，這時夏芸惜剛好看見窗外有人經過，便向拓拔瑩使了個眼色，她立刻往地上一倒，暈過去了。

夏芸惜馬上取過一旁焚香的爐灰抹到自己白皙的俏臉上，然後走到她身邊，淒厲地大

喊：「來人啊，救命啊！公主暈倒啦，快來人啊——」

外面巡夜的守衛，趕緊衝了進來。「發生什麼事了？」

夏芸惜使勁掐了大腿一把，頓時疼得淚眼盈眶，她揮淚大叫道：「快去稟告殿下，三公主暈倒了，趕緊請御醫來，快呀！」

兩名守衛一聽，頓時緊張得不得了。「那妳先照顧公主，我們去通知殿下！」說著急急轉身而去。

誰知，就在這轉身的一瞬間，原本倒在地上的拓拔瑩倏然閃電般彈起，與夏芸惜聯手，使勁劈向他們的後腦勺，兩名守衛連哼都哼不出，就昏倒過去了。

「快把他們的衣服換下來！」夏芸惜邊說邊蹲下身動手，脫得飛快。

拓拔瑩不敢怠慢，也手忙腳亂地拉扯著守衛的衣服，再把腰牌也一同解下。兩人換好衣服後，一個將守衛拖到內室，一個將守衛拖上床，蓋好被子，然後跑出房間，關上門，迅速閃進了夜色之中。

萬籟俱寂，淡淡月光也被深暗的雲朵遮掩得看不清楚，連天漫地的一片黑。

夏芸惜和拓拔瑩穿著守衛裝，小心翼翼地沿著花圃中的小路往前走，不時的東張西望，準備隨時發現不對，撒腿就逃。

「喂！你們兩個，站住！」

驀地，一道聲音從前方傳來，嚇了兩人一大跳，定睛一瞧，竟是拓拔律的侍衛之一連

勝，頓時一僵。
她們不安地對視一眼後，壓低頭上的帽子。
「你們過去，將那幾樣東西運出宮去，快點！」連勝走了過來，指著不遠處的大鐔子吩咐道。
原來只是搬東西啊！夏芸惜鬆了口氣，與拓拔瑩交換一眼。沒被發現就好！
可是，當兩人走到那些大鐔子跟前時，一股難聞的刺鼻氣味驀地湧了上來，差點令她倆當場嘔吐。
天啊，夏芸惜在心中大罵三字經，她居然淪落到要倒夜香的地步！
拓拔瑩的臉色也好不到哪裡去，嘴角狠抽。
「還站著幹麼？快去！」連勝見兩人呆著不動，不耐煩地喝道。
「是！」夏芸惜很小聲地應道，拉了拉拓拔瑩的衣角，兩人認命地憋著氣，三步併作兩步地上前，把大鐔子運上推車。沒辦法了，現在只要能出宮就好。
幸虧她們的武功底子不差，幾個大鐔子，輕輕鬆鬆地就運上了車，然後快步向大門走去。

第三十一章

翌日一早，順武帝正在御書房，跟君昊煬、君昊宇商議宴會舉辦的事情時，太監嚴公公走進來稟道：「啟稟皇上，律殿下求見！」

三人一聽，同時蹙眉，知道他八成是來相談挑選大婚日子的事。

「父皇，兒臣先告退。」君昊宇拱手道，現在這種情況，他不想與拓拔律見面。

「好，宇兒，你先迴避。煬兒你留在這兒，陪朕招待律殿下。」順武帝吩咐道。畢竟多一個人，計策會多一些。

「兒臣遵旨。」君昊煬頷首，退到一旁。

「讓他進來吧。」順武帝坐正身子說道。

「是。」一旁的嚴公公趕忙衝著門外喊：「皇上有旨，宣律殿下覲見！」

「外臣拓拔律，參見皇上！」他進來後拱手行禮。

「免禮。不知道殿下今日見朕有何事情？」順武帝先裝傻充愣，就當自己不懂他的來意，然後再見招拆招。

拓拔律的嘴角勾起一抹笑，道：「皇上，外臣今天來，是要跟皇上相談，挑選舍妹和貴國王爺大婚的日子。」

果然！順武帝與君昊煬相視一眼，然後順武帝微笑道：「律殿下，按我朝習俗，大喜日子應該交由欽天監來挑選，這樣才合禮數。」

「喔？」拓拔律揚揚眉。「那怎麼上次卻沒有交由欽天監？」

「沒錯，上次就是因為我們自作主張，才發生了這麼多曲折，弄得婚事被迫拖延。有時候有些事情，真的不得不信呀！」順武帝早就想好了說詞。

聞言，拓拔律沈吟一下，卻沒有出聲。

順武帝又繼續道：「這樣吧，朕今晚舉辦個宴會，國師也會出席，到時候我們再來相談大婚的事，殿下說可好？」

拓拔律正想回答，外面再次響起了嚴公公的聲音，只是這回顯得焦急——

「皇上，律殿下的侍衛連勝求見，說三公主不見了！」

「你說什麼？瑩兒不見了？」拓拔律臉色一變，一個箭步衝上前質問：「到底發生什麼事？」

順武帝和君昊煬也同時一驚。三公主不見了？

嚴公公見拓拔律臉色陰霾，身體嚇得一個哆嗦，忙把事情推給連勝。

連勝就道：「回殿下，一大早小紅去侍候三公主的時候，就看到她人不在房間，不過卻在她的床上找到一封信，是公主留下的，所以立即前來稟告殿下。」說著，將信函呈上。

拓拔律沈著臉，一把奪過信，拆開，只見上面寫著——

皇兄，我想過了，雖然我喜歡昊宇，但是我更喜歡他和靈萱之間那種至死不渝的愛情，真的讓我很感動，也很嚮往，所以我決定了，我也要找一份這樣的愛情。婚我不結了，天域暫時也不會回去，因為我要去追求自己的幸福。再見，不要太想我喔！

瑩兒字

「該死的丫頭，居然敢逃跑！」他氣得將信揉成一團，對著連勝喝道：「立刻派出所有侍衛，把她給我逮回來！要是找不到，你們提頭來見！」

「是是，卑職領命！」連勝急急而去。

順武帝這時才聽明白，原來是公主逃走了，心下也是頗吃驚，不禁與君昊煬相視一眼。沒想到三公主居然會逃婚？

順武帝忍不住問：「律殿下，三公主怎麼了？」

拓拔律深吸口氣，冷靜下來，便轉身看向順武帝，神色有些尷尬地道：「皇上，真是對不起，舍妹她……逃婚了。不過皇上放心，外臣一定會找到她的。」

這時，順武帝心思快速一轉，突然微笑道：「律殿下言重了，你我也料想不到三公主居然會逃婚。不過，照這情況看來，公主既然不願意結這門婚事，那朕也不想強人所難，律殿下也不要太在意，今後咱們兩國的情誼，不會因此而改變的。」

「這……」拓拔律心下一沈，他當然聽明白皇帝是想乘機取消婚事，但他卻說不出任何反駁的話，因為理虧的是他們。他暗暗咬牙切齒。只差一步，現在全功虧一簣了，著實可

恨！但，他也只能道：「皇上不怪罪，外臣感激萬分，一切就依皇上的吧！」

順武帝和君昊煬一聽，十分欣悅，不約而同地露出了笑容。公主逃婚，倒是幫他們解決了一個大難題啊！

聯姻一事，就這樣擱下了。

拓拔瑩逃出皇宮沒多久，就連夜出了京都，不知去了哪裡。拓拔律和順武帝派出了大批侍衛，搜查了一天一夜，仍沒有她的蹤跡，她就像人間蒸發了一樣，不知所蹤。

直到三天後，才收到她寄來的信報，說自己正在某某國家遊山玩水之類的，氣得拓拔律再次帶兵出宮，欲緝拿這個逃婚的妹妹。

至於她到底是不是真的在某某國家，那就不得而知了……

晉王府。

錦墨樓裡，若靈萱坐在庭院中，一副愜意悠哉的樣子，正享受著午後的陽光。

「小姐！」多多笑嘻嘻地跑了過來，遞上最近花心思研製出來的得意之作。「快嚐嚐我做的酸梅露。新發明的，包妳喜歡！」

「酸梅露？光聽名字就想喝呢！」若靈萱笑笑地接過，輕啜了一口，酸酸甜甜的，喝下去非常舒服，不禁一口氣把它喝光，讚道：「真好喝！多多，妳太厲害了，喝了讓人精神一振呢！」

「哈哈，我就知道小姐喜歡，以後天天都煮給妳喝。」多多可高興了。

「好！」若靈萱笑開了臉，她現在可是十分喜歡這些酸酸的東西呢！

「若姑娘，真的那麼好喝嗎？那我也要喝。」一旁看著聽著的小丫鬟翠竹見狀，饞極了。跟了若姑娘幾天，知道她的性子平易近人，而且不喜歡奴婢、主人這拘束的一套，所以很快地也跟她們打成一片了。

看她那副眼巴巴的樣子，若靈萱覺得好笑，便倒了一杯給她，「喝吧，別客氣。」

「謝謝若姑娘！」翠竹高興地接過，迫不及待地灌入肚子裡，驀地，一股強烈的酸意直衝喉間，令她整張臉都皺成了一團，眼睛都快睜不開了。

「啊——酸死我啦！」她哀叫，眼見淚水就快迸出眼眶了。

若靈萱和多多先是一愣，隨即哈哈大笑出聲。

翠竹苦著臉。「若姑娘，這麼酸的東西，妳怎麼還喝得下啊？」

「笨丫頭！小姐是孕婦，想喝酸的都來不及了，又怎麼會怕酸？」多多好笑地解釋道。

「喔……」翠竹愣愣地點頭，一知半解的。原來若姑娘喜歡吃酸的，那以後她在膳食裡要多加酸的才行。

多多像想起什麼似的，突然笑著對若靈萱道：「小姐，我聽人說，喜歡吃酸的，將來就會生男孩。」

「男孩、女孩都好，我一樣喜歡。」若靈萱輕撫著腹部，臉上散發著母愛的光芒。只要

是她的孩子，她都愛。

驀地，不遠處傳來了腳步聲，君昊宇的身影隨即出現在眼前。

「參見王爺！」多多和小丫鬟立刻福身行禮，然後退到一旁。

若靈萱本在啜飲酸梅露的動作霎時停止，轉眸看向他，目露欣喜之光。「昊宇，你回來了。」三天了，她足足有三天沒看到他。

自從拓拔瑩失蹤後，君昊宇和君昊煬奉旨協助拓拔律，全國追緝公主，她還以為要好一陣子才能見到他呢！清澈的泉眸與他柔和的雙眸緊緊交纏，不願分開。

下一刻，君昊宇身如旋風般上前，將她摟進懷中，熾熱的吻也隨之落下。

天知道分開的這幾天，他想她想得要發瘋了，現在溫香軟玉在懷，心中的空虛才被填滿。

熟悉的氣味、熟悉的懷抱、熟悉的溫柔，若靈萱深深地迷醉了，甜蜜的微笑漾在唇邊，不由得緊緊環著他的頸項，熱烈地回吻著他。

「靈萱……」被她這麼熱烈地回應，滿腔情火隨之溢滿全身，他本能地就想拉扯掉她身上那些礙人的衣物。

若靈萱羞窘得連忙提醒他。「不要這樣，多多她們在看著呢！」

「小姐、王爺，奴婢們還有事，先告退了，你們繼續吧！」多多非常識趣，說完便拉著翠竹，一溜煙地跑掉了。

嘻嘻，晉王爺和小姐的感情真是越來越好了，多多不禁為此感到高興。

待所有人走後，君昊宇便一把抱起靈萱，走進暖閣的軟榻上坐下，再次抱得緊緊的，好像一鬆手她就會飛走似的。

「靈萱，我真是想死妳了。」他以額抵住她的額，聲音裡透著濃烈的思念。

靈萱的心怦然跳動，喜悅萬分，臉頰也染上美麗的芙色。

見此，君昊宇邪魅的鳳眸浮上一陣柔光。她嬌媚的表情，真是讓他百看不厭。輕抬起她的下顎，目光緊鎖著她美麗的瞳眸。「那妳呢？有沒有想我？」

灼熱的氣息吹拂在她唇上，她不禁一顫。「才沒有！」她想也不想就回答，唇邊的笑容卻越發燦爛。

「妳好無情。」他沒有生氣，薄唇反倒揚起一抹笑。「既然這樣，那我可得好好地懲罰妳，看妳以後還敢不敢不想我。」

說罷俯下身，火熱的唇舌順著她的眉眼、臉頰、耳際來回游移，再來到性感的鎖骨……

「等等……」若靈萱按住他的肩頭。「我有話要問你，公主她……」

君昊宇卻對她的話置若罔聞，現在他只想吻她，好好彌補這三天來的相思之苦。「我也有事要告訴妳，等一下一起說。」話畢，再一次吻上她迷人的紅唇。

滾燙的舌糾纏著她的丁香小舌，勾引她跟他一起嬉戲，摟著她細腰的手臂越收越緊，兩人之間幾乎沒有一絲空隙。

若靈萱心跳加速，她甚至感受到他的體溫透過衣服傳來的熱度，呼吸不禁有些急，身體也變得癱軟無力，雙手不由自主地環住他的腰，身軀無意識地扭動著，可就是這樣輕微的摩擦，挑起了他的慾望。

他低吟一聲，捧起她的小臉，唇舌瘋狂地與她糾纏……

不久，若靈萱突然感到胸口一涼，這才驚覺自己不知何時已被放倒在床上，而他的大手已解開了她的衣襟，伸進裡面，正在輕輕地撫弄著她的豐盈。

「不行……」她含糊地叫道，用力想扯開他放在她胸前的手，他們不能再繼續下去，會傷害到孩子的。

君昊宇的身子一頓，恢復了些許理智，立刻撤手，放開了她的唇。他怎麼忘了她有身孕？該死的！他低咒一聲，立刻將她抱起身，滿含歉意地道：「對不起，我太衝動了。」

靈萱雙頰緋紅，暗罵自己沒有定力。幸虧反應夠快，要不然傷了孩子怎麼辦？

「昊宇，你們找到公主了嗎？」為化解尷尬，她轉了個話題。

「沒有找到，不過她有來信，至少證明她是平安的，大家也放心了，所以我跟昊煬就撤兵回來了。」他將她額邊凌亂的髮絲輕拂到耳後，柔聲說道。

「那她現在在哪裡？」若靈萱聽罷也鬆了口氣，平安就好。

「律殿下說，好像是在亞羅斯王國玩著呢，至於是不是真在那裡，就不得而知了。」君昊宇聳聳肩，不過他猜拓拔瑩有心逃跑，定不會真的讓拓拔律知道她在哪裡，恐怕這只是幌

子而已。

「喔。」若靈萱點點頭，隨後笑笑。「那也是，說不定她還在晉陵呢，公主那麼古靈精怪，恐怕律殿下有得找了。」

君昊宇也不禁笑出聲，說實在的，他真的很感激拓拔瑩，現在知道她沒事了，平安落腳，也是放下了心。

「王爺、小姐，夏姑娘來了！」多多在外面稟道。

「芸惜？她怎麼會來？」若靈萱雙眼一亮，十分興奮。

「是我請她來給妳把脈的。」君昊宇解釋道，然後揚聲吩咐。「讓她進來吧！」

「是，王爺。」

很快地，夏芸惜就笑嘻嘻地走了進來，見到他們，作揖行禮。「參見王爺、未來王妃！」

「好了，夏姑娘，起來吧！」君昊宇笑了笑，說道：「妳給靈萱把把脈，還有看看還需要注意什麼。」

「好！」夏芸惜立刻走到若靈萱身邊，笑著伸出手。

半晌後，夏芸惜起身，認真地說道：「晉王爺，靈萱可能是因為大病初癒沒多久，所以體質不是很好。胎兒呢，目前還算穩定，不過要注意休養，我回太醫院開些補胎的藥給她。」

「那要不要緊？」聽到她體質不好，君昊宇頓時緊張地問道。

「你不用擔心，只要好好調理，就不會有事。」夏芸惜趕忙道。

「那就好！妳開藥吧，麻煩了。」君昊宇鬆了口氣，感激地微笑道謝。

「別客氣，大家都是朋友嘛！」夏芸惜笑呵呵地揮揮手後，就一陣風似地跑了出去。

君昊宇隨後一把抱起若靈萱，把她放到床上，謹慎地道：「從現在開始，妳要臥床靜養，不得下床。」

「不得下床?!」她瞪著杲眸。「那我豈不是要在這床上待七、八個月？太誇張了吧！根本沒那麼嚴重好不好？」雖然知道他的霸道是因為關心她，但要她往後幾個月都得在床上度過，那豈不是要了她的命嗎？

「妳想要孩子好，就聽我的。現在，躺好。」他語氣強硬，這件事上他可不能縱容她。

「嘖，現在你就只關心孩子了。」若靈萱不高興了，嘟嘴瞪他一眼。

「這種醋妳也吃？」君昊宇失笑，真不懂她的腦袋瓜在想啥？他關心孩子不就等於關心她嗎？

若靈萱輕哼一聲，轉過身不理會他，兀自撫摸還平坦的腹部道：「寶寶，原來你爹地只愛你，不愛媽咪的，說不定等媽咪生下你後，他就會拋棄媽咪了……」

「妳嘀嘀咕咕地說些什麼？誰說我不愛妳？」君昊宇又好氣又好笑，他聽得懂，這是她另一世界的語言。

「本來就是。」若靈萱背對著他，繼續黯然地對著小腹道：「寶寶，媽咪想想，還是不要生你了。」

「靈萱……別鬧了。」君昊宇修長的手臂從後面環住她的身子，迷人的魅眸此刻盈滿柔情，臉頰愛憐地摩擦著她的俏臉。「傻丫頭，跟寶寶有什麼好吃醋的？就是因為我愛妳，所以才會愛我們的寶寶呀！」

「油嘴滑舌！誰知道你心裡怎麼想啊？我看啊，生孩子的事真要考慮一下……」她一副認真的口吻，泉眸卻笑彎成月牙般。

「那妳要怎麼樣才相信？」他將她抱得更緊，頭埋於她柔順的髮絲間。「只要妳說得出，我就做得到，別再說這種嚇人的話了，好嗎？」

若靈萱終於忍不住了，噗哧一聲，呵呵笑了起來。「笨蛋，我是逗你的啦！」說著轉過身，握住他的手掌，放在自己的小腹上，笑靨如花。「我那麼愛寶寶，怎麼會不要他？我還巴不得他早點出來呢！」

那是長在她身上的肉，也是他們愛的結晶，她會用盡一生去呵護他、疼愛他、教導他。

君昊宇輕輕撫著她的腹部，湊近她的粉頰輕啄一下，笑道：「靈萱，我希望妳能生兩個寶寶，一個小宇兒，一個小萱兒，妳說好不好？」

「當然好，希望會如我們所願。」若靈萱眉眼彎彎，倒靠在他的懷中。

「一定會的！來，先歇息吧，睡一覺，精神會好些，乖喔……」君昊宇寵溺地摸摸她的

腦袋。

「真麻煩，又要躺床……你陪我！」若靈萱嘟嘴抱怨，拉著他不讓他走，不然一個人真是悶死了。

「好！」君昊宇當然樂於奉陪，脫掉鞋子，輕擁著她，兩人相偎躺在床上。

翌日，皇帝終於正式下旨，若家千金若靈萱，賜婚七殿下——晉親王君昊宇，大婚的日子也定在了十天後。

此刻，晉陵皇宮一片喜氣洋洋，到處張燈結綵。

宮女、太監們個個忙碌，提前為大婚做準備。皇室的婚禮，要準備的事情很多，新娘子的服飾得一件件地訂做，還有各色鳳冠珠簾、金銀手鐲及其他一堆堆的飾品。皇貴妃領著侍女們，整天為即將到來的大喜日子籌備著。

晉王府所有人也忙裡忙外，每個人的臉上都堆滿了笑容。

相對於大家的忙碌，身為準新娘子的靈萱，卻是閒得發慌，每天除了彈琴、畫畫，就是散步。

按照規矩，新婚前，新娘是不得與新郎見面的，因此在婚期的前三天，若靈萱就被迫回到皇宮，住在皇貴妃的寢殿裡。

所幸的是，夏芸惜時不時的會來陪伴她，倒還不至於太無聊。

今晚的月亮比平時明亮許多，皎潔的月光像一層銀紗披在金碧輝煌的宮殿上，月色清輝，如夢似幻。

此刻，在御花園的亭子裡，不時地傳來杯盞的碰撞聲，氣氛極為熱鬧。

「靈萱，恭喜妳呀，終於如願以償了。」夏芸惜笑容滿面，很為好友感到高興。

「謝謝……」若靈萱歡笑著，清澈如水的泉眸溢滿了幸福。「不過最令我開心的，就是有了寶寶，這種當媽媽的感覺，真的很棒。」

「耶，對喔，小寶寶有兩個多月了吧？我摸摸看。」夏芸惜興致勃勃地俯下身，湊近她的肚子，輕輕撫了撫。「寶寶，我是乾媽喲！」

頓了頓，她又驚奇地道：「咦？靈萱，妳的肚子好像又大了一點耶！」

「是嗎？可我感覺還是一樣大啊！」若靈萱揚了揚眉，不由得撫摸著自己的肚子。是有點小凸，不過也不大呀，就是肚子裡多了個小傢伙，飯吃得比以前多了，身形又變得圓潤些，害得她要穿寬大一些的衣服，才能掩人耳目。

不知情的人，還以為她又長胖了。

這時，君昊煬經過御花園，遠遠就看到了相談甚歡的兩人，不禁揚聲喚道：「靈萱、芸惜，妳們也在這裡？」

聞言，她們抬頭一望，也看清了中庭裡站著的那抹高大身影。

「昊煬？」

「是睿王爺，還真巧呢！」

「我們過去吧！」若靈萱拉起夏芸惜，朝中庭走去。

君昊煬一襲紫金長袍，眉目溢著淡淡的歡悅，讓他原本冷硬的五官柔和了不少。此刻，他濃眉輕挑，凝視著緩緩走來的兩人。

「大婚將近，恭喜妳了。」他微彎唇角，幽深的瞳眸帶著笑意。

這個女子曾經是他的王妃，也是他最愛的女人，可如今，身分大轉變，成了他的弟媳。

「謝謝。」若靈萱溫煦一笑。興許是懷孕了，她渾身散發著淡淡的母性韻味。「林側妃還好嗎？清醒過來沒有？」離她受傷的那天，好像都有半個月了。

「還沒有，御醫說她身子因為待過地牢，虛弱了很多，可能還得要昏迷一陣子。」一說起這個，君昊煬的眸光不禁微黯，心中十分內疚。

看出他的心思，若靈萱不禁伸手拍了拍他的肩膀，安慰道：「別這樣，只要她人沒事，清醒只是遲早的事情。」

君昊煬微微一笑，正待說些什麼，一個溫醇的聲音忽地傳來——

「大哥，你們都在這兒啊！」

眾人的目光不由得循聲望去，只見君奕楓清雅之姿負手而來，俊美無雙的面容上洋溢著溫和的微笑，神采翩然，絕逸出塵，美得恍若畫作。

「奕楓哥哥！」夏芸惜欣喜地歡呼一聲，立刻小鳥歸巢般撲進他懷裡，揚起笑顏。「你

不是出宮了嗎？怎麼那麼快就回來了？」她還以為要明天才能見到他呢！

聞言，君奕楓燦亮如星的眸子盈滿一陣柔光，輕笑啟言。「因為奕楓哥哥想念芸惜了，所以就提前回來了呀！」他低沈的聲線中隱含寵溺。

想念？從他嘴裡說出來的這兩個字，天曉得有多麼的惑人，她聽在耳裡，甜在心裡，絕麗的小臉上勾起喜悅的笑靨。

「二弟，徹查寧王黨羽的事情都辦妥了？」這時，君昊煬上前問道。他知道二弟奉旨出宮，處置寧王等一干叛臣。

「一切妥當，現在交由大理院接手。」君奕楓微微頷首，瑩亮的星眸掠過一絲悲嘆。「沒想到寧王造反，會牽涉到這麼多朝中大臣。幸虧這次我們發現得早，要不然讓這幫奸臣壯大，後果真不堪設想。」

君昊煬聽罷，也是感嘆搖頭。「希望這次整頓朝綱後，此類事情不會再發生，還朝廷一片清明。」

「你們都別嘆氣了，自古以來，臣子有忠就有奸，我們只要盡人事就好，何必庸人自擾？」若靈萱走過來說道。

「靈萱姑娘說得是，我們不要再為這個煩憂了。皇宮將要辦喜事，大家應該開開心心才對。」君奕楓薄唇輕挑，勾起了一抹淡雅的笑意，對若靈萱道：「未來弟妹，為兄在這兒先恭喜妳，與七弟新婚快樂。」

「謝謝二哥！」若靈萱呵呵回應，笑得歡快。

「靈萱，我要當伴娘喔！」夏芸惜趕緊嚷嚷，她可是期待了很久呢！然後看向君奕楓，笑嘻嘻地提議道：「你呢，就當伴郎。」

「伴郎？那是什麼？」君奕楓不解地與君昊煬面面相覷。

「別管那麼多，反正你當就是了。」夏芸惜緊揪著他的衣領，似乎不答應就跟他沒完的樣子。

「好好，我聽妳的。」君奕楓捏捏她挺俏的鼻，無奈地輕笑道。

若靈萱和君昊煬見此，忍不住笑了起來，氣氛一時極為歡樂。

轉眼就到了君昊宇和若靈萱大喜的日子。

皇宮內外裝飾一新，紅紗披樹，大紅燈籠布滿皇宮裡的每個角落。長長的紅地毯一直延伸至正殿內，各處都貼著大紅喜字、龍鳳圖案，一眼望去，整個皇宮宛如一片火紅的海洋。

宮女、太監個個換上新衣裳，笑容滿面，來來回回地穿梭著；宮廷樂師則是賣力地吹奏著樂曲，熱鬧非凡。

一頂金碧輝煌的大紅喜轎，此時停在皇貴妃的鳳寰宮門前。

大廳裡，宮女們一個個捧著喜盤，給客人們送喜糖，不停穿梭著，忙得不亦樂乎；新娘子則待在暖閣內，由多多、草草幫忙化妝；客人就在院子裡，喜氣洋洋地寒暄著。

若靈萱一身豔麗的紅色嫁衣，鑲滿了寶石水晶，在宮燈的映照下，更顯得光彩奪目，華美高貴。

皇貴妃指揮著多多、草草和侍女們，仔細而鄭重地替她化上精緻的妝容，緋色嬌麗的臉蛋瞬間更加明豔照人。

若靈萱絞著絲絹，覺得非常緊張，手心都冒出了一層薄汗。

「靈萱，握住玉如意，吉祥如玉，幸福來臨。」皇貴妃從宮女手上接過羊脂玉如意，鄭重地遞給她，笑道。

「謝娘娘！」若靈萱接過，牢牢地握在手中。

夏芸惜在一旁笑得合不攏嘴，好友大婚她也跟著喜了一把，當伴娘嘛！自己的裝扮完畢後，她跑向若靈萱，忍不住讚道：「天啊！靈萱，妳今天好美耶！」

「妳也很漂亮啊！」若靈萱嬌笑道，臉上散發著幸福的光暈。

這時，喜娘上前催促。「娘娘，吉時到了，送新娘子上花轎吧！」

於是眾人替若靈萱戴好鳳冠，蓋上喜帕後，便攙扶著她走了出去。

頓時間，喜慶的奏樂聲喧天齊鳴，整個宮殿都沸騰了起來。

眾人一陣鬧哄哄的，喜娘簇擁著新娘子，緩緩走向花轎。賓客們緊湊上前，掌聲如雷響起，歡聲笑語，十分熱鬧……

晉王府。

君昊宇一襲紅色喜袍，邪美魅惑的俊顏上滿是新婚的喜悅之色，時不時地跟身旁的君奕楓閒聊幾句。

君昊煬不便參加自己前妃的婚禮，因此沒有前來喜宴，只是送禮獻上祝福。

君昊宇不時地翹首觀望，心情緊張期待又激動。他終於等到了新婚的這一天，只要吉時到了，就能夠擁有今生相伴的摯愛女子了。

「七弟，很緊張嗎？」君奕楓好笑地看著走來走去的他。

「當然！二哥，你不知道，我盼這一天，真的盼得夠久了！」君昊宇難掩興奮，一想到靈萱快要是自己的妻子，就心湖澎湃，怎麼也平靜不下來。

君奕楓淡然一笑，如星的俊眸凝看著眼前喜氣洋洋的一幕，腦海中，浮現的是夏芸惜那張嬌美的麗顏、她身穿嫁衣的樣子，眸底不禁一柔，笑容更深了。

送嫁隊伍出了宮門，浩浩蕩蕩地向著晉王府而去。各式華蓋、宮扇花燈，還有吹吹打打的樂隊，讓整條大街都熱鬧非凡。隊伍壯麗，規模宏大，引得百姓們爭相觀看，一路上都掌聲不斷。

若靈萱坐在花轎裡，雙手緊緊握住玉如意，心中難掩激動。聽著此起彼落的恭喜聲，感到前所未有的滿足。回想起這段日子，他們一路艱辛地走來，有苦也有甜，甚至歷經了生離死別，才有今天的喜結良緣。

在去晉王府的路程裡，她憶起了認識君昊宇以來的點點滴滴，重新回味了一番。想著他對自己的好，對自己的縱容、溺愛，還有他的情、他的癡，真是百感交集，甜在心頭。

櫻唇畔的笑意漸深，清眸內溢滿幸福的漣漪波光。

花轎到了晉王府後，接下來便是一連串的行禮，拜高堂，拜天地，夫妻交拜的一切禮儀，最後送入新房。

喜娘們捧著喜秤以及酒杯等東西，佇立在一旁。

君昊宇俊美的臉上躍上一層紅光，無限深情地看著眼前的新娘子，臉上是期待的、幸福的、感恩的神情。若靈萱則是非常緊張，手心都冒出了冷汗，坐得端端正正，一動也不敢動。

這時喜娘朗聲道：「請新郎掀起喜帕！」

君昊宇走到床前，壓抑著內心的激動，小心翼翼地伸出喜秤——

當紅蓋頭滑落，新娘子那嬌豔欲滴的絕美粉顏便映入眼簾，他不禁心頭一蕩，眼裡溢滿驚豔之色。「靈萱，妳好美啊……」

眼前的男子一身喜袍，邪美俊逸，魅惑至極，若靈萱癡癡綻笑，本就紅豔的雙頰，此刻更是嬌羞無比。

這時喜娘又道：「請新郎新娘喝交杯酒，從此長長久久！」

一對新人相偕而坐，交杯互飲，從此，只羨鴛鴦不羨仙。

「祝新郎新娘永結同心！洞房愉快！早生貴子！……奴婢們告退！」一切儀式完畢後，她們笑盈盈地轉身離開，輕輕地合上門。

此時，寬敞的新房裡只剩下他們兩個人，若靈萱才稍稍吁了口氣。她怕出差錯，因此從儀式開始，情緒就緊繃到現在。

「怎麼？累了嗎？」君昊宇體貼地替她拿下鳳冠，深深地擁她入懷。

「只要能嫁給你，多累我都不在乎。」若靈萱幸福地微笑道。

君昊宇溫柔地抬起她的臉，望著這雙如清泉般美麗的眼眸，心底一片柔情。「靈萱，我愛妳。」

若靈萱心頭悸動，情不自禁地吻上他性感溫暖的雙唇。「我也愛你。」

君昊宇憐惜地回吻著她，糾纏她的香舌，近乎貪婪地吸吮著她的甜美，黑眸漸漸變得迷離，身體急速起了反應。

若靈萱泉眸輕閉，完全沈浸在這美好的親吻中……

不知何時，她感覺到自己倒在了柔軟的喜床上，衣服也被一一解開，君昊宇緊緊抱著她，彼此的唇都沒有分開過，大手撫上她胸前，憐愛地輕揉著。

「等等……不可以的……」若靈萱一下子回過神，趕忙出聲阻止。

「別怕，我會很溫柔，不會傷害到寶寶的，相信我。」君昊宇頓住手，聲音嘶啞暗沈，

帶著濃烈的情慾味道。

「真的沒問題嗎？」若靈萱也不忍心看他壓抑著自己。其實這陣子他們睡在一起，他都一直壓抑著自己的慾望，不敢碰她。

今天是他們的新婚之夜，她也想留下美好的回憶。

「相信我。」君昊宇氣息不穩地保證道，身子已經變得滾燙，熾熱的下身緊緊抵住她。這陣子他忍得很辛苦，抱她而不碰她，簡直是種煎熬。

若靈萱終於點頭，她相信他。

得到她的允許，君昊宇再也忍不住，急切地扯掉彼此的喜服，動作輕柔地進入她的身體，小心翼翼地撞擊，每一次都適可而止。

「嗯呃……」她臉色緋紅，嚶嚶泣吟，陣陣酥麻感湧上全身，整個身體都顫抖起來，雙腿緊緊纏著他的腰身，伴隨著無數快感迎合他。

新婚夜，結束在一片纏綿裡……

一個月後，若靈萱懷孕的消息終於公布。

當然，是由夏芸惜這個女御醫宣揚的，經皇貴妃批准，若靈萱懷孕期間的一切事宜，皆由她來負責。

很快地，不但晉王府個個得知，連整個皇宮的人都已知曉。

皇貴妃面帶笑意，早起酬神謝禮，還親自到晉王府照顧媳婦，不但天天陪伴在左右，補品更是連綿不絕地每天送往錦墨樓。

今天，君昊宇一下早朝回府，就看到愛妻愁眉苦臉地坐在餐桌前，不住地唉聲嘆氣。

「怎麼了？」他立刻上前關心地問道。

「你看，母妃又派人送補品來了，還一、二、三、四……這麼多！吃下去會不會出問題呀？而且我也吃不下啦！」她指著那十多盅補品，哭喪著臉道。

自從芸惜宣佈她懷孕以來，皇貴妃就像是以逼自己喝補品為樂似的，天天準時報到，弄得她現在看見補品就反胃。

好可怕呀！

君昊宇又是好笑、又是愛憐地抱著她，心疼地道：「那就吃人參雞湯和燕窩吧，其他的不要吃了。」

「可是母妃那關怎麼辦？」若靈萱看著他，心裡燃起了一線希望。

君昊宇一笑，指著窗外的一棵大樹。「那不就解決了嗎？」

若靈萱會意了，不由得喜上眉梢，開心地摟著他。「我就知道你最有辦法了。」

他寵溺地捏捏她的俏鼻，端過桌上的燕窩說道：「吃吧，這個對妳和孩子都有營養的。」

「嗯！」若靈萱點點頭，拿起湯匙吃了起來。

君昊宇微笑地凝視著她，不時為她擦拭著唇邊殘留的湯漬，氣氛十分溫馨愉快。

六個月後。

「啊——」又一聲淒慘的叫聲從房間傳來。

外面，君昊宇焦急地來回踱步，手攥得死緊，邪魅的鳳眸輕輕顫動，溢滿了緊張與擔憂，恨不得能代替她承受痛苦！

多多、草草往裡面送著熱水，整個王府的丫鬟都緊張地守在外頭，連皇貴妃都來了。

床上，若靈萱汗如雨下，疼痛地叫喊著。

多多、草草在旁邊一直不停地幫她擦汗，心疼地看著她。

「王妃，用力，再吸氣用力……」產婆們不敢有一絲怠慢，不停地鼓勵她、安撫她，神色同樣緊張，生怕王妃出了什麼事，她們會跟著遭殃。

若靈萱咬著牙，繼續再接再厲，可誰知，又一陣劇痛襲來，痛得她再次大叫出聲。

「靈萱！」君昊宇嚇了一大跳，忍不住衝到房門前。「我要進去看看！」

「不行不行！」皇貴妃連忙拉著他，阻止道：「宇兒，你不要亂來，生孩子的地方不能讓男人進去的。」

「母妃，妳別攔我，不進去看看我不放心。」君昊宇掙脫母親的手，就要往裡衝。

就在這時，一陣洪亮的哭聲響遍了整個王府——

「哇啊——」

「生了！生了！靈萱生了！」皇貴妃欣喜至極。

「靈萱！」君昊宇用力推開門，一個箭步跨進去，差點和產婆撞在一起。

「恭喜娘娘、恭喜王爺，王妃她喜得龍鳳！」產婆穩住身子後，迫不及待地道喜。

「真的?!」皇貴妃喜上眉梢，雙手興奮得緊緊相握，激動得不得了。「真是太好了，龍鳳胎呀！謝謝菩薩保佑，菩薩保佑！」

君昊宇早已激動地衝進了房間，看見若靈萱虛弱地躺在床上，正抬眸看著多多、草草懷裡各抱著的娃娃，露出一個欣慰的笑容。

「靈萱，妳怎麼樣？」他握住她的手腕，憐惜地呵護在自己的大手裡，萬分不捨地看著她蒼白的容顏，並沒有去看孩子。

現在可是寒冷的冬天，可她竟逼出了一身汗，可想而知受了多大的痛苦，他真是心疼極了。

「我還好，不用擔心。」若靈萱搖了搖頭，安撫道。

君昊宇輕抬起她的小手，薄唇緊貼著她的掌心，讓她感受自己心中洶湧澎湃的愛意，兩人的目光深情地交纏在一起。

隨後進來的皇貴妃接過孩子，一手抱一個，左看看、右瞧瞧，愛不釋手。

「哇，真是好可愛啊，胖嘟嘟的。」她笑咪咪地逗著娃兒，一邊對兒子說道：「昊宇，

你看看，長得多像你們，長大後一定是俊男美女呢！」

君昊宇小心翼翼地接過他的兒女們，只見兩個五官精緻，真是可愛極了。

「王爺，讓奴婢抱小王爺和小郡主去給奶娘餵食吧。」多多在一旁提醒著。

「對對，要吃奶，讓本宮抱他們去。順便還要給皇上報喜呢！」皇貴妃邊說邊抱起小孫子、小孫女，舉步走向門外。

多多、草草相視一眼，帶笑退下了。

君昊宇的注意力又回到妻子身上。「靈萱，我們生這兩個孩子就好，我不想妳再受苦了。」想起她剛才那撕心裂肺的痛叫，他就心驚膽顫，不想再承受一次了。

「我受的苦是值得的。」若靈萱微笑著，不自覺地流露出慈愛的母性光芒。

孩子們是她的心頭肉，無論受多大的苦，在看到他們出生的那一刻，便會覺得所有的痛都忘記了，所有的辛苦都是值得的。

而且，這是她和心愛男子的愛情結晶，她真的好愛寶寶們！

君昊宇感動地抱她入懷，傾吐著心中濃烈的愛意，深情而迷戀地輕撫著她聖潔的臉龐。

依偎在丈夫懷中，若靈萱感到無比幸福……

——全書完

輕鬆好笑、令人噴飯之宅門大家／棠茉兒

肥妃不好惹

文創風 089 上

穿回古代、還成了皇長子睿親王的王妃，這些離譜的事她都能勉強接受，
但……她上輩子究竟是造了什麼孽，做什麼這樣嚴懲她啊？
這位叫若靈萱的王妃右邊眼瞼上有個紅色胎記，像被人打了一拳似的，
而且不僅醜，還長得肥……是很肥！人要吃肥成這樣，也實在太過分了些，
有這副肥到走幾步路就喘的身子，她還能成啥事啊？
別說王爺夫君厭惡她、整個王府中沒人將她這王妃放在眼裡，
就連她自個兒攬鏡自照，都很想一把掐死自己算了！
難怪連她底下的幾個小妃妾們都不怕她，還害她掉入湖中，丟了性命，
看來，當務之急得先努力減肥才成，否則她逃命都逃不遠了，能奈對方何？
接著她得要好好露兩手，讓所有人知道，她可不是當初那隻任人欺侮的病貓！

這個王妃實在當得很憋屈，
王爺討厭她、妃妾排擠她、下人不甩她，
不過這些都不打緊，
眼下最急的是——
她得盡快減肥成功才行！

文創風 090 中

蛤？林側妃吃了她代人轉交的糕點後，就中毒暈死過去了？
由於糕點是林側妃的親姑姑林貴妃送的，沒道理害自個兒的姪女，
所以她堂堂王妃倒成了唯一的加害者，理由不外是妻妾間的爭寵吃醋，
呿，這簡直是笑話！一來，她若要下毒，會親自出馬讓人有機會指證嗎？
這種搬不上檯面的小兒科手段，根本是在侮辱她若靈萱的智慧嘛！
二來，她壓根兒不愛王爺夫君，喜歡的另有其人，哪來的因妒生恨啊？
他高興愛誰就去愛誰，她求之不得，最好他能答應和離，那就再好不過了，
偏偏這裡不是她說了算，他要關押她候審，她也只能乖乖就範，
慘的是，林貴妃趁王爺外出時，派人來帶她進宮「問話」，對她大動私刑，
嗚～～她該不會莫名其妙命喪宮中吧？她這也太坎坷了點吧？

古代的妻妾爭鬥
對她而言雖然是沒啥可看性及威脅性，
但一不小心誤入陷阱的話，
可也是會被折磨得掉一層皮呢！
瞧她，不僅是皮，連肉都掉了好幾圈……
嗯？這也算是因禍得福吧？

文創風 091 下

若靈萱萬萬沒想到，自個兒瘦下來、臉上的紅疤又治好後，竟會美成這樣！
這下可好，不僅夫婿君昊煬看她的眼神愈來愈曖昧兼複雜，
就連小叔君昊宇對她的愛意也是愈來愈藏不住，害她一時左右為難，
沒想到老天像是嫌她不夠忙似的，連皇叔君狩霆也來插一腳，對她頻頻示好！
唉唉，她以前又肥又醜時就遭人排擠陷害了，再這麼下去還焉有命在？
嘖，不管了不管了，她決定先把感情放兩邊，賺錢擺中間，
倘若能在古代開間肯德基及麻將館，讓百姓們嚐嚐鮮，有得吃又有得玩，
到時銀子肯定會大把大把地滾進來，唉唷喂，光想她都快開心地飛上天啦！

古代生活太乏味，
她不找點事來做可要無聊死啦！
唔，如今呢是肥也減了，
妃妾們的迫害事件也一一解決完，
接下來不如邊開店調劑身心，
邊挑選下一任夫婿好了……

重生裡無情似有情・機巧鬥智中藏纏綿悱惻／

一半是天使

想要獲得救贖，只能依靠自己。不想愚昧地懷著悔恨再活一次，
她要穿著美麗的外衣，智慧機巧地為自己推轉命運之輪……

絶色煙柳

文創風079 上

既然天可憐見，讓她重生一回……
她再不是那個任人欺凌的懦弱女子，
纖纖若柳、絕色之姿成了她的掩飾，
堅強的心志才是她扭轉命運的後盾……

那年，十五歲的柳芙，
從軟弱可欺的相府嫡女成為皇朝的「公主」，被迫塞上和親。
絕望的她在踏進草原的那一刻，
選擇自盡以終結即將到來的噩夢。
她奇蹟似地重生，回到八歲那年，
她開始明白，死亡改變不了自己的命運；
「前世」那些教她恨著的一切人事物，照舊來到她的面前；
為了獲得真正的「新生」，
她必須善用我見猶憐的絕色之姿，必須費盡心機、步步為營……
然而，姬無殤……成了她重生路上最大最洶湧的暗潮，
他那蘊藏著無盡寒意的眼眸，那看似無心卻能刺痛人的淡漠笑意……
總能將她帶回「前世」那些噩夢中，驚喘不已……
她愈想避開，他偏愈來糾纏；
他究竟意欲為何，連才八歲的她也緊迫盯人……

文創風080 中

姬無殤，這個天底下她最該防的男人，
時時刻刻放在心底怕著又躲著男人，
居然開口要跟她交易，
她竟傻得與虎謀皮……

柳芙這不到十歲的小人兒，心思玲瓏剔透，姿色猶如出水芙蓉，
想他姬無殤從不把任何一個女子看在眼內，
但這小小女子竟勾惹起他的好奇心，對她出乎尋常的在意。
然而就算對她上了心又如何，她不過是他計劃裡的一顆棋子，
她要是乖乖聽話，他可以容許她那些小小心眼兒、私心籌劃；
倘若她膽敢拒絕了他的交易，哼，她再沒一天好日子可過了……
這可恨又可惡的姬無殤，懂不懂得男女之別？
說話就說話，老愛貼得這麼近，那霸道氣息就快讓她窒息了。
雖然這副身子還只是個不到十歲的女童，
但她的心智已經是十五、六歲的少女了，
前生的她何曾和男子如此靠近過？更何況姬無殤還是她最怕的男人！
在他威逼的態勢之下，她哪有拒絕跟他交易的餘地……
她的生、她的死、她所在意的一切，無一不在他掌握之中啊！

文創風081 下

願得一心人，白首不相離……
這是她唯一所願，
卻無法奢望她唯一所愛的男人能承諾實現……

皇上跟她要一句真心話，只要她願意，便讓她做裕王姬無殤的妃子……
她想起姬無殤那個霸道的吻，勾起的並非只是他心底的慾火，
更讓她正視了那顆掩埋已久、悄然生根發芽的懵懂情種。
一天天的，情意蔓延，愛了卻不敢真的去愛；
那種只有彼此相屬的感情，平淡相依、真實相守的日子，
是她想要的，卻不是姬無殤給得起的……
既然如此，不如就深埋起這段情，
為了他和親出嫁，這是她唯一能為他做的、真心真意……
姬無殤終於懂得情之一字有多折磨人！
在國家大事之前，他與柳芙只是兒女私情。
他能怎麼選擇，根本無從選擇！
眼看著自己唯一愛上的女子，穿上大紅嫁衣，和親出嫁……
他第一次嘗到剜心的痛，
他誓言，要在最短的時間內底定大局，迎她回朝……

宅門界新天后／不游泳的小魚傳授宅門、宮門終極奧秘！

望門閨秀

全套七冊

嫡女出口氣 姊妹站起來——

百年大族、詩禮傳家，但宅門裡可不是風平浪靜；
她一個小小姑娘，上門祖母、姨娘，下門不長眼的僕人，
還要小心不懷好意、摸不清底細的姊妹，更要護住母親平安，
唉，大小姐真的好忙啊……

文創風 082 1

她這嫡長女怎能過得比庶女還不如？
該她的，自然要拿回來；
怎知人太聰明也不對，
竟然因此受人青睞，
兩位世子突然搶著求娶她？！

文創風 083 2

這紈袴公子非她心中良人，
況且她還沒過門，
他府裡小妾已經好幾房，
但她既然是他明媒正娶的妻，
就得聽她的，讓她好好整治侯府——

文創風 084 3

本以為嫁給葉大公子不是個好歸宿，
還沒培養感情，
就得先處理妾室、婆婆，
但他成了丈夫卻乖巧得很，
事事以她為重，簡直是以妻為天……

文創風 087 6

俗話說小別勝新婚，
葉成紹才離開多久，她便思念得緊，
可他在兩淮辛苦，
她也不能在京城窩著，
也是要為兩人將來盤算一下……

文創風 088 7 完

做個大周的皇太子是挺不錯，
但若這皇太子過得不如意，
也不必太眷戀；
此處不留人，自有留人處，
天下可不只大周才有皇太子可當啊……

文創風 085 4

人說在家從父、出嫁從夫，
但她還沒確定丈夫的真心，
可是不從的；
不過只要他心中只有自己，
那什麼都好說了……

文創風 086 5

相公的身分是說不得的秘密，
知情的和不知情的，都緊盯著他倆，
這要怎麼生活啊？
不如遁到別院去逍遙，
順便賺點錢……

文創風 057 4

她深知自己總是看不透周十九，
便不費心猜他，睜隻眼閉隻眼地過了，
而他，卻時不時透露些自己的小事、喜好，彷彿在引她親近，
彷彿對她說，既然成了親，
便有很長、很長的時間，與她慢慢磨……

文創風 058 5

成親前，從未想過這個狡猾如狐狸、
狠如虎豹的男人能如此呵護自己，
但關於他的事，真真假假、假假真真，
或許有時也要由她「出擊」，
讓他明白，他想讓她心裡有他，
她也想他心中擱著她這個妻子……

文創風 062 6

曾幾何時，
她對周十九的猜疑及不確定淡了，
取而代之的是相信他的許諾，
從前，總覺得相識開始，
他便要將自己掌握在手，
連她的心也要算計，
但如今，
她明白結了婚不是誰拿捏了誰，
誰要主內主外，
卻是累了有個溫暖懷抱可倚靠，
傷心了能放心地落淚……

文創風 072 7 完

人只有一生一世，
真正存在的便是當下；
這一生，他既能為她感情用事，
她也能為他要跟上天拚一次，
搏一個將幸福留在身邊的機會——

文創風 091

肥妃不好惹 下

國家圖書館出版品預行編目資料

肥妃不好惹 / 棠茉兒著. --
初版. -- 臺北市 : 狗屋, 民102.05-102.06
冊 ; 公分. --(文創風)
ISBN 978-986-328-087-3(下冊 : 平裝). --

857.7 102006692

著作者	棠茉兒
編輯	黃淑珍
校對	黃薇霓　張曉錨
發行所	狗屋出版社有限公司
地址	台北市104中山區龍江路71巷15號1樓
電話	02-2776-5889～0
發行字號	局版台業字845號
法律顧問	蕭雄淋律師
總經銷	知遠文化事業有限公司
電話	02-2664-8800
初版	102年6月
國際書碼	ISBN-13　978-986-328-087-3
原著書名	《妻妾斗：肥妃不好惹》，由北京紅袖添香科技發展有限公司授權出版

定價250元

狗屋劃撥帳號：19001626

網址：love.doghouse.com.tw　E-mail：love@doghouse.com.tw